DALE MAYER

Peur dans la Rocaille

Jolis Jardins Maudits 24

Peur dans la rocaille : Jolis Jardins Maudits, tome 24
Beverly Dale Mayer
Valley Publishing Ltd.

Copyright © 2024

Traduit de l'anglais par Marie-Camille Brault et Valentin Translation

ISBN-13 : 978-1-773369-77-8
Format Print

Résumé du livre

Une nouvelle saga cosy mystery de l'auteure best-seller de *USA Today*, Dale Mayer. Suivez la jardinière et détective amatrice Doreen Montgomery et ses amusants (et vraiment adorables) chat, chien et perroquet, tandis qu'ils attrapent les meurtriers et résolvent des crimes dans la merveilleuse ville de Kelowna, en Colombie-Britannique.

De la richesse aux haillons… Certains font des projets… D'autres les changent… et au final, c'est le chaos !

Doreen aime les jardins, tous les types de jardins. Dans l'Okanagan, situé à la pointe du désert, il est logique de jardiner en économisant l'eau. Lorsque Doreen voit un beau jardin en xéropaysage sur une vidéo de drone, elle est fascinée. Lorsque Mack évoque le mystère qui entoure la propriété, elle est envoûtée.

Pourtant, pas facile d'obtenir des détails. C'est parce qu'il n'y en a pas beaucoup. Mais Doreen et son clan sont doués pour creuser et poser des questions, et il ne faut pas longtemps pour percer le mystère à jour… au grand dam du caporal Mack Moreau.

Se montrer agaçante peut parfois fonctionner, mais trop souvent, cela se retourne contre elle. Cette fois-ci ne fait pas exception à la règle… et une fois que Doreen sera sur cette affaire, elle ne pourra plus jamais lâcher prise…

Inscrivez-vous ici pour être informés de toutes les nouveautés de Dale !

https://geni.us/DaleNews

Chapitre 1

Mi-octobre, dimanche…

L E LENDEMAIN, DOREEN regardait une vidéo sur Internet, Mack allongé sur le patio à côté d'elle.

— Vous avez des drones au travail ? demanda-t-elle.

Il la regarda.

— Non, pas au commissariat.

— J'ai toujours pensé que ce serait cool.

— C'est plutôt un casse-tête pour nous. Tu sais que les gens prennent des photos qu'ils ne sont pas censés prendre avec ce genre de choses.

— Oh, je n'y ai jamais pensé.

Doreen leva les yeux vers le ciel.

— Ça doit être terriblement agaçant.

— Oui. Je m'attends toujours à ce que quelqu'un prenne des photos de toi, maintenant que tu es si célèbre.

— Oh, ce serait affreux, murmura-t-elle en levant les yeux au ciel. Quelqu'un du coin en a acheté un, et il a mis ses vidéos sur Internet. Je ne sais même pas comment je suis tombée dessus, mais on me l'a recommandée, et elle passe en revue des propriétés locales. La vue est vraiment cool.

— Comment ça ? interrogea Mack en se relevant.

— Regarde cette zone.

— Oh, c'est le sud-est de Kelowna, constata-t-il. Je me souviens de cette zone. C'est vraiment très beau là-bas.

— Ils ont des problèmes d'eau ?

— Oui, ils en ont trop.

Doreen le dévisagea.

— Sérieusement ? Parce que ce jardin a été conçu selon la méthode du xéropaysagisme.

Mack afficha une mine perplexe.

— Qu'est-ce que ça veut dire ?

— C'est un jardinage à faible consommation d'eau, c'est-à-dire que tout est fait avec des plantes du désert et qu'il n'est pas du tout nécessaire d'arroser. Il n'y a pas d'herbe. Il n'y a pas de verdure. C'est de la culture digne d'un désert. Une rocaille, en somme.

— Intéressant, marmonna-t-il. Les gens n'ont pas forcément envie d'arroser leur jardin. De plus, beaucoup de gens ont des vergers et d'autres types de besoins en eau. Cependant, on a aussi des sécheresses.

— Regarde ce cliché, dit Doreen en désignant l'écran.

Le drone avait filmé une vue très large du jardin.

— C'est magnifique, ajouta-t-elle.

— C'est très spécial comme goût. Et ce n'est pas le mien.

— Peut-être pas, convint la jeune femme.

Il fronça les sourcils en étudiant la vidéo.

— Laisse-moi voir ça. Je connais cette propriété. Je m'y suis rendu il y a quelques années. Le propriétaire a disparu.

— Comment ça, *il a disparu* ?

— Il s'est rendu à son travail, mais n'est plus jamais réapparu, ni là-bas ni ailleurs. Son véhicule a été retrouvé le long de la route à proximité, mais aucune trace de lui n'a jamais été découverte. Aucun compte bancaire n'a été touché. Aucune carte de crédit n'a été utilisée. Il avait tout simplement disparu.

— Tu penses qu'il est parti, peut-être pour s'éloigner de sa femme et de ses enfants ?

Mack haussa les épaules.

— C'est une personne disparue, mais c'est possible.

Doreen arqua un sourcil, puis adressa un large sourire au policier.

Il secoua la tête.

— Non, ne dis rien.

— Pourquoi pas ? protesta-t-elle. Réfléchis. J'ai le titre parfait pour ça.

— Non, non, et non, affirma Mack. Quel titre pourrais-tu trouver pour ce scénario ?

— Peur… *Peur dans la rocaille* !

Il ferma lentement les yeux et gémit.

— OK, ça, c'est nul.

— Oui, mais ça marche, n'est-ce pas ? C'est la prochaine affaire.

Elle lui tapota la main et ajouta :

— Réfléchis-y. C'est une affaire classée, donc je n'aurai pas du tout à me mêler de ta vie ou de ton travail.

— Et ce serait bien ma veine que ce soit exactement le contraire et que tu piétines à nouveau un de mes dossiers.

— Non, tu n'as rien à voir avec celle-là. Tu étais déjà là pour enquêter. Tu as fait ton travail. C'est une affaire classée. Maintenant, c'est mon tour. *Peur dans la rocaille* est à moi.

Mack grommela et Doreen éclata de rire.

Chapitre 2

DOREEN AVISA L'EMAIL avec stupeur et une joie absolue. Après tout ce temps, la nouvelle qu'elle attendait était enfin arrivée. Elle parcourut donc ses emails, avant de s'installer pour lire celui-ci depuis le début.

Chère Doreen,

Après beaucoup de travail et de contacts, j'ai de bonnes et de mauvaises nouvelles.

Elle sourcilla, mais continua de lire, à voix haute.

— *Nous avons réussi à vendre ou à recevoir des offres pour 90 % des objets de la maison, y compris tous les tableaux et la plupart des bibelots de moindre valeur. Voir la liste complète ci-jointe. Je ne souhaite pas donner suite à certaines de ces offres parce qu'elles représentent moins d'argent que ce que j'espérais obtenir pour vous. Toutefois, les offres, compte tenu du marché, semblent raisonnables. La question est donc de savoir si vous voulez conserver les pièces encore en suspens et réessayer à un moment plus propice ou si vous voulez vendre maintenant et faire table rase du passé. La plupart des objets ont été vendus à d'excellents prix et n'attendent que votre confirmation. Je vous invite donc à lire attentivement la liste et à voir ce que vous souhaitez faire. Personnellement, je pense que le résultat a été remarquable et j'espère que vous serez satisfaite du montant final ci-joint. Dès que vous aurez une idée de ce que vous voulez faire avec les autres articles, n'hésitez pas à me le faire savoir.*

Elle ouvrit alors la pièce jointe et y jeta un coup d'œil. Elle ne savait pas exactement ce qui était décevant, car son regard se porta sur la ligne de bas de page. Le chiffre qui y figurait lui fit écarquiller les yeux, suivi des déductions des dépenses et des commissions, et le montant final des articles, actuellement avec des acheteurs, s'élevait à bien plus de quatre cent mille dollars. La majeure partie de cette somme provenait des peintures. Elle s'adossa au dossier de sa chaise et regarda fixement.

— Bon Dieu, murmura-t-elle avec ferveur.

Était-ce possible ?

Elle observa sa maison presque vide, se souvenant que les dernières pièces avaient été déménagées quelques mois plus tôt. Personne n'avait la moindre idée de la valeur de certains tableaux. C'était alors que cette spécialiste était intervenue et qu'elle avait su exactement ce qu'il fallait en faire. Doreen consulta le document joint et se rendit compte que tous les objets qui n'avaient pas été vendus étaient de petites pièces qui, de toute façon, ne valaient pas grand-chose. Les objets les plus importants devaient encore être vendus aux enchères en novembre... Et cela pourrait représenter plusieurs millions...

Une partie d'elle voulait que tout soit vendu, pour que tout soit terminé. Elle voulait se débarrasser de ça et obtenir le plus possible. En même temps, elle se rendait compte que Nan avait consacré beaucoup de temps et d'efforts à faire en sorte que cet héritage ait la plus grande valeur possible, et Doreen ne voulait pas amoindrir les efforts de sa grand-mère.

Elle réfléchissait à ce qu'elle allait faire lorsque le téléphone sonna, la faisant sursauter. Elle baissa les yeux, reconnaissant le numéro de Scott, son antiquaire.

— Bonjour, Scott. Quoi de neuf ?

Celui-ci rit.

— Bonjour, Doreen. J'ai envoyé l'email, puis j'ai réalisé qu'il était sûrement beaucoup plus facile d'expliquer ça par téléphone. Je suis avec Paula, votre conseillère en art.

— J'ai l'email sous les yeux, précisa Doreen avec enthousiasme. Je dois admettre que je suis absolument ravie du montant.

— Oh, tant mieux, déclara Paula, soulagée. Nous ne savons jamais vraiment quelles sont les attentes de nos clients, et tout s'est passé si vite que je ne savais pas si vous aviez des regrets ou si vous aviez l'impression d'avoir été piégée.

— Non, pas du tout, affirma Doreen. Ce n'est pas vraiment ma tasse de thé. En plus, à l'époque, j'étais plutôt désespérée d'avoir assez d'argent pour me nourrir. Je suppose qu'avec ça… les choses se sont un peu améliorées.

Elle lâcha un petit rire avant de continuer.

— Je n'ai pas l'utilité de ces objets, ils ne sont pas à mon goût et ce n'est pas quelque chose dont je profiterais chez moi. Ce sont des souvenirs de ma grand-mère, mais elle est toujours en vie et se crée d'autres souvenirs.

— Et c'est une belle chose à laquelle il faut penser, acquiesça Paula avec chaleur. Passons donc en revue la liste.

Cela prit vingt-cinq bonnes minutes et, lorsqu'elle arriva au bas de la liste, c'est-à-dire aux objets qui n'avaient pas encore été vendus, Paula annonça :

— Pour l'instant, j'ai quelqu'un qui achèterait tous ces objets. Individuellement, vous pourriez espérer obtenir, disons, dix ou douze mille dollars pour l'ensemble. Mais il vous en offre sept. De manière générale, je dirais que c'est un très bon prix, mais si vous n'êtes pas à l'aise avec ça…

— Ça me convient, répondit Doreen. Je suis plus que d'accord. C'est plus que ce que j'attendais. Je ne voulais pas que tout le travail de Nan soit réduit à néant par un prix réduit, alors qu'elle avait passé tant de temps à tout acheter.

— Votre grand-mère a un œil incroyablement perspicace, dit Paula, et, si jamais je reviens vous voir, j'aimerais avoir la chance de la rencontrer. Trop souvent, nous n'avons pas l'occasion de voir les acquisitions de quelqu'un comme elle, qui est encore en vie. La plupart du temps, il s'agit de ventes de succession, où l'acheteur est décédé depuis longtemps.

— Heureusement, elle ne l'est pas, et elle a rempli cette maison pour moi, confirma Doreen, les yeux embués. Et je ne manquerai pas de lui faire savoir combien vous vous êtes bien débrouillée avec tout ça… Je suis étonnée de ce montant total.

— Je n'étais pas sûre que vous compreniez le fonctionnement de la commission.

— J'apprends, nota Doreen d'un ton sec. De toute évidence, pour tout le travail que vous faites, c'est comme ça que vous êtes payée.

— Exactement, confirma Paula, et nous appartenons à une très grande entreprise, nous sommes très réputés et nous sommes assurés. Ainsi, nous confirmons que tous les produits de la vente sont acheminés correctement. Mais vous payez bien plus que de simples commissions.

— Bien sûr, et comment se déroule le processus à partir d'ici ?

Paula s'esclaffa.

— C'est très simple. J'ai besoin que vous me renvoyiez les documents joints à l'email – le plus tôt sera le mieux – pour me dire si vous voulez que je vende ces autres articles pour lesquels nous avons des offres.

— Oui, c'est ce que je souhaite, affirma Doreen.

— D'accord, très bien. Dans ce cas, nous devrions probablement vous faire un chèque d'ici une trentaine de jours, quarante-cinq au maximum. Cela dépend du calendrier de facturation et de la rapidité avec laquelle je peux enregistrer toutes ces ventes.

— Parfait, dit Doreen avec joie. Ça me paraît merveilleux.

— Bien, je suis contente de l'entendre. Cela a été très amusant. Nous ne recevons pas souvent un mélange aussi éclectique d'objets, il a donc été difficile de trouver les bonnes personnes, mais c'était aussi un bon défi. Je vous remercie donc vivement que vous m'ayez permis de vous aider.

Après avoir passé en revue les détails pendant quelques minutes, Doreen raccrocha et avisa à nouveau l'email. Elle avait hâte de partager cette bonne nouvelle avec Mack et Nan. Pour l'instant, elle était stupéfaite et devait elle-même assimiler cette formidable nouvelle. Il était presque impossible de croire qu'elle recevrait autant d'argent, de l'argent qui, lorsqu'elle était mariée et vivait avec Mathew, n'aurait rien signifié parce qu'elle ne s'occupait pas de cet aspect. Elle recevait une certaine somme pour couvrir ses besoins personnels, et Mathew s'occupait de tout le reste. Cependant, à présent, cet argent serait le sien et le sien uniquement.

Non seulement ça, mais c'était aussi un énorme cadeau de la part de Nan, qui l'avait manifestement prévu de nombreuses années auparavant. Doreen ne pourrait même pas envisager d'organiser quelque chose de la sorte, si elle avait elle-même des enfants ou des petits-enfants. Penser que Nan avait eu une telle prévoyance était tout simplement stupéfiant. C'était aussi une leçon d'humilité que de se rendre compte de la chance qu'avait Doreen d'avoir cette grand-mère et de savoir qu'elle avait toujours été si soucieuse de l'avenir pour mettre en place une telle chose.

Même si ce n'était qu'un coup de chance qu'elle l'ait organisé, c'était quand même une de ces affaires impressionnantes, et Nan avait voulu que Doreen fasse quelque chose à sa façon. Bien sûr, elle aidait beaucoup de gens avec les affaires classées qu'elle résolvait, toutefois elle devait aussi mettre un peu d'argent de côté, pour ne plus jamais être fauchée. Pour cela, elle devait trouver quelqu'un qui l'aiderait à faire des investissements judicieux.

Elle ignorait qui serait ce conseiller. Évidemment, elle avait Mack, Nan, Nick et quelques autres personnes pour en discuter, l'aider à trouver quelqu'un et s'assurer que le conseiller était honnête. Bien sûr, l'honnêteté à ce stade était une tout autre histoire.

Elle ouvrit la porte de la cuisine, sortit et observa ce qui était devenu une journée absolument grandiose.

Trop excitée pour se contenir, sur un coup de tête, elle se jeta dehors et fit la roue sur la pelouse, Mugs et Thaddeus dans son sillage. Son chien ne cessa d'aboyer, tandis qu'elle s'arrêtait près de la rivière, les cheveux virevoltant dans tous les sens et le visage rouge, et qu'elle s'effondrait dans l'herbe en riant. Mugs lui grimpa dessus, et Thaddeus n'était pas en reste, car il criait et semblait essayer d'imiter ses roues.

— Oh mon Dieu, Thaddeus, s'esclaffa-t-elle, le visage rougi par la joie. Je ne sais pas ce que tu essaies de faire, mais waouh.

Il s'envola dans les airs et atterrit juste devant elle, puis sautilla encore plus près, avant de se poser sur son ventre. Mugs glissa délicatement sur le côté, tendit une patte et manqua de faire tomber Thaddeus. Thaddeus se retourna vers lui, poussa un cri et lui donna un coup de bec. Le chaos s'installa pour un moment, jusqu'à ce que les choses se calment, et elle resta assise ici, heureuse d'en avoir fini avec les chamailleries, ses animaux allongés maintenant en paix à ses côtés, enfin, presque. Thaddeus s'était de nouveau installé sur son épaule et lui chantonnait doucement à l'oreille, ce qui l'incita à le câliner. Elle resta là un moment et sourit au monde qui l'entourait.

— C'est une époque formidable pour être en vie, souffla la jeune femme.

Elle étira ses jambes, puis ses bras, qu'elle plaça derrière sa tête et observa le ciel. Un tel sentiment de bien-être et de joie l'avait envahie qu'elle n'arrivait pas à y croire. L'argent était suffisant pour mettre fin à ses inquiétudes quant à son avenir, et il lui permettrait également de ne pas mourir de faim pendant très longtemps. Les 7 000 dollars que lui rapporterait la vente des bibelots à un acheteur potentiel lui permettraient de se nourrir pour toujours, semblait-il, et cela lui fit chaud au cœur. Elle avait hâte de l'annoncer à Mack. Cependant, elle se sentait mal à l'aise à l'idée de l'appeler au travail pour interrompre sa journée. Il passerait probablement plus tard dans l'après-midi ou dans la soirée, et elle lui annoncerait à ce moment-là, c'était certain.

Restée sur l'herbe, un grand sourire aux lèvres, elle se prélassa dans la gloire des ventes, jusqu'à ce que son téléphone sonne.

— Coucou, Nan !

— Tout va bien, ma chérie ? lui demanda sa grand-mère.

Elle avait manifestement ressenti l'excitation de Doreen.

— Je vais plus que bien ! s'exclama cette dernière.

Après un moment de silence, Nan demanda prudemment :

— Tu es sûre ? Tu as l'air terriblement excitée.

Doreen se redressa et lui annonça prestement la nouvelle.

— Oh, c'est merveilleux ! s'écria Nan. C'est aussi un bon revenu pour tous mes efforts.

— C'est ce que j'espérais t'entendre dire, répondit Doreen. Tu n'imagines pas combien je te suis reconnaissante d'avoir fait ça pour moi… Ce montant est tout bonnement incroyable.

— Je ne sais pas si c'est *incroyable*, souligna Nan avec prudence. J'ai fait beaucoup d'efforts pour m'assurer que nous avions de bonnes pièces.

— Merci. Vraiment, insista Doreen. J'ai été stupéfaite lorsque Scott et Paula m'ont appelée ce matin. Je dois remplir la paperasse que Paula m'a envoyée, concernant tous les petits objets.

Elle se leva d'un bond, continuant sa tirade :

— Je suis sortie, j'ai crié de joie, j'ai couru dans mon jardin et j'ai fait la roue. Puis j'ai complètement oublié que je devais imprimer les documents et les envoyer.

— Tu ferais mieux de t'y atteler tout de suite. Ensuite, pourquoi ne viendrais-tu pas prendre le thé ?

— Avec plaisir, acquiesça Doreen. Bonne idée.

Doreen raccrocha et, les animaux courant à ses côtés, elle se précipita dans la maison, où elle imprima les documents en vitesse, les signa, les scanna et les renvoya par email à sa commissaire. Cela fait, les animaux à ses côtés, elle se rendit chez Nan. Doreen ne savait même pas comment ou quoi faire pour montrer à Nan sa reconnaissance pour tout ce qu'elle avait fait, car c'était énorme. Au point de changer sa vie.

Elle n'y avait pas encore vraiment réfléchi. Bien sûr, il y avait eu des discussions au sujet des antiquités de Nan, de toutes sortes de chiffres prévisionnels concernant leur vente, des tableaux et des livres rares, mais elle n'avait pas encore compris combien certains de ces objets allaient rapporter en réalité. Même lorsqu'elle pensait aux ventes actuelles en termes de dollars, elle ne pensait pas à ce *genre* de chiffres parce que c'était juste… wouah. C'était plus qu'un changement de vie. C'était tout à fait incroyable, et elle ne pouvait pas être plus heureuse. Elle était encore en train de rebondir et de chanter pour elle-même, alors qu'elle se rendait chez Nan.

Chapitre 3

N AN JETA UN coup d'œil au visage de sa petite-fille et s'esclaffa. Elle ouvrit les bras et Doreen la serra gentiment dans les siens. Mugs, pour ne pas être en reste, se jeta sur les genoux de Nan en quête de câlins. Elle essaya de caresser Mugs et de prendre Thaddeus, qui tentait de passer de l'épaule de Doreen à la sienne, et riait de joie.

— Tu n'as pas idée du cadeau que tu m'as fait, murmura Doreen, soudain les larmes aux yeux.

— Oh, ne t'avise pas de pleurer, la réprimanda sa grand-mère en aidant Thaddeus à se stabiliser sur son étroite épaule. Ça va me faire pleurer.

En l'espace de quelques minutes, les deux femmes essuyèrent leurs larmes. Nan gloussa.

— Je suis si heureuse d'entendre que tout ce que j'ai fait pour m'amuser — et rappelle-toi que c'était amusant, de passer toutes ces années à trouver le bon ameublement — a produit quelque chose de valable. On ne sait jamais vraiment si l'on peut faire confiance à beaucoup de gens, mais il semble que nous nous en soyons bien sortis après tout.

— Nous ? répéta Doreen en secouant la tête. *Tu* as fait un travail phénoménal. Je n'ai rien fait.

— Oh, c'est toi qui as fait les démarches et qui as réussi à vendre autant, fit remarquer Nan. Tu n'as pas conscience de combien c'est important. Assieds-toi. Assieds-toi.

Nan désigna la table où Mugs avait élu domicile, un regard plein d'attente sur son visage. Goliath s'était installé sur la jardinière la plus proche pour y faire une longue sieste et ignorer tout le monde.

— Je vais chercher le thé, annonça la vieille dame avant de se précipiter dans la cuisine.

Doreen s'assit sur la terrasse, le cœur encore plein et les larmes au coin des yeux, remplie de gratitude pour tout ce que sa grand-mère avait fait. C'était un cadeau si fabuleux. Et elle se sentait tellement désolée pour tous ceux qui, dans le monde, n'avaient pas eu la chance de bénéficier d'une personne comme sa grand-mère.

Lorsque Nan sortit à nouveau, portant une pleine théière, Doreen se leva d'un bond et proposa :

— Donne, je vais la prendre.

Nan l'ignora et posa la théière sur la table.

— C'est bon, rétorqua Nan. Je suis loin d'être invalide.

— Invalide. Invalide, cria Thaddeus.

— Ah ! D'ailleurs, même si tu deviens invalide, nota Doreen en riant, tu auras du cran.

— Tu as tout à fait raison, acquiesça Nan, rayonnante. La vie est trop courte pour autre chose.

Sur ce, elle fronça les sourcils en direction de Doreen.

— Par contre, je n'ai pas de douceurs pour toi aujourd'hui. J'en suis navrée.

— Je survivrai, la rassura Doreen, pourtant déçue.

Elle ne voulait pas que Nan s'en aperçoive. Celle-ci entendit alors quelque chose, pencha la tête sur le côté et demanda :

— Ça a sonné chez moi ?

— Je ne sais pas, répondit Doreen en fronçant les sourcils à son tour. Je n'ai rien entendu.

C'est alors que Richie lança :

— Hé, Nan, c'est toi ?

— Tu t'attendais à voir qui ? s'exaspéra-t-elle, toujours assise. Tu as frappé chez moi.

Richie traversa l'appartement de Nan et arriva sur sa terrasse, jeta un coup d'œil et sourit à Doreen.

— N'est-ce pas le timing idéal ?

Et il tendit un petit panier.

Nan se leva d'un bond, se précipita vers lui, jeta un coup d'œil au panier et gloussa.

C'était la description exacte. Nan était littéralement en train de glousser. Thaddeus et elle étaient uniques en leur genre. Et à cet instant, les deux têtes regardaient dans le panier comme si c'était Noël.

— Ce doit être de la bonne marchandise, remarqua Doreen en avisant sa grand-mère d'un air amusé. Je n'ai jamais entendu un son comme celui-là de ta part.

Nan lui décocha un regard noir, puis rayonna.

— C'est des cookies. Tout chauds.

Elle retira le tissu qui recouvrait le dessus, de sorte que même Doreen put sentir l'odeur du chocolat.

— Oh là là, grommela-t-elle en regardant Richie. Tu étais dans la cuisine, en train de les dévaliser tout droit sortis du four ?

— Je fais toujours une descente dans la cuisine, déclarat-il avant de hausser les épaules. Ils sont habitués à moi maintenant.

Doreen rit.

— Je suis sûre que tout le monde ici est habitué à toi

maintenant, dit-elle en souriant.

Il acquiesça avec un grand sourire et lui jeta un regard en coin.

— C'est normal. Nous payons cher pour être ici.

Doreen ne renchérit pas, mais esquissa un sourire, sachant que si Nan n'avait plus d'argent pour payer sa résidence, Doreen serait capable d'au moins maintenir le style de vie auquel Nan était habituée. Du moins, Doreen l'espérait. Elle n'était pas sûre de savoir combien Nan dépensait pour tous ses amis ici, toutefois il était important que Doreen ait un moyen de rendre la pareille, si nécessaire.

Richie désigna la chaise vide.

— Puisque j'ai apporté les cookies, est-ce que je peux m'asseoir avec vous ?

— Absolument, acquiesça Nan en déplaçant sa chaise pour faire de la place.

Il poussa le panier vers Doreen.

— Tu ferais mieux d'en prendre un. C'est les cookies préférés de ta grand-mère.

Doreen sourit de plus belle et suggéra :

— Alors, elle devrait se servir en premier.

— Non, pas du tout, argumenta Nan, mais dépêche-toi, mon enfant. J'ai hâte. Les cookies chauds ne restent chauds qu'un certain temps.

Toujours en train de rire, Doreen plongea la main dans le panier, attrapa un cookie et mordit dedans.

— Oh, mon Dieu.

Du chocolat chaud et fondu remplit sa bouche. Elle ferma les yeux de plaisir.

— Vous avez vraiment les meilleurs cuisiniers ici.

— C'est vrai, convint Richie. On est tellement heureux que tu te sois débarrassée de l'autre.

Doreen leva les yeux au ciel.

— Je n'irai pas jusqu'à dire que je me suis débarrassée d'elle.

— Bien sûr que si, insista-t-il avec un sourire.

— Et crois-moi. On est reconnaissants.

Nan était presque grisée en agitant son cookie.

Doreen éclata de rire.

— Contente d'aider.

— Quelle est ta nouvelle affaire ? interrogea Richie.

Elle y réfléchit.

— Ce n'est pas que j'ai une nouvelle affaire, précisa-t-elle, mais plutôt une curiosité.

À ce moment-là, les deux acolytes se figèrent et la dévisagèrent.

— On aime les curiosités, déclara Nan en se penchant vers l'avant avec impatience.

— Quel genre de curiosité ? renchérit Richie.

— J'ai vu des images de drone d'une maison dans la région du sud-est de Kelowna, et le jardin avait été aménagé en xéropaysage.

Nan acquiesça ; Richie eut un regard complètement vide.

— Xéro quoi ? demanda-t-il, confus.

— En xéropaysage. Il a été converti en un jardin à faible consommation d'eau, comme une rocaille, un jardin composé de variétés du désert.

— Oh, comme mon jardin quand je ne l'arrose pas, plaisanta-t-il avec un sourire en coin.

Doreen le dévisagea, puis acquiesça lentement.

— Oui, je suppose que c'est une forme de xéropaysagisme, concéda-t-elle, puis secoua la tête. Dans ce cas, beaucoup de rocaille et de plantes du désert.

Richie opina.

— Mais, dans cette région, il y a beaucoup d'eau. Beaucoup de grandes propriétés, d'immenses domaines là-haut. C'est une zone très étendue.

— Cette propriété a un jardin à l'avant plus petit, expliqua Doreen, et il se peut qu'il y ait beaucoup d'espace dans le jardin arrière, mais je ne l'ai pas vu.

— Continue. Continue, dit Nan en demandant à Richie de se taire.

Thaddeus l'imita aussitôt.

— Chuuut. Chuuut.

Tout le monde rit, mais regarda Doreen avec impatience.

— Bref, tout le jardin avant a été divisé en allées et en quadrants, et comme le drone a capté l'image depuis le ciel, j'ai vu un *X* dans le jardin avant. Et il y avait différentes sortes de roches dans chaque triangle à l'intérieur du *X*.

— D'accord, et alors ? s'enquit Richie en fixant Doreen du regard, avant de darder un regard noir sur Nan. Ne t'avise pas de me dire encore une fois de me *taire*. Elle prend son temps.

— Je sais. Je sais, mais il faut lui laisser le temps de s'exprimer aussi, chuchota Nan. Elle ne s'explique pas toujours très clairement.

— *De toute façon*, Mack connaissait la propriété parce que le propriétaire a disparu du jour au lendemain… il y a quelques années.

Les deux aînés s'immobilisèrent pour la dévisager de nouveau.

— Et ? demanda Richie. Quel est le rapport ?

— C'est ça, la curiosité, réitéra Doreen, car combien de personnes connaît-on qui disparaissent du jour au lendemain sans jamais réapparaître ?

— *Jamais* ? répéta Richie, haussant les sourcils. Et les cartes de crédit ? Les relevés bancaires ? Il a pris sa voiture ?

— Son véhicule a été retrouvé à quelques rues de là, garé mais vide. Il était censé aller chercher du matériel, et pourtant le pick-up a été retrouvé abandonné près de son domicile. Il ne s'est pas présenté au travail. Le véhicule a été retrouvé plus tard dans la journée, à quelques pâtés de maisons, une fois que sa femme a commencé à téléphoner pour savoir où il se trouvait.

— Elle a fait le tour des bars ? questionna Richie avec un petit rire.

— Je ne sais pas. Je ne lui ai pas parlé. Mack m'a dit que ce type est toujours une personne disparue et que le dossier est ouvert depuis un certain temps. Mais il faut que je sache exactement depuis combien d'années il a disparu.

Doreen réfléchit à cela, puis sortit son téléphone et envoya un SMS à Mack, avec un ricanement. **En ce qui concerne notre affaire dans la rocaille, quel est le nom de l'homme disparu ? Et quand a-t-il disparu ?** Elle envoya le message.

— J'ignore dans combien de temps Mack va me répondre... Je n'ai pas tous les détails, dommage pour moi. Ce matin, je comptais lui en parler, mais je n'ai pas encore eu l'occasion de le faire.

— D'accord. Je ne crois pas en avoir déjà entendu parler, déclara Richie, se tournant vers Nan. Et toi ?

Nan était assise là, sirotant son thé, avec un regard perdu au loin.

— Tu sais, dit-elle en secouant la tête, j'ai l'impression que quelque chose est là, mais je n'arrive pas à l'extraire de mon cerveau.

Elle secoua de nouveau la tête.

— Même secouer la tête ne m'aide pas, conclut-elle avec dégoût.

Doreen la regarda fixement.

— Dis-moi que tu ne penses pas vraiment que secouer la tête va marcher, n'est-ce pas ?

— Hé, ça marche comme par magie, affirma Richie.

— De quoi ? interrogea Doreen, le regard toujours rivé sur sa grand-mère.

— Quand elle secoue la tête plus fort, les choses qu'elle a oubliées reviennent à la surface, expliqua Richie, comme si c'était normal.

Doreen se massa les tempes.

— OK, je ne peux pas dire que j'ai déjà entendu dire que c'était efficace.

— Eh bien, ici à Rosemoor, précisa Nan, on a toutes sortes d'astuces pour se souvenir des choses. On a des problèmes de mémoire, ma chérie, alors on est un peu plus avant-gardistes en termes de solutions. Et pourtant, beaucoup de gens ne veulent pas nous écouter, ils disent qu'on *oublie des choses*, comme si c'était une évidence.

Elle leva les yeux au ciel et continua.

— Ce n'est *pas* une évidence, et aucun d'entre nous n'a envie d'écouter ce genre d'âneries, râla Nan.

Doreen acquiesça et se tut sur ce sujet, car c'était une conversation dans laquelle elle n'aurait pas le dernier mot de toute façon.

— Je me demandais juste si l'un d'entre vous avait entendu parler de l'affaire. Je ne suis pas d'une grande aide si je n'ai pas le nom des personnes impliquées.

— Je suppose que quelqu'un a été oublié, devina Nan. Tu as dit que la femme avait téléphoné ici et là ?

Doreen opina du chef.

— Oui, mais je n'ai aucun détail sur son identité, ni même sur la date des faits.

— Oh, dans ce cas, intervint Richie, tu dois vraiment te renseigner avant de venir nous demander de l'aide. Tu le sais, n'est-ce pas ?

Elle ignora complètement le fait que c'était lui qui voulait les détails et qu'elle n'essayait pas encore d'obtenir leur aide, mais c'était un autre débat qu'elle ne pouvait pas gagner. Elle se contenta de lui sourire.

— J'obtiendrai les détails. Ne vous inquiétez pas.

— J'en suis sûr. Il est probable que Mack est déjà en train de rassembler toutes ces informations pour toi, s'esclaffa Richie.

Les quarante minutes qui suivirent furent amusantes, mais aussi frustrantes, car aucune des deux personnes attablées avec Doreen ne se souvenait de quoi que ce soit à propos de l'affaire. Puis, tout à coup, Nan regarda Doreen et dit :

— Dennis Polanski.

Doreen se figea.

— Dennis qui ? demanda-t-elle.

— Dennis Polanski ! s'écria Richie.

Elle fronça les sourcils.

— OK, donc apparemment vous connaissez tous les deux ce nom.

— Évidemment que je connais ce nom.

Il se tourna vers Nan puis hocha la tête.

— Bien joué, ajouta-t-il.

— C'est bien, mais qu'est-ce qui est bien joué ? interrogea la jeune femme.

— J'ai suffisamment secoué ma tête pour qu'elle se détache, déclara fièrement Nan.

— Très bien, dit Doreen, les sourcils froncés. Qu'est-ce que ce nom signifie pour vous ?

Nan l'observa, surprise.

— C'est la personne qui a disparu.

Elle dévisagea sa petite-fille.

— Dennis Polanski est l'homme qui a disparu ?

— C'est ce que je viens de dire, confirma Nan en secouant la tête avant d'émettre un bruit bizarre. Tu devrais peut-être secouer la tête de temps en temps.

Doreen lui sourit.

— C'est souvent le cas lorsqu'il s'agit de tes frasques et de celles de Richie, répliqua-t-elle.

Nan ricana.

— D'accord, peut-être, mais c'est l'homme qui s'est levé un jour et qui n'est plus jamais rentré à la maison. Et on a entendu toutes sortes de rumeurs à ce sujet, n'est-ce pas ?

La vieille dame se tourna vers Richie.

— Oui, mais je ne me souviens pas des détails, reconnut-il. C'était il y a longtemps.

— C'était il y a seulement huit ou neuf ans ? ajouta Nan.

Elle se tourna vers Doreen pour obtenir une confirmation.

— Je l'ignore. Mack pensait que c'était il y a quelques années, répondit-elle. C'est pourquoi j'ai besoin du dossier, afin de pouvoir fixer les dates, avant que nous puissions avancer dans cette affaire.

— Les dates seront importantes, acquiesça Richie. Quand on y pense, on pourrait chercher cette personne partout. Il a peut-être choisi de disparaître, non ?

— Dites-moi ce dont vous vous souvenez, leur demanda Doreen.

Nan haussa les épaules.

— Rien. Je sais seulement ce que les nouvelles ont dit, c'est-à-dire qu'il a disparu. Il est parti travailler un jour, ne s'est pas montré, et c'est tout. Personne n'a plus entendu parler de lui.

— Génial, marmonna Doreen. Je n'ai jamais compris comment quelqu'un pouvait disparaître comme ça.

— Il n'a pas disparu de lui-même, manifestement, glissa Nan en regardant sa petite-fille. C'est assez évident.

C'est alors que Goliath bougea, sautant sur les genoux de Doreen avant de se rouler en boule pour se rendormir. Elle l'entoura de ses bras et l'attira plus près d'elle.

— Pourtant, s'il voulait quitter un mariage malheureux, s'il avait volé quelque chose au travail ou s'il s'était levé un jour et avait décidé qu'il ne vivrait plus ainsi, c'est exactement ce qu'il a fait.

Doreen zieuta sa grand-mère tandis que Goliath tendait une patte et lui tapotait la joue.

— Ces personnes décident qu'elles en ont marre et s'évanouissent dans la nature.

Nan fronça les sourcils en la regardant, puis en regardant Richie, et haussa les épaules.

— Mais c'est être un dégonflé. Je ne connais pas grand monde de cette trempe… Non, c'est faux, se corrigea Nan. Je connais beaucoup de gens comme ça. C'est juste que ce n'est pas le genre de personnes que je choisis de fréquenter.

— Entendu, dit Doreen.

S'il y avait bien une chose que n'était pas Nan, c'était une dégonflée.

— On doit aussi comprendre qu'il lui est peut-être arrivé quelque chose de grave, et que ce n'est pas du tout comme s'il abandonnait la vie, suggéra la vieille dame. C'est plutôt quelqu'un qui a fait en sorte que la vie l'abandonne.

Richie s'esclaffa.

— Bon jeu de mots, mais je suis sûr que tu tireras ça au clair, Doreen, l'encouragea-t-il en se frottant les mains. C'est passionnant, et j'ignorais, quand on s'est levés ce matin, qu'il y aurait quelque chose de nouveau et de différent.

Nan rayonna.

— On peut toujours compter sur Doreen pour trouver quelque chose d'excitant et de nouveau.

— Je n'irai pas jusque-là, répondit Doreen avec prudence. Il se passe beaucoup de choses dans ce monde avec lesquelles je n'ai rien à voir.

— Oh, mais il y en a beaucoup moins maintenant, affirma Nan. Tu es très impliquée dans beaucoup de choses et je suis très fière de toi.

— Quoi ? D'être une fouineuse ? De mettre mon nez partout ? ironisa sa petite-fille.

Une deuxième patte lui tapota la joue, ce qui la fit glousser et se pencher en avant. Elle souleva Goliath pour l'embrasser sur le dessus de la tête.

Nan rit.

— Une fouineuse avec un but précis. C'est aussi ce que sont les détectives, tu sais ? Et je sais que tu n'as pas de licence. Je sais que tu ne fais pas partie des forces de l'ordre.

Nan repoussa tout cela d'un revers de la main, comme si rien de tout ça n'était important.

— Pourtant, tu fais ton possible, ajouta-t-elle en observant Doreen attentivement. C'est plus que ce que font beaucoup de gens.

Richie acquiesça.

— Et c'est un fait. Beaucoup de gens ne font pas grand-chose parce qu'ils ne veulent pas s'impliquer, mais tu n'as jamais eu peur de ça. Tu te lances tout de suite.

— Même si je ne devrais pas, plaisanta Doreen avec un petit rire.

Richie affichait une expression ravie.

— Certes, concéda-t-il sans se départir de son humour. On admire vraiment ça. On admire ton esprit d'aventure et le fait que tu ailles là où personne d'autre n'oserait aller. Ça nous rend heureux, ça nous fait prendre conscience combien tu es douée pour la vie.

— Contrairement à ? s'enquit Doreen, incertaine d'où il voulait en venir.

— Contrairement à ceux qui se contentent *d'exister*. Tellement de gens se contentent de ça. Ils ne comprennent pas que la vie va plus loin que ça, plus loin que de rester planté là à ne rien faire.

— Je pense que ça tient debout, concéda la jeune femme, mais beaucoup de gens feraient plus s'ils pouvaient faire plus.

— Tu as fait en sorte de pouvoir faire plus, rajouta Nan, et nous t'en sommes tous reconnaissants. Tu nous tiens en haleine. Maintenant, regarde cette affaire, si tu n'avais pas demandé cette information, je n'aurais pas continué à me creuser les méninges jusqu'à ce qu'elle se libère.

Sa grand-mère conclut en riant.

— Wouah. J'apprécierais tout de même que tu ne les creuses pas trop au point de te faire du mal, précisa Doreen.

Nan partit dans un grand éclat de rire.

— Ça n'arrivera pas. Ma vie est beaucoup trop tourmentée pour que ça arrive.

Et c'était la vérité, du point de vue de Doreen. Il se passait tellement de choses dans la tête de sa grand-mère que Doreen ne pouvait pas imaginer qu'un problème survienne.

Pourtant, trop de choses s'étaient passées dans la vie de Doreen pour qu'elle ne prenne pas de risques.

— Je peux comprendre. Il faut juste que tu gardes le contrôle. Je vais faire des recherches pour voir si je peux trouver cette personne. *Polanski. Dennis Polanski.* J'irai peut-être à la bibliothèque après.

— Tu trouves vraiment beaucoup d'informations à la bibliothèque ? demanda Nan avec curiosité.

— Parfois, oui. Ça dépend de l'ancienneté de l'information. Je commence par des recherches sur Google, puis je suis ces pistes jusqu'à ce que je n'en aie plus, et je dois alors trouver une autre source d'information, expliqua-t-elle. Parfois, je harcèle ce pauvre Mack, parfois je dois aller à la source et aller à la bibliothèque encore et encore... Les archives sont très intéressantes, surtout si on recherche d'anciennes informations sur la même personne. Et bien sûr, il y a les dossiers de Solomon...

Les deux résidents hochèrent la tête, comme s'ils savaient de quoi elle parlait, mais Doreen soupçonna que ce n'était pas le cas.

— Bref, commença-t-elle en se levant lentement. Je vais rentrer et essayer de résoudre ça.

— Bien, approuva Nan. Tiens-nous au courant de tes progrès, et on fera quelques recherches par ici pour voir si quelqu'un sait ce qu'il s'est passé ou a un scoop à ce sujet.

Elle décocha un clin d'œil à sa petite-fille.

— On ne sait jamais ce qu'on peut trouver ici, ajouta-t-elle.

— Connaissant cet endroit, reconnut Doreen avec un petit rire, vous aurez probablement résolu le problème avant dimanche prochain.

— Oh là là, j'espère bien.

Sur ce, Nan fit un signe de la main à Doreen et lui dit :

— Vas-y, ma chérie. Tu dois t'y mettre.

En secouant la tête, Doreen rassembla ses animaux, embrassa sa grand-mère et chuchota :

— Prends soin de toi.

Chapitre 4

TANDIS QUE DOREEN se dirigeait vers la rivière, elle entendit Richie et Nan, tête contre tête, chuchoter dans son dos, sûrement en train d'établir un plan d'attaque sur la façon d'obtenir plus d'informations des résidents de Rosemoor et de leurs proches. C'était une bonne chose parce qu'ils constituaient une énorme source d'informations précieuses pour Doreen. Il était simplement frustrant de constater qu'ils semblaient parfois avoir un meilleur accès aux sources locales que Doreen.

Mais elle n'avait pas de groupe d'amis à ses côtés depuis toujours. Elle ne disposait que des moyens de base pour trouver des choses, comme Internet, la bibliothèque et même l'annuaire local. Elle souriait encore à ces idées lorsqu'elle reprit le chemin de la maison.

En passant devant la clôture de Richard, elle entendit quelqu'un chantonner. Elle s'arrêta pour écouter et, comme elle ne voulait pas continuer à avancer, Mugs lui aboya dessus.

— *Chut*, silence, Mugs.

Le chant s'arrêta.

Elle soupira.

— Je ne sais pas qui chante, mais c'est magnifique. Ne vous arrêtez pas pour moi.

Il y eut un grand bougonnement, et elle reconnut le ton de Richard.

— Vous écoutez chez les autres, maintenant ? ricana-t-il.

— Non, je n'écoutais pas, corrigea-t-elle par-dessus la clôture. Je rentre de chez Nan.

— Ah oui, Rosemoor, ce repaire de l'iniquité, riposta-t-il. Les gens là-bas sont fous.

— Je ne sais pas s'ils sont fous, répliqua la jeune femme en fronçant les sourcils. Ceux à qui j'ai affaire ont le cœur sur la main.

— *Bien entendu*, plaisanta-t-il. Ils sont aussi curieux, des fouineurs qui se mêlent de tout.

Doreen se renfrogna parce que, eh bien, il n'y avait vraiment pas moyen d'argumenter avec ça.

— Peut-être, concéda-t-elle, mais seulement pour une bonne cause.

— Évidemment, combien de bonnes causes pourriez-vous encore défendre ? maugréa-t-il.

— Désolée pour votre frère. Je suis sûre que ça a dû être très dur.

Elle reçut pour toute réponse un silence, puis ajouta :

— Au passage, connaissez-vous un Dennis Polanski ?

— Vous voulez dire, est-ce que j'ai *connu* un Dennis Polanski ? Il a disparu il y a quoi… une dizaine d'années ?

— Quelque chose comme ça.

Elle marcha tranquillement vers la porte de sa cuisine. Richard passa sa tête par-dessus la clôture au même moment.

Il la fusilla du regard.

— Alors maintenant, vous allez vous mêler de la vie de quelqu'un d'autre ?

Elle l'avisa, y voyant la même détresse que celle qu'il avait ressentie lors de l'affaire précédente, impliquant son frère.

— Comme je vous l'ai dit, je suis désolée pour votre frère et la façon dont ça s'est passé.

Il acquiesça lentement et lui fit un signe de tête à contre-cœur.

— Au moins… il a des réponses maintenant.

— Exactement, acquiesça-t-elle. Ce ne sont généralement pas les réponses que nous voulons.

— Personne n'aurait jamais pensé que son ami aurait fait ça, déclara Richard à contrecœur. Ça l'a rendu très triste.

— Et pour ça, il aura besoin de vous, suggéra-t-elle. Parfois, il arrive de bonnes choses aux gens, mais d'autres fois, c'est moins bien, et ils ont besoin du soutien de ceux qui les entourent.

Richard la fustigea du regard.

— Il s'en serait très bien sorti, si vous n'aviez pas réduit son monde en poussière.

— Vraiment ? s'étonna Doreen en dévisageant son voisin. Comme vous venez de le souligner, de cette façon, il a obtenu des réponses.

Sur ce, il lui lança un dernier regard fulminant et disparut de son côté de la clôture.

En s'approchant de la porte de sa cuisine, elle ajouta :

— Vous avez une très belle voix.

— Ce n'était pas moi, grommela-t-il.

Elle sourit parce qu'elle était persuadée que c'était lui, mais elle n'avait toujours aucune idée de qui d'autre se trouvait de l'autre côté de cette fichue clôture. Un jour ou l'autre, elle aimerait bien le découvrir, mais cela lui demanderait un peu plus d'efforts qu'elle n'était prête à en fournir pour l'instant. Richard s'était montré très volubile au sujet de sa vie privée, et elle n'avait pas encore été invitée.

Mais ce n'était pas à elle de s'inquiéter pour lui. Il semblait aller très bien et, tant qu'elle restait de son côté de la clôture, il y avait des chances qu'ils restent amis – s'ils l'étaient.

Elle n'en était même pas sûre, car elle lui avait mis beaucoup de choses sous le nez, plus que nécessaire. Pourtant, elle n'avait pas essayé de blesser qui que ce soit et, avec un peu de chance, les gens le comprendraient mieux avec le temps. Toutefois, elle n'en était pas si sûre avec Richard. Apparemment, tout le monde avait une idée différente des motivations de Doreen.

Elle ouvrit la porte de la cuisine et la laissa ouverte pour permettre aux animaux d'aller et venir, avant de sortir son ordinateur portable sur la terrasse. Si la lumière le permettait, elle pourrait travailler ici. Sinon, elle devrait retourner à l'intérieur et s'asseoir à la table de la cuisine. Dehors, les animaux s'agitèrent un peu, puis, satisfaits, s'affalèrent sur l'herbe autour d'elle.

Doreen sourit.

— On doit beaucoup à Mack et aux autres. C'est une belle chose qu'ils ont faite pour moi, souffla-t-elle.

Elle observa son jardin, un endroit magnifique où elle adorait se trouver. Un endroit où elle pouvait être elle-même et se détendre. C'était un beau rappel des bonnes choses de l'humanité.

Chapitre 5

DOREEN SE LEVA, s'étira, pivota le cou et se rassit. Elle avait presque fini de parcourir tout ce qu'elle pouvait trouver en ligne sur Dennis Polanski, et jusqu'à présent, il n'y avait pas grand-chose. Même les articles de presse étaient peu détaillés, et il y avait eu plusieurs articles intitulés « Avez-vous vu cet homme ? »

De nombreuses personnes avaient demandé des informations. Une récompense avait été offerte. Doreen y réfléchit en se préparant un sandwich, puis grimaça et soupira.

— Même après tout ce temps, tu te contentes toujours d'un sandwich. Tu devrais cuisiner davantage, marmonna-t-elle.

Bien sûr, à mesure que le temps se rafraichissait, elle allait devoir cuisiner davantage, car les sandwichs ne suffiraient pas. Cependant, c'était facile quand elle travaillait. Elle en rit presque, car les gens du monde entier disaient ce genre de choses. Tout ce qui était rapide et facile leur convenait. Doreen avait envie d'un poulet guy ding aux amandes du chinois du coin, mais les sorties au restaurant n'étaient pas prévues dans le budget.

En y pensant, elle se figea, car sa situation financière évoluait rapidement et elle pourrait peut-être aller chercher quelque chose dans son restaurant préféré ici. *Peut-être que je peux. Je devrais peut-être y aller. En guise de célébration ?*

Néanmoins, elle devait se concentrer sur cette personne disparue et, si elle parvenait à résoudre ou à aboutir à quelque chose, elle pourrait peut-être considérer cela comme une récompense. Pourtant, la nourriture comme récompense était probablement la pire chose qu'elle pouvait faire. Toutefois, elle commençait à en avoir assez de toutes les choses à *faire* et à *ne pas faire* dans son monde, même maintenant, alors qu'elle vivait seule depuis environ six mois. Cependant, il était sûrement difficile d'effacer en l'espace de six mois, toutes les règles qu'elle avait suivies avec Mathew pendant les quatorze années de leur mariage. Au début, elle était devenue un peu folle de sa nouvelle liberté. Mais sans argent, elle n'aurait pas pu devenir trop folle, et à présent elle devrait surveiller ses dépenses encore plus étroitement parce qu'elle *aurait* de l'argent, mais qu'elle devrait le gérer avec parcimonie. Cet argent devait lui durer pour le reste de sa vie.

Elle sourit et poursuivit ses recherches en lisant des articles. Lorsque le téléphone sonna un peu plus tard, elle jeta un coup d'œil à son écran.

— Salut, Mack, dit-elle. Comment ça va ?

— Ça va… Et toi ? Tu t'es montrée étrangement silencieuse.

— *Vraiment* ? railla-t-elle. Je te laisse tranquille pour que tu puisses travailler, et tu te demandes ce que je peux bien faire pendant ce temps-là ?

— Oui. Je veux dire, c'est toi.

La jeune femme s'esclaffa.

— En effet, c'est moi. Je fais des recherches sur cette

personne disparue.

— Oh, c'est vrai. J'avais oublié.

— Pas moi, répliqua-t-elle. Dennis Polanski, c'est ça ?

— Oui, exactement. Je doute que tu aies découvert grand-chose.

— Je t'ai envoyé un message, mais tu ne m'as pas encore donné de noms ou de dates.

— En effet, j'appelais pour une autre raison. Qu'est-ce que tu es en train de faire ?

— Je suis sur le point de manger un sandwich.

Après un moment de silence, elle soupira lourdement.

— Je sais. Je sais. Je *sais*. Je devrais manger autre chose que des sandwichs.

Le caporal éclata de rire.

— Tu vois ? Je n'ai même pas eu besoin de dire quoi que ce soit.

— Non, j'étais assise ici, me rappelant que je devais cuisiner davantage. À l'approche de l'hiver, je voudrais des aliments plus chauds, car les aliments froids ne me feront pas forcément envie.

— Tout à fait, convint Mack, et ce n'est pas difficile non plus de préparer une bonne soupe maison.

Doreen se réjouit à cette idée.

— Bonne idée… Tu sais cuisiner de la soupe ?

Mack rit de nouveau.

— Oui, la soupe est l'une des choses les plus faciles au monde.

Elle arbora un large sourire.

— Dans ce cas, je voudrais vraiment préparer de la soupe.

— D'accord. On pourra choisir une ou deux recettes et on fera une séance de cuisine.

— Oh, j'en serais ravie, dit-elle. Est-ce que n'importe quelle soupe te convient ?

Mack hésita.

— Je suppose que les soupes auxquelles tu es habituée sont très différentes des soupes auxquelles je suis habitué, nota-t-il avec prudence. Je dirai donc oui, mais peut-être pas.

Doreen éclata de rire.

— C'est vraiment toi qui dis ça ? interrogea-t-elle d'une voix taquine.

— Oui. Crois-moi. Je sais que tu as été habituée à un niveau de nourriture très différent.

— Peu importe ce à quoi j'étais habituée, c'est ce que j'ai maintenant qui compte. Et, au fait, je n'ai pas eu l'occasion de te parler de l'appel téléphonique, ajouta-t-elle, la voix brisée par l'excitation, avant de se corriger. De l'email *et* de l'appel téléphonique.

— De qui ? Dis-moi.

Elle lui raconta rapidement l'email de Paula et l'appel avec Scott et celle-ci.

— Combien ? s'étonna-t-il, lorsqu'elle lui annonça le montant.

— Je sais, s'écria-t-elle. N'est-ce pas incroyable ? Et tout ça, seulement grâce aux bibelots et aux peintures.

— Wouah.

— Tu trouves aussi ? Je sais, rit-elle. C'est énorme.

— C'est le mot qui convient, concéda-t-il avec prudence. Je ne suis pas sûr que c'est le mot que j'aurais utilisé, mais c'est assez grandiose.

— En effet. Mais il faudra encore attendre au moins un mois avant que je ne perçoive quoi que ce soit.

— Oui. Je suis sûr qu'ils doivent passer par toutes sortes de systèmes de comptabilité. Comment Nan l'a-t-elle pris ?

— Elle avait l'air plutôt contente de tout ça, mais je doute que le montant l'ait surprise.

— Tu sais, vu ce que tu as fait jusqu'à présent, je ne serais pas du tout surpris si c'était tout à fait banal pour elle, fit remarquer Mack. Je suis ravi pour toi. C'est une énorme somme d'argent.

— Je ne mourrai certainement plus de faim.

Le policier rit aux éclats.

— Étant donné que tu n'es pas encore morte de faim, je ne pense pas que ce soit un problème, dit-il.

— C'est vrai, mais j'ai toujours eu l'impression d'être au bord du gouffre.

— Alors maintenant, éloigne-toi de ce bord, ordonna-t-il, et réfléchis à la soupe que tu veux.

— Promis. Sinon, as-tu quelque chose à me dire sur cette affaire non résolue ? demanda-t-elle. Si tu pouvais préciser depuis combien de temps il a disparu, ça m'aiderait beaucoup. Tu as dit quelques années, ce qui veut dire deux ou trois. Pourtant, Richie parle de huit ou neuf ans, et mon voisin d'une décennie. Alors, vérifie tes dossiers et clarifie cette information pour moi.

Mack hésita clairement.

— J'ai sûrement confondu avec une autre affaire, puisque je ne regardais pas le dossier de Dennis à ce moment-là.

— Je ne sais pas ce qui est du domaine public. Je n'ai pas encore été à la bibliothèque.

— Je pense pouvoir te donner un certain nombre d'informations, mais, pour que tout soit réglo, laisse-moi d'abord m'entretenir avec le capitaine.

— D'accord.

Elle ne voyait pas d'inconvénient à ce qu'il fasse cela,

surtout après qu'elle avait aidé le capitaine sur une affaire personnelle. Elle essayait de ne pas dépasser les limites des informations qu'elle était autorisée à obtenir, mais elle n'était pas contre le fait de demander des précisions sur une affaire qui était accessible à presque tout le monde.

Lorsque Mack raccrocha, elle était déjà sur Google, à la recherche de recettes de soupes, essayant de se souvenir de celles qu'elle aimait tant. Il y avait une soupe au jambon et aux pommes de terre, dont elle rêvait totalement, mais qu'elle n'avait jamais pu manger parce que son mari l'avait toujours exclue du menu. Apparemment, elle aurait pris du poids si elle en mangeait.

Puis elle se souvint du goulasch, toutefois elle n'était pas sûre qu'il s'agisse d'une soupe. Elle réfléchit et nota un certain nombre de soupes, espérant que l'une d'entre elles conviendrait à Mack. Ce n'était pas parce qu'elle voulait ces soupes qu'il pouvait les préparer. Même s'il avait l'air d'être ouvert à l'idée d'essayer n'importe quoi, et c'était quelque chose qu'elle pourrait apprendre de lui. Il avait été très bon avec elle et pour elle à bien des égards.

Cela lui rappela qu'elle n'avait pas eu de nouvelles de son ex au sujet de leur divorce. Cela commençait à être pénible aussi. Mathew avait soi-disant signé des papiers chez son avocat, et elle ne savait pas ce qu'il s'était passé ensuite. Elle envoya un SMS à Nick, lui demandant s'il y avait eu des progrès du côté de Mathew. Au lieu de lui répondre, il lui téléphona.

— Salut, répondit-elle. J'ai passé une si bonne journée que je me suis dit que tant que j'avais de bonnes nouvelles, je devrais peut-être vérifier si tu en avais aussi.

Il éclata de rire.

— Je ne sais pas quelle est la bonne nouvelle que tu as

déjà eue aujourd'hui, mais il semble que tu aies eu le vent en poupe ces derniers temps.

— On dirait bien, confirma-t-elle en riant. C'est une bonne chose.

— Évidemment. Tu as aidé beaucoup de personnes.

— Peut-être, mais je pense que j'en énerve aussi beaucoup d'autres.

— Je pense que ça fait partie du jeu, souligna-t-il, et elle sentit le sourire dans sa voix. Bref, en ce qui concerne ton ex, il a envoyé les documents et, bien sûr, il manque encore une fois une signature.

Doreen jeta un regard noir sur le téléphone.

— Donc, en d'autres termes, il continue à nous faire marcher.

— Je ne sais pas. J'ai parlé à son avocat et il était contrarié, mais il n'avait pas remarqué parce qu'il avait vu cela avec Mathew à l'avance. Je viens encore de l'avoir au téléphone ce matin, et il m'a dit qu'il avait de nouveaux documents et qu'ils nous parviendraient aujourd'hui.

— Mais est-ce qu'on peut avoir confiance en lui pour qu'il tienne ses promesses ?

— Non, pas tant qu'on ne les aura pas reçus, déclara Nick avec joie, mais on approche du but.

— J'ai quand même l'impression qu'il continue à nous faire marcher. Au fait, ajouta-t-elle, quelque peu hésitante, une fois qu'il aura signé et qu'on aura conclu un accord, je sais que c'est horrible de demander ça... mais est-ce que je pourrai avoir une petite avance ?

— *Ahhh.*

— Ce n'est pas que je sois fauchée, tu comprends.

— Non, on ne veut pas que tu sois fauchée non plus, affirma-t-il, d'un ton sévère. On devrait faire en sorte que certaines choses se fassent assez rapidement. On peut lui laisser un peu de temps pour vendre des actifs, de sorte qu'il puisse demander un certain délai avant de devoir payer.

— Évidemment, grommela Doreen. J'espérais tellement qu'on en finisse avec ça, et qu'ensuite je puisse avoir de l'argent.

— Oui, c'est ce que j'espère. Quoi qu'il en soit, on y est presque.

— Et… ça a l'air horrible.

— Qu'est-ce qui est horrible ? demande-t-il avec curiosité. Si tu dis que quelque chose est *horrible*, je ne peux pas l'imaginer.

— Je viens d'y penser. Qu'advient-il de mon divorce s'il meurt avant d'avoir signé tous les papiers ?

— Oui, vu le nombre de personnes avec lesquelles tu traites qui sont mortes dans le passé ou qui sont en train de mourir, je ne dirais pas que c'est une question anormale à poser, concéda-t-il d'un ton pensif. En fait, la *plupart* des gens se poseraient cette question, surtout si l'on considère le temps que peut prendre le processus. Et puis, c'est la *vie*.

— Est-ce que je recevrais toujours mon argent ?

— Ça dépend, précisa-t-il. Si on parvient à conclure quelque chose, oui. L'obtiendrais-tu en totalité ? Ça dépend de qui d'autre figure dans le testament et de ce qu'il reste à trier et à vendre. Et les choses pourraient alors devoir être vendues à un prix moins élevé.

— Donc, en d'autres termes, il ne faut pas y penser.

— Non, sauf si tu figures encore sur son testament, déclara-t-il joyeusement, auquel cas tu hériterais de tout.

— Je ne pense pas l'être. J'aurais pensé que Robin l'aurait été. Mais maintenant qu'elle est décédée, je ne sais pas.

— Je ne sais pas si Robin était couchée sur le testament au départ. La relation de Mathew avec elle n'a pas duré très longtemps.

— Peut-être pas, mais il était plutôt épris d'elle.

Nick s'esclaffa.

— Je ne pense pas. De mon point de vue, ça ressemblait plutôt à une relation où chacun usait et abusait de l'autre.

— Et ils étaient tellement doués pour ça, maugréa Doreen.

— Et ce n'est pas ton problème, sauf si tu as l'intention de le tuer.

La jeune femme éclata de rire.

— Non, ce n'est clairement pas mon intention, mais je dois admettre que j'ai eu un moment d'inquiétude, s'il mourait avant l'heure, que je n'obtiendrais rien. Après tout, regarde les gens avec lesquels il traînait.

— Tu recevrais quand même quelque chose. Je ne peux pas garantir que ce serait le même montant, mais tu devrais percevoir au moins quelque chose d'approchant. Si ce n'est plus, car s'il mourait sans laisser de testament, tu serais la prochaine personne à hériter parce que tu es légalement sa femme.

— Même si on est séparés ?

— Oui, parce que, tant qu'il n'a pas entièrement signé les documents du divorce, tu es toujours légalement sa conjointe.

— Wouah. Il détesterait ça, souffla-t-elle.

— Peut-être, mais ça me conviendrait parfaitement.

Sur ce, Nick raccrocha.

Chapitre 6

Lundi matin…

LE LENDEMAIN MATIN, Doreen fut réveillée par la sonnerie de son téléphone. Elle tendit la main et décrocha, encore groggy.

— Tu as trouvé quelque chose ? s'empressa de lui demander Nan.

— Trouvé quoi ? répliqua Doreen en se frottant les yeux. Quelle heure est-il ?

— Tu es toujours au lit ?

— Oui, répondit la jeune femme, exaspérée. Je ne sais toujours pas quelle heure il est.

— Il est presque 7 h.

— 7 h ? répéta Doreen. Depuis quand tu m'appelles aussi tôt ?

— Je vais m'entraîner au bowling sur gazon et je voulais te parler avant.

— D'accord, marmonna Doreen, toujours en train de se frotter le visage. Je n'ai rien trouvé, si c'est pour ça que tu appelles.

— Oh, ma chérie, ce n'est pas très bon. Je te rappelle plus tard.

Et, sur ce, sa grand-mère raccrocha.

Doreen s'effondra sur le lit.

— *Super*, rien de mieux que de me culpabiliser.

Et, bien sûr, ce n'était pas pour cela que Nan avait appelé. Cependant, cela ne ferait qu'ajouter au sentiment que Doreen *devrait* faire mieux. Non pas qu'il y eut beaucoup mieux à faire, mais bon. Elle se leva, prit une douche et, alors qu'elle s'habillait, Mack téléphona.

— Le capitaine a donné son accord pour que tu disposes de ces informations, mais elles resteront confidentielles.

— Compris, affirma-t-elle en bâillant.

— Tu vas bien ?

— Oui, Nan m'a réveillée pour me demander si j'avais trouvé quelque chose sur cette affaire.

— À cette heure-là ? s'étonna le caporal.

— Oui, elle partait jouer au bowling sur gazon ou quelque chose comme ça, expliqua-t-elle avec dégoût. Tu sais que ce n'est pas la peine de me parler tant que je n'ai pas bu mon café.

— Je le sais, confirma Mack, amusé. J'ai hésité à t'appeler à cette heure-ci.

— Ah, ah, ah, railla-t-elle. Me voilà. Je vais bien, et je m'occupe du problème du manque de café.

— Bien, s'esclaffa le policier. Dans ce cas, ça ne devrait pas poser problème si on continue à parler.

— Bien sûr que non, marmonna-t-elle. De plus, il doit y avoir des informations pour trouver cette personne.

— Oh, tu vas sûrement la trouver, nota Mack d'un ton sardonique, juste pour nous faire passer pour des idiots.

— Oh, aïe. Au fait, j'ai contacté ton frère. Je lui ai demandé comment ça se passait avec Mathew et les signatures, et l'avocat de Mathew a apparemment envoyé quelque chose, mais il manquait encore une fichue signature.

— Alors, il recommence à faire des bêtises, *hein* ? J'entre en réunion. Je t'enverrai les informations par email après.

Elle mit fin à l'appel, descendit avec tous ses animaux et prépara le café. Au moins, Mack comprenait son besoin de café. Nan ne comprenait apparemment pas les horaires. Mais celle-ci se levait de plus en plus tôt chaque jour. Doreen avait entendu dire que c'était courant chez les personnes âgées, sans vraiment le constater, sauf que maintenant, Nan se dirigeait définitivement dans cette direction. C'était à la fois irritant et gentil qu'elle appelle. Mais l'irritation l'emportait, du moins jusqu'à ce que Doreen boive un café.

Pendant que ce dernier coulait, Doreen nourrit tous ses animaux, son trio dévorant leurs gamelles comme si elle ne les avait jamais alimentés auparavant. Secouant la tête en voyant à quel point ils semblaient affamés, elle leur fit remarquer :

— Hé, je vous donne à manger matin et soir, avec des friandises entre les deux, et aucun d'entre vous n'a l'air affamé non plus. Je suppose que vous aimez aussi que je fasse les courses, *hein* ?

Cela la fit rire.

— Ne vous inquiétez pas. Vous ne manquerez jamais de nourriture maintenant, c'est certain.

Dès qu'elle eut une tasse de café à la main, elle ouvrit la porte de la cuisine, et les animaux se précipitèrent dehors avec elle. Elle se dirigea vers le patio, s'assit avec un bruit sourd et examina le jardin et la matinée qui s'annonçait. Il fallait vraiment qu'elle se souvienne d'être reconnaissante pour tout ce qu'elle avait. Pourtant, sans le café, il était vraiment difficile d'être autre chose que grincheuse. Cela la fit presque sourire. Elle souffla un peu sur le breuvage chaud et parvint enfin à en boire une première gorgée. Elle était assise, le sourire aux lèvres, tandis que la caféine faisait lentement son effet dans son organisme.

— Voilà une bonne raison de sortir du lit, se murmura-t-elle à elle-même.

Elle but encore plusieurs gorgées, puis posa la tasse pour la déguster lentement. Elle observa un écureuil courir sur la pelouse, suivi d'un autre. Les pitreries de tous ces animaux lui donnaient le sourire. Il y avait de tout ici, des mulots aux lapins, en passant par les cerfs qui venaient de temps en temps se promener près de la rivière.

Comme sa propriété était clôturée de l'avant à l'arrière sur les côtés, elle ne voyait pas ces animaux entrer par les jardins des voisins, mais elle savait que d'autres pouvaient les voir. L'arrière de son terrain n'était pas clôturé et donnait sur la rivière. Malheureusement, rien n'empêcherait Goliath d'entrer, et bien sûr Thaddeus pourrait aller où bon lui semblait. Mugs se comportait généralement assez bien pour qu'elle ne ressente pas le besoin de clôturer entièrement sa propriété.

Son téléphone sonna quelques minutes plus tard, annonçant la réception de l'email de Mack. Elle ne pouvait qu'aimer un homme qui faisait ce qu'il disait. En jetant un coup d'œil au dossier, elle se rendit compte qu'il était très mince. *Encore une fois.* Cela arrivait souvent avec ces affaires non résolues. Elle lut ce qu'elle appelait le résumé de la première page, puis se pencha sur les détails. Il n'y avait toujours pas grand-chose à se mettre sous la dent. Les autorités locales avaient parlé à la famille de Dennis. Elles avaient parlé à ses amis.

Puisque Dennis travaillait apparemment pour la ferme familiale, il habitait sur son lieu de travail. Il semblait que la ferme était si grande que les gens prenaient un pick-up à quatre roues motrices pour atteindre certains des autres pâturages, champs et autres. Pourtant, personne n'avait la moindre information sur sa disparition. Ses comptes bancaires ne présentaient aucune activité suspecte et ses cartes de crédit n'avaient plus été utilisées par la suite.

Pour ainsi dire, Dennis avait disparu de la surface de la terre en l'espace d'un instant. Doreen ne comprenait pas les disparitions et elles la rendaient toujours très méfiante. Cela n'avait aucun sens que quelqu'un fasse cela. Sans corps, il fallait attendre sept ans avant qu'une personne disparue soit déclarée décédée, afin que les successions puissent être réglées, et Doreen imaginait que, pendant ce temps, pour l'épouse au moins, la vie avait dû être très dure.

Si elle avait besoin d'un prêt, d'une hypothèque, d'un crédit ou de toute autre forme de financement, comment expliquer que votre mari est parti un jour et n'est pas rentré à la maison ? De plus, la femme avait dû faire face à une attente constante, se précipiter vers la porte à chaque bruit, et voir son visage dans les foules, pour voir ses espoirs anéantis à chaque fois. Et les enfants étaient-ils impliqués ? Wouah. Comment aborder ce sujet avec des enfants ?

Doreen ne pouvait pas s'imaginer vivre cette vie, même si dans ce cas particulier, la vie de cette femme aurait peut-être été plus facile. Doreen ignorait quel genre de relation Dennis avait eue avec sa femme. Pour l'instant, Doreen serait heureuse si Mathew disparaissait de la surface de la terre et la laissait tranquille, après avoir signé *tous* les papiers bien sûr. Ce serait un souci de moins pour elle, qui pourrait ainsi résoudre avec bonheur l'affaire Dennis.

La frustration de Doreen s'accroissait à cause du manque de coopération de Mathew en ce qui concernait le divorce.

Elle devait en rire, car depuis quand Mathew coopérait-il ? Encore quelques mois plus tôt, Doreen avait évité de faire appel à un véritable avocat pour le divorce, jusqu'à ce que Mack et Nick la poussent à obtenir sa juste part. Après tout, Robin et Mathew avaient trompé Doreen en lui faisant croire qu'elle n'avait rien d'autre que ce que sa voiture pouvait contenir. Maintenant qu'elle était au courant de leurs manigances, elle était frustrée qu'il ne coopère pas. Elle secoua la tête.

— Tu es bête, marmonna-t-elle.

Se concentrant à nouveau, elle consulta le dossier sur son téléphone, pour voir si quelque chose s'y trouvait. Elle posa son téléphone, se leva, attrapa son ordinateur portable et s'installa à l'extérieur, afin de pouvoir lire le dossier plus facilement. Après l'avoir parcouru en entier, elle regarda le peu de notes qu'elle avait écrites. Il n'y avait pas grand-chose de valable. C'était l'un des dossiers les plus minces qu'elle ait jamais vus.

Frustrée, elle se dit qu'elle se rendrait à la bibliothèque, dès qu'elle aurait fini son café, et qu'elle essaierait d'y glaner tout ce qui était disponible. Elle commencerait par rassembler les données importantes dont elle disposait, puis établirait un plan d'action. Elle savait déjà qu'elle devrait parler à la femme. Dennis avait deux fils, âgés de dix et onze ans au moment de sa disparition. Cela l'interpella également.

Serait-il parti s'il tenait à ses fils ?

Certains hommes ne supportaient tout simplement pas d'être parents et ne voulaient plus entendre parler de leurs responsabilités du jour au lendemain. Doreen connaissait un ami qui s'était fiancé à quelqu'un, qui était prêt à avoir des enfants ; mais il avait rencontré quelqu'un d'autre et, en un instant, il avait plaqué sa fiancée et épousé cette autre femme qu'il connaissait à peine. Le mari de Doreen, Mathew, s'était contenté de hausser les épaules et de dire avec indifférence :

— Elle était meilleure au lit.

Doreen n'avait pas répliqué, se demandant seulement comment tout cela pouvait être si simple dans son esprit. Elle n'imaginait pas Mack faire une chose pareille. Mais peut-être que c'était elle qui était idiote. Elle ne le pensait pas. Jusqu'à présent, il avait toujours été un homme droit et solide.

Tout en rangeant lentement le peu de notes qu'elle avait, elle organisa sa journée. D'abord la bibliothèque, puis peut-être un tour devant la maison de Dennis sans les animaux, et ensuite rechercher sur Internet comment se promener à cet endroit et voir si elle pouvait engager la conversation avec la femme.

Le sud-est de Kelowna était un vaste territoire où les propriétés étaient dispersées et éloignées les unes des autres. Certaines étaient grandes, d'autres minuscules, toutefois il y avait aussi des vignobles et des vergers. Celle-ci, comme elle l'avait vu sur Internet, semblait être un verger. Cela expliquerait également sa taille. Cependant, elle avait besoin d'une meilleure raison pour s'arrêter que de leur demander pourquoi la rocaille se trouvait à l'avant, avec un énorme verger là aussi.

Après sa deuxième tasse de café, elle rassembla ses affaires à la hâte et les animaux s'excitèrent, mais elle secoua la tête.

— Désolée, les gars, vous n'avez pas le droit d'entrer la bibliothèque.

Mais ils la regardaient si tristement qu'elle se surprit à leur promettre de rentrer à la maison et de les emmener avec elle lors de sa virée au sud-est de Kelowna.

— On fera au moins ça, leur promit-elle.

Mugs aboya à plusieurs reprises, comme s'il comprenait.

C'était presque comme s'il lui faisait promettre de tenir parole.

Doreen lui sourit.

— Je te le promets. Je te le promets.

Elle s'éclipsa, détestant la culpabilité de laisser les animaux ici parce qu'ils aimaient partir à l'aventure avec elle. Cependant, la bibliothèque était un non catégorique pour eux. Là-bas, elle aimait être aussi efficace que possible, mais dès qu'elle entra, la bibliothécaire, qu'elle connaissait bien, l'arrêta.

— Ooh, vous avez une nouvelle affaire ?

Doreen se renfrogna.

— Vous pensez que je ne viens que pour ça ? plaisanta-t-elle.

— Oui, répondit aussitôt la bibliothécaire.

Doreen s'esclaffa.

— Eh bien, peut-être. J'enquête sur la disparition de Dennis Polanski.

La bibliothécaire la dévisagea un instant.

— Wouah, j'avais oublié Dennis. C'était il y a longtemps.

— C'est vrai ? J'ai appris sa disparition seulement parce que j'ai vu sa propriété sur une vidéo d'internet, expliqua Doreen en regardant autour d'elle. Et Mack a dit qu'il avait enquêté sur cette affaire il y a des années.

La bibliothécaire acquiesça lentement.

— Dennis a disparu comme ça. Du jour au lendemain, il n'était plus là, n'est-ce pas ? s'enquit-elle, d'un air interrogateur.

Doreen opina du chef.

— C'est ce que semblent indiquer toutes les recherches, oui. On n'a jamais retrouvé de corps, et il n'y a eu aucun signe d'activité financière de sa part depuis. Je voudrais voir si sa femme serait disposée à me parler.

— Elle est vraiment adorable, affirma la bibliothécaire.

— Oh, tant mieux, répondit Doreen. Peut-être que ce sera un peu plus facile après tout ce temps de répondre aux questions.

— Je suis sûre qu'elle veut des réponses. Mais allez-y doucement avec elle. C'est terrible de perdre un conjoint comme ça. Les ragots allaient bon train à l'époque.

Doreen fit la grimace.

— Oui, je ne suis pas une grande fan des ragots. Ça peut ruiner beaucoup de vies.

La bibliothécaire acquiesça.

— C'est vrai. Vous avez vous-même fait l'objet de nombreux ragots.

— Je sais, confirma Doreen en levant les yeux au ciel, même si j'essaie juste d'aider les gens.

La bibliothécaire lui adressa alors un grand sourire.

— En effet, mais en aidant un groupe de personnes, vous en faites souffrir d'autres.

Doreen s'esclaffa.

— Oui, et ça me convient de les faire souffrir.

Elle se tourna vers le fond de la bibliothèque et ajouta :

— Si vous vous souvenez de quoi que ce soit à propos de cette affaire ou si vous pouvez m'indiquer où se trouvent les informations intéressantes et croustillantes ou des personnes qui ont eu affaire à la famille, faites-le-moi savoir.

— Entendu. Honnêtement, je l'avais oublié jusqu'à ce que vous évoquiez son nom.

— Je vois, et c'est l'une des raisons pour lesquelles je me penche sur la question. Quelqu'un qui a disparu ne doit pas être oublié. Tout le monde a droit à la justice et, dans ce cas, on ne sait même pas si la justice est nécessaire, alors pourquoi ne pas le découvrir ?

Sur ce, Doreen trouva un ordinateur allumé, s'assit et se mit au travail. Elle chercha des informations sur Dennis Polanski et sa femme, Meredith Polanski, et ne trouva presque rien. Il y avait quelques mentions du mari et de la femme à la mort de personnes plus âgées de la famille, alors Doreen trouva des nécrologies d'une autre génération qui citaient Dennis et Meredith.

Elle supposa que les familles vivaient ici depuis long-temps. Mais là encore, c'étaient des questions qu'elle devrait poser à Meredith. Doreen consulta le fichier des affaires non résolues sur son téléphone et vérifia les noms. Bien entendu, la grand-mère de Meredith était décédée.

Forte de cette information, Doreen se leva et retourna vers la bibliothécaire.

— Je n'ai trouvé que peu ou pas d'informations sur la famille, annonça la jeune femme.

La bibliothécaire acquiesça.

— J'ai essayé de faire quelques recherches de mon côté pour voir si nous avions quelque chose, mais c'est un concept assez nouveau de mettre de vieilles informations en ligne, déclara-t-elle d'un air confus. Et honnêtement, si Dennis est parti de lui-même, il a fait du bon boulot, et s'il n'est pas parti de lui-même, quelqu'un d'autre a fait du bon boulot.

Doreen fit grise mine.

— Vous avez totalement raison. OK, je vais voir si la femme a quelque chose à dire.

— N'oubliez pas d'être gentille.

— Je n'avais pas l'intention de ne *pas* être gentille, répli-qua Doreen en avisant la bibliothécaire. Ce n'est pas vraiment mon genre.

— Je sais, mais certaines de ces affaires sont encore des sujets sensibles pour les gens.

Doreen réfléchit à cela en rentrant chez elle.

Chapitre 7

DÈS QUE DOREEN fut rentrée chez elle, les animaux l'accueillirent à la porte. Elle sourit et annonça :

— Bon, allons-y. On va faire un tour en voiture, puis une longue promenade dans le sud-est de Kelowna, car cette propriété comprend apparemment un verger.

Sur ce, les harnais aux deux quadrupèdes et le bipède sur son épaule, elle repartit vers son véhicule. Mugs était surexcité à l'idée de ce road trip et aboya, heureux d'être en sa compagnie.

Elle lui sourit.

— Tu ferais un excellent compagnon pour un routier, souligna-t-elle. Tu es toujours heureux d'être en sortie.

Il continua d'aboyer, tandis qu'elle sortait de l'allée et roulait vers la zone en question. Elle l'avait cherché sur son GPS, mais ce n'était pas difficile à trouver. Elle passa devant la petite épicerie où elle était déjà entrée une fois et continua plus loin. Il était un peu plus difficile de déterminer si elle était au bon endroit, car ces grandes propriétés avaient de longues allées, mais pas grand-chose d'autre.

Elle ralentit lorsqu'elle arriva à la zone qu'elle pensait chercher, et remarqua un portail ouvert et le nom *Hillcrest*

Farms gravé sur le côté. Elle hocha la tête. Le nom de la ferme figurait dans le dossier.

— Ça doit être ici.

La jeune femme se gara sur le côté de la route et étudia la zone. Mugs se mit à aboyer, aboyer et encore aboyer. Elle se tourna vers lui.

— Qu'est-ce qu'il y a, bonhomme ?

Il continuait à aboyer. Elle soupira.

— Eh bien, ça ne ressemble pas à un bon endroit où on peut passer par hasard et s'arrêter pour lui parler. Alors on va peut-être remonter l'allée et voir s'il y a quelqu'un.

Elle hésitait un peu, vu qu'elle n'avait pas obtenu d'informations lui permettant de poser beaucoup de questions à Meredith, mais si Doreen n'essayait pas, elle n'arriverait à rien.

Cette pensée en tête, avec Mugs qui brailla tout le long du chemin, Doreen conduisit jusqu'à la porte d'entrée au bout de l'allée. Elle sortit de sa voiture, scruta la maison, le terrain, ainsi qu'un grand hangar sur une partie arrière. Elle fut surprise de pouvoir s'approcher de la maison aussi facilement. Heureusement, le portail était ouvert.

Alors qu'elle étudiait les environs, un petit tracteur sortit lentement de derrière la maison. La petite machine traînait de grosses caisses de fruits sur une remorque. Doreen regarda avec étonnement le tracteur s'approcher de la clôture, s'arrêter et s'éteindre. Une femme en sortit, s'approcha et demanda :

— Je peux vous aider ?

— Je cherche Meredith, répondit Doreen.

La femme opina du chef.

— Vous l'avez trouvée. Qu'est-ce que je peux faire pour vous ?

Doreen hésita.

Meredith fronça les sourcils.

— C'est vous qui êtes venue ici. Si vous avez quelque chose à dire, dites-le.

— Je m'appelle Doreen.

— Super, et donc ? rétorqua Meredith avec vivacité.

Essayant de se rappeler que la bibliothécaire avait dit que cette femme était adorable, Doreen dit :

— C'est un peu gênant d'expliquer pourquoi je suis ici.

Meredith s'immobilisa, les mains sur les hanches, et suggéra :

— Pourquoi ne pas cracher le morceau ? Si vous essayez de vendre quelque chose, la réponse est *certainement pas*.

Elle tourna les talons en direction de son tracteur.

— Je n'essaie pas de vendre quoi que ce soit, mais je me suis renseignée sur la disparition de votre mari.

Meredith se figea et pivota lentement pour demander :

— Pourquoi ?

Et comme son ton et l'expression de son visage étaient empreints d'une telle honnêteté – de la curiosité plutôt que du chagrin ou quoi que ce soit d'autre – Doreen répondit :

— Parce que c'est ce que je fais.

Meredith la dévisagea.

— Vous êtes quoi ? Une sorte de détective amateur ou quelque chose du genre ?

Doreen réfléchit et acquiesça.

— Je crois qu'on peut dire ça.

À ce moment-là, Mugs se mit à aboyer depuis le siège passager de la voiture.

— Vous pouvez laisser sortir le chien. Il a sûrement besoin de faire ses besoins, devina Meredith. Je ne sais pas pourquoi les gens se promènent avec de tels chiens et s'attendent à ce qu'ils ne veuillent pas sortir.

— Je ne voulais pas m'imposer.

— C'est déjà le cas, alors quelle différence ça fait ?

Ne sachant que répondre à cela, Doreen s'empressa d'ouvrir la portière à Mugs et il sortit d'un bond. Elle saisit sa laisse, juste au moment où il s'apprêtait à courir autour du tracteur.

— Laissez-le faire, dit Meredith.

— Vous êtes sure ?

— Certaine. C'est une ferme. On a des chiens, des animaux partout.

Doreen détacha Mugs, mais garda Goliath en laisse. Lorsqu'il s'avança en sautillant, Meredith fronça les sourcils.

— Un chat en laisse ? Vous y arrivez ? demanda Meredith.

— Parfois, très bien, reconnut Doreen, et beaucoup de fois, pas du tout.

Meredith éclata de rire.

— Eh bien, c'est honnête. Si vous m'aviez dit que ça marche à merveille, je n'aurais pas cru un mot de plus de votre bouche.

Doreen rit.

— On ne peut jamais avoir de certitudes quand il s'agit d'un chat, affirma-t-elle, secouant la tête. Pourtant, Goliath a très bon cœur et fait beaucoup de bonnes choses, en m'aidant à résoudre des crimes.

Meredith ricana. Puis elle aperçut Thaddeus qui sortait la tête de derrière les cheveux de Doreen.

— Grand gaillard. Grand gaillard. Grand gaillard, s'écria le perroquet.

Doreen regarda autour d'elle.

— Vous avez un perroquet ou des oiseaux ici ?

— Non, dit Meredith, mais j'ai quelques faucons.

Sur le côté, dans une grande cage, se trouvaient plusieurs faucons, qui chantaient à présent.

— Vous les utilisez sur la ferme ? interrogea Doreen.

— Ce sont des animaux sauvés, précisa Meredith. J'ai toujours géré un peu de sauvetage ici et, lorsque je les ai amenés à un certain stade, ils peuvent être transférés à un autre refuge qui les aide à se réadapter.

— Oh, c'est intéressant, observa Doreen, fascinée. Je n'ai jamais vraiment pensé à d'autres animaux qui ont besoin d'être secourus.

Meredith haussa les épaules.

— J'ai toujours eu un faible pour ce genre d'oiseaux.

Elle étudia Thaddeus.

— En fait, je sais qui vous êtes.

Toutefois, il y avait une pointe de résignation dans sa voix, plutôt que de la reconnaissance.

Doreen hocha la tête.

— Il est peut-être un peu plus facile d'expliquer ce que je fais si vous savez qui je suis, mais je dois admettre que ce n'est pas toujours facile.

— Je suis assez surprise que vous soyez ici. Mon mari a disparu il y a longtemps.

— Et vous n'avez jamais eu d'informations complémentaires ? Rien pendant tout ce temps ?

Meredith secoua la tête.

— Non, il m'a dit au revoir, il est sorti et c'est tout.

Sa voix se tut à ce moment-là, ce qui rassura Doreen : la femme de Dennis se préoccupait encore de son mari.

— Je suis désolée, murmura Doreen. Ça a dû être dur.

— Je pense que le plus dur a été la frustration de ne jamais avoir de réponses. Vous pensez vraiment pouvoir en trouver ? demanda Meredith avec curiosité.

— Je pense. Du moins, je l'espère. Je ne m'en suis pas trop mal sortie jusque-là.

— Bien sûr, mais à un moment donné, vous vous heurterez à *ce* cas. J'ai toujours cru à la fidélité et à la loyauté et au fait de finir dans des fauteuils à bascule assortis sous le porche à nos quatre-vingt-dix ans, et puis c'est arrivé, et je ne sais plus quoi penser, expliqua Meredith avec désinvolture. J'ai pensé qu'il avait quitté la route – parce que notre propriété comporte plusieurs pâturages et autres, et qu'il faut un pick-up pour les atteindre tous. Puis on a retrouvé son véhicule.

— Cette partie était curieuse, n'est-ce pas ? Le pick-up n'était pas loin d'ici, si je ne me trompe pas ?

Meredith montra du doigt la route que Doreen avait empruntée.

— En effet, c'était juste là, à un peu plus d'un kilomètre.

— Intéressant. Quel était l'état des routes à l'époque ?

— C'était un jour de printemps. Il n'y avait aucune raison de s'inquiéter de l'état des routes. Il arrive qu'elles soient verglacées, mais c'était en avril. Il n'y avait pas beaucoup de neige sur les collines, rien d'extraordinaire.

Meredith posa les mains sur ses hanches et lança un regard noir.

— Tout compte fait, il n'y a aucune raison pour que tout ça se soit produit.

— Et il est important de comprendre des choses apparemment insignifiantes comme celles-là, ajouta Doreen. Ce n'est pas parce que c'est arrivé que tout le monde comprend le pourquoi et le comment.

— Dans ce cas, personne ne savait rien, maugréa Meredith. Et croyez-moi. Beaucoup de gens m'ont regardée de travers, mais qu'est-ce que j'étais censée dire ? Il avait disparu, et toutes les années que j'avais consacrées à notre mariage s'étaient également envolées.

Elle secoua la tête et reprit.

— Pourtant, parfois, tout ce que je veux vraiment, ce sont des réponses. Pouvoir tourner la page, en quelque sorte.

— Je suppose que vous ne vous attendez pas à ce qu'il rentre à la maison d'un moment à l'autre ?

Meredith avisa Doreen.

— Je ne vois pas comment c'est possible. S'il est parti de son plein gré, alors il peut être certain que je ne veux plus voir sa sale tronche, déclara la femme d'une voix dure.

— C'est une drôle de façon de quitter quelqu'un.

— C'est une chose de divorcer, on sait où est l'autre et on sait ce qu'il s'est passé – du moins parfois – mais ça ?

Meredith se tut et afficha une expression perplexe face à Doreen.

— Il est parti comme ça ? Rien de suspect à ce moment-là ?

— Oui, il est parti comme d'habitude et puis plus rien. S'il a organisé ça, volontairement, alors je ne veux plus rien avoir à faire avec lui. Je serais heureuse de divorcer et d'en finir avec tout ça.

Doreen ne pouvait qu'être d'accord.

— Je suis moi-même en train de divorcer et ce n'est pas le plus facile.

— Il n'y a rien de *facile* dans un divorce, confirma Meredith. Comparé à sa disparition, je pense que ça aurait été mieux. Quoi qu'il en soit, c'est toujours quelque chose qu'il faut traverser. Même lorsque vous traversez cette épreuve, vous continuez à penser que c'est fini, et que tout ira bien, mais dans ce cas ? Il n'y a pas de *fin*. Il n'y a pas *d'amélioration*. Je veux dire, regardez-vous maintenant. Vous arrivez comme ça, sans crier gare, et vous ravivez tout.

— J'en suis désolée. Mais il n'y a pas d'autre choix si je veux trouver des réponses pour vous.

— Je passais une bonne matinée, jusqu'à ce que vous arriviez.

Doreen la fixa.

Meredith haussa les épaules.

— Maintenant, je vais être bouleversée pour le reste de la journée, car je me demande encore une fois si j'ai dit quelque chose, si j'ai fait quelque chose, si j'aurais pu faire quelque chose de plus pour empêcher que ça n'arrive. Y avait-il quelque chose que j'étais censée faire, quelque chose que j'aurais pu faire ?

Le regard noir que Meredith lança à Doreen la stupéfia.

— C'est ce genre de pensées qui vous tuent.

— Je suis désolée, répéta Doreen. Je n'essayais pas de faire resurgir tous ces vilains souvenirs.

— Eh bien, c'est dommage parce que c'est ce que vous avez fait.

Meredith gémit et se passa les mains dans les cheveux, les repoussant de son visage avec plus de force que nécessaire.

— Mais peu importe, vous êtes ici maintenant. Donc j'imagine que vous avez des questions.

Doreen hocha la tête.

— Oui, mais je voulais surtout confirmer les informations que j'avais déjà.

— Vous voulez dire comparer ce que j'ai dit avant à ce que je pourrais dire maintenant et me prendre en flagrant délit de mensonge ? demanda Meredith d'un ton ironique.

— Pas du tout. C'est juste que je ne veux pas travailler sur des hypothèses et découvrir plus tard que si j'avais vérifié avec vous, l'histoire aurait été différente.

Meredith soupira.

— La police était là, et elle a fait ce qu'elle a pu… mais ce n'est pas comme si elle avait fait beaucoup. Aucun d'entre nous n'aurait pu imaginer ça, et même si on l'avait imaginé, je pense que personne ne s'y serait attendu.

— Était-il un bon père ?

Meredith acquiesça.

— C'était un bon père. Il était l'un des meilleurs pour la gestion de la ferme. C'était un bon soutien de famille, dit-elle. Selon moi, notre mariage allait bien, mais s'il est parti volontairement, il est évident que j'étais dans l'ignorance. Tellement que… je ne sais pas.

Doreen grimaça.

— Vous avez raison. Ça doit être très dur.

— Évidemment. Vous avez d'autres questions ?

Manifestement, Meredith était prête à aider, mais elle avait aussi besoin d'en finir. Doreen réfléchit et réitéra :

— Il n'y a pas eu de suivi par la suite ?

— Non. Aucun, confirma Meredith. Je n'ai plus jamais entendu parler de lui. Nos comptes bancaires n'ont pas été touchés, sauf par moi. Il n'y a eu absolument aucune trace d'argent ou même de traces physiques. Il a littéralement disparu de la surface de la terre.

Une telle amertume emplissait sa voix.

— Et vos fils ?

— Quoi, mes garçons ? répliqua Meredith, qui se raidit. Je ne veux pas que vous leur parliez. Je ne veux même pas que vous vous approchiez d'eux. Il leur a fallu une éternité pour recommencer à faire leurs nuits et, même s'ils sont adultes maintenant, je ne veux pas que tout ce bouleversement revienne.

Doreen hésita, puis acquiesça.

— Je comprends. Cela pourrait juste m'aider si j'obtenais leurs impressions sur la vie à cette époque.

— C'étaient des enfants. Ils ne sauront rien, s'emporta Meredith. Je ne tolérerai pas que vous vous penchiez sur la question si vous dérangez mes enfants.

Doreen fit marche arrière.

— Je n'en avais pas du tout l'intention.

Néanmoins, mentalement, elle se dit : *Mais maintenant, j'en ai envie.* Elle sourit à Meredith.

— Comment étaient vos finances à l'époque ?

— Affreuses. Nous sommes des agriculteurs, alors c'est toujours affreux, bougonna la femme. Même aujourd'hui, les factures sont élevées, les rendements médiocres, les prix ne seront pas très élevés, mais vous, en tant que consommateur, vous paierez le prix fort.

Elle lâcha un rire sec.

— L'agriculture n'est pas une activité que l'on pratique pour gagner de l'argent, expliqua-t-elle. L'agriculture est quelque chose que l'on fait parce que c'est ce que l'on aime. C'est dans votre sang. Vous êtes le patron et vous n'avez de comptes à rendre à personne d'autre. Vous jouissez d'une grande liberté, mais je suis attachée à la terre et aux animaux. À la ferme, vous n'avez pas de congé maladie, vous ne pouvez pas ne pas vous présenter au travail parce qu'il neige. Pourtant, je fais ce métier parce que je l'aime. J'aime être en plein air. J'aime être mon propre patron et travailler dans les champs.

— Vous n'avez jamais connu d'autre emploi ? interrogea Doreen avec intérêt.

Meredith haussa une épaule.

— Non.

— Faites-vous partie d'une des vieilles familles de la

ville ?

Meredith opina.

— Oui, la ferme faisait partie de l'héritage de mon grand-père Johnson, dont j'ai également hérité d'une partie lorsque je me suis mariée, et ensuite, lorsque Johnson mourra, je recevrai une autre partie de la ferme, tout comme mon père Danny.

— Donc, la ferme est à vous, pas à Dennis ?

— Elle reste dans ma famille, dans ma famille de sang, pas dans celle que j'épouse. Donc, oui. Même si mon mari avait vécu, il n'aurait pas pu en toucher une partie en cas de divorce ou de séparation, précisa Meredith. Tout était en fiducie pour assurer la continuité de l'exploitation familiale.

— Votre mari était-il un agriculteur heureux ?

Meredith y réfléchit.

— Je me suis posé la question. Souvent, il était heureux de se lever et d'aller faire ce qu'il y avait à faire, mais, comme nous tous, il y a beaucoup de jours où il ne voulait pas sortir du lit.

Doreen fit grise mine.

— Je vous comprends.

Meredith rit.

— Vous voyez. C'est ce qu'il se passe dans une ferme. Même avec toutes les machines, il faut toujours de la sueur et des larmes humaines. Certains jours sont bons. Certains jours sont mauvais, mais il y a toujours des animaux à nourrir, toujours le lever du soleil à observer et la première tasse de café du matin.

Elle sourit en avisant la propriété derrière la maison.

— Ce sont des choses que je savoure chaque jour. En parlant de ça, j'ai encore à faire, et je ne peux pas rester là à perdre du temps. Alors j'espère que vous pourrez faire quelque chose d'utile et découvrir ce qu'il lui est arrivé.

— Voudriez-vous lui parler si je le retrouve ?

Meredith se figea et regarda Doreen fixement.

— Sérieusement ? rétorqua-t-elle.

Doreen haussa les épaules.

— Ce n'est qu'une question.

— Oui, je voudrais lui parler, et ensuite je voudrais le frapper parce que, si je lui parle, c'est qu'il est parti de lui-même, et croyez-moi, ça ne me rendra pas très heureuse.

Et, sur ce, elle alluma le tracteur, qui émit tellement de bruit que cela mit fin à toutes les questions.

Chapitre 8

DOREEN CONDUISIT JUSQU'AU bout de la propriété, ou du moins jusqu'à la prochaine grande clôture, se gara, sortit avec les animaux et se promena tranquillement le long de la route. Elle voulait se faire une idée de l'étendue du terrain, et elle passerait un peu de temps sur Google à son retour. Elle savait à peu près où le véhicule avait été trouvé, et c'était le prochain endroit à visiter. Après une promenade de vingt minutes avec les animaux, elle remonta dans la voiture et poursuivit sa route jusqu'à une série d'allées menant à une intersection de routes de campagne, et, d'après la photo qu'elle avait tirée du dossier de Mack, c'était là que le véhicule avait été trouvé. Or, il se trouvait juste à l'intersection de plusieurs autres propriétés.

Toute la zone était isolée – pas de caméras, de feux de circulation, de passages piétons, rien. Des routes de campagne. *Était-il possible de cacher une telle disparition ?*

C'était assez incroyable de penser qu'un véhicule puisse descendre aussi bas, s'arrêter, que quelqu'un en sorte et qu'il disparaisse à jamais. Les seules raisons de sortir étaient de tomber en panne, de faire une pause pipi, de rencontrer quelqu'un, de prévoir un transfert à ce moment-là, ou de s'éloigner de ce que Dennis essayait de fuir, tout en cachant ses traces.

Alors qu'elle se tenait là, un véhicule passa. Il s'arrêta puis recula lentement. Elle vit un homme d'un certain âge en sortir et s'approcher d'elle, l'air perplexe.

— Tout va bien ? Vous avez besoin d'aide ?

— Ça va, merci, répondit-elle avec un sourire. Mais, c'est gentil de vous être arrêté.

— C'est un monde triste où l'on doit remercier les gens d'avoir été corrects.

— C'est bien vrai, souffla Doreen.

Il les observa, elle et ses animaux, et hocha la tête.

— Vous commencez à vous faire un nom.

Elle sourcilla.

— Avant, c'était facile de se déplacer en ville, quand les gens ne savaient pas qui j'étais.

L'homme rit.

— Peut-être, mais une fois que vous commencez à faire ce genre de choses et que vous rencontrez un certain succès, c'est la partie la plus étonnante. C'est le taux de réussite que vous avez. Les autres veulent juste savoir ce que vous faites.

Il avisa l'intersection et hocha la tête une fois de plus.

— Vous n'enquêtez pas sur la disparition de Dennis Polanski, non ?

La jeune femme sourit.

— J'y ai pensé. Je ne suis pas sûre qu'il y ait beaucoup de choses à examiner.

— À moins que vous n'essayiez de faire exploser votre joli record, plaisanta-t-il, dans ce cas, il faut passer à autre chose. Il n'y a eu aucun signe de lui depuis ce jour-là. C'est une affaire bizarre.

— Je viens de parler à sa femme, indiqua Doreen en inclinant la tête. La situation ne semble pas avoir changé depuis que Dennis a disparu.

— Non, aucun signe de lui depuis tout ce temps. Je veux dire, il y a de fortes chances qu'il soit mort.

Puis il fronça les sourcils et demanda :

— Vous ne croyez pas ?

— C'est l'idée qui me vient immédiatement à l'esprit, confirma Doreen. La question est de savoir ce qui lui est arrivé. Et s'il a quitté la région, l'a-t-il fait de son plein gré ?

— Et pourtant, c'est à peu près la seule chose que l'on puisse dire. Est-il parti de son plein gré ? répéta-t-il. Son pick-up était là. La seule chose à laquelle on peut penser, c'est qu'il a rencontré quelqu'un ici, qu'il a laissé le véhicule et qu'il est parti. On pensait tous qu'il avait trouvé quelqu'un de mieux que sa femme. Mais maintenant, après tant de temps, on suppose tous qu'il est parti à Tombouctou ou est mort.

— Comment se passait leur vie de couple ? interrogea Doreen.

— Comme tous les ménages, certains jours étaient bons, d'autres non. En général, les agriculteurs se couchent avec les poules et se lèvent avec les poules, déclara-t-il, mais Dennis avait d'autres projets dans la vie. Il voulait faire d'autres choses. Je ne suis donc pas sûr que l'agriculture lui convenait.

— Ce qui signifie qu'il était dehors à des heures où la plupart des agriculteurs ne le sont pas ?

Il l'observa, puis sourit.

— Quelle perspicacité.

— Sortait-il avec quelqu'un en particulier ?

— Pas que je sache, répondit l'inconnu avec prudence. En plus, je ne me sens pas bien de parler de cet homme comme ça.

— Peut-être. Mais quand un homme a disparu depuis si longtemps, si les gens ne parlent pas, on n'aura jamais de réponses.

— C'est un bon point, convint-il. Ça fait quand même bizarre.

— Si vous pensez à quoi que ce soit – elle sortit quelques cartes qu'elle gardait dans sa poche – pouvez-vous m'appeler, s'il vous plaît ? Il faudra que les gens parlent pour que cette affaire soit résolue.

— Mais ça voudrait dire que les gens doivent s'impliquer.

Doreen lui sourit.

— Vous pensez vraiment que quelqu'un pourrait s'envoler à notre époque et rester caché tout ce temps sans que personne ne le sache ? Que personne ne l'aide ?

L'homme réfléchit.

— Je suppose qu'il est possible que quelqu'un sache, mais il y a de fortes chances que cette personne l'ignore.

— Oh, je suis tout à fait d'accord avec *ça*. Le nombre de fois où les gens disposent d'une infime information et ne réalisent même pas combien elle est importante est énorme. Pour moi, ce n'est qu'une petite pièce de puzzle que je peux enfin assembler et qui donne un sens à tout ça.

— Je ne suis pas sûr qu'il y ait quoi que ce soit à vous dire. À l'époque, il y avait de tels commérages parce que tout le monde avait beaucoup de choses à dire, déclara-t-il avec un geste de la main, mais maintenant, avec le temps, il n'y a plus grand-chose à ajouter. Il est parti, et parfois on se demande si on ne ferait pas mieux de ne pas réveiller le chat qui dort.

— Certes, mais si lui, le chat qui dort, n'avait pas l'intention de rester un chat qui dort ? murmura-t-elle.

— Vous vous remettez à penser qu'il a peut-être été tué ?

s'enquit-il. Croyez-moi. Nous nous sommes tous posé la question à l'époque. Je veux dire, comment aurions-nous pu ne pas nous la poser ? Mais il n'y avait absolument aucune preuve, aucun corps.

— Il n'y a pas eu de corps *retrouvé*, rectifia-t-elle, mais c'est une tout autre histoire.

Il acquiesça.

— Vous avez raison. Avec vous sur l'affaire, il sera intéressant de voir comment vous vous en sortez.

Avec un sourire, il ajouta :

— Je suis reconnaissant que vous ne soyez pas coincée dans un fossé ici.

— Moi aussi, s'esclaffa-t-elle. Merci de vous être arrêté.

Il retourna vers son pick-up, puis il s'arrêta, pivota et haussa les épaules.

— Dennis était très attaché à l'une des employées de la poste. Je me suis souvent demandé si elle savait quelque chose à ce sujet.

— Est-elle restée en retrait ?

— Oui, et je me suis interrogé aussi, jusqu'à ce que je la voie. Elle avait les larmes aux yeux, et je pense qu'elle s'en souciait vraiment, mais ça ne veut pas dire qu'ils avaient une liaison.

— En effet. Auriez-vous un nom à me donner ?

L'homme réfléchit et haussa les épaules.

— Je suppose qu'il ne sert à rien de le cacher, quelqu'un finira par vous le donner. Elle s'appelait Lilly Anne.

Doreen sourit.

— Je vais voir si je parviens à la retrouver.

— Vous n'aurez pas à la chercher bien loin. Elle habite juste à côté du bureau de poste.

— Oh, ça, c'est utile.

Elle jeta un coup d'œil à la route.

— C'est une grande maison marron sur le côté. On ne peut pas la rater.

— Bien, merci pour l'information.

Tandis qu'il disparaissait, Doreen se dirigea lentement vers son véhicule. Une maîtresse ajoutait toujours un peu de mystère. Pourtant, le dossier de la police ne faisait aucune mention d'elle. Et, bien sûr, personne n'avait jamais voulu envisager qu'il y avait quelqu'un d'autre dans la vie de Dennis, même si, apparemment, beaucoup de gens étaient au courant de leur aventure. S'agissait-il d'une affaire qui avait mal tourné ? Et si quelque chose avait mal tourné, était-ce avec la femme ou avec l'amante ?

Chapitre 9

G ARÉE DEVANT LE magasin local, Doreen entra, commanda un café à emporter et ressortit, le café chaud à la main. Elle laissa les animaux sortir de la voiture et se promena lentement dans le quartier. Elle était déjà venue ici, où elle avait rencontré Bernard. Elle pourrait peut-être lui téléphoner pour savoir s'il était au courant de cette affaire. Il semblait en tout cas connaître beaucoup de monde dans le coin. Pourtant, lorsqu'elle le faisait, cela semblait perturber Mack.

Elle se dirigea vers le bureau de poste et, comme prévu, une maison se trouvait à côté. Sur le portail, un panneau indiquait Maison de Lilly Anne.

Doreen hésita, puis haussa les épaules et se dirigea vers la porte d'entrée avec les animaux. La porte s'ouvrit avant qu'elle n'ait eu le temps de frapper.

Une femme, à l'aube de la cinquantaine, la regardait fixement.

— Bonjour. Je m'appelle Doreen.

— Oui, je sais qui vous êtes, répliqua-t-elle, désignant les animaux. Ils vous trahissent.

— C'est ce que j'ai cru comprendre.

Lilly Anne s'esclaffa.

— Si vous vouliez cacher votre identité, vous devriez vous promener sans eux.

— Je n'essaie pas de cacher mon identité, répondit Doreen, et parfois mes animaux m'aident à trouver des réponses.

— Vous semblez être toujours en train de chercher des réponses, alors pourquoi êtes-vous ici ?

— Je me demande si je peux faire quelque chose pour aider à résoudre l'enquête sur – elle prit une profonde inspiration – la disparition de Dennis Polanski.

— Seigneur, s'exclama Lilly Anne, je me suis toujours demandé si quelqu'un prendrait la peine d'ouvrir ce dossier.

Ce fut au tour de Doreen de prendre un air surpris.

— Ce n'est pas comme si la police n'avait pas essayé.

— Je sais qu'ils ont essayé, et ils m'en ont parlé à l'époque. En fait, ils ont parlé à tout le monde ici.

— Mais vous ont-ils parlé, car vous étiez une amie spéciale pour Dennis ? questionna Doreen.

Lilly Anne pâlit.

— Je ne sais pas d'où vous tenez cette information, rétorqua-t-elle avec raideur, mais je ne resterai pas là à me faire traiter comme si j'étais une liaison sordide.

— Absolument pas. Ce n'est pas ce que je voulais dire. J'ai posé cette question dans le seul but de clarifier les choses, expliqua Doreen. Mais vous devez comprendre qu'avec le temps, certaines personnes se souviennent des choses différemment, et votre nom est apparu dans une discussion que j'ai eue tout à l'heure.

— Évidemment, marmonna la femme. J'ai toujours été très amie avec Dennis. Nous pouvions parler. Est-ce que je tenais à lui ? Oui. Absolument, je l'aimais à la folie, et s'il m'avait dit qu'il quittait sa femme et qu'il m'avait demandé si j'étais intéressée, j'aurais répondu par *l'affirmative*. Mais je n'ai jamais eu de liaison avec lui, et je ne l'aurais pas fait parce que c'est un homme marié, et ce n'est pas le genre de personne que je suis.

Ah bon ? Doreen lui sourit, sans croire un mot de ce qu'elle venait de dire. La femme continuait à serrer les poings lorsqu'elle parlait de ne pas avoir de liaison.

— Ça a dû être difficile aussi, dit Doreen. Savoir que cet homme est parti du jour au lendemain.

— C'est le problème. Tout le monde pense qu'il est parti. Je ne l'ai pas vu arriver.

— Dans ce cas, que pensez-vous qu'il s'est passé ?

— Je pense que quelqu'un l'a tué, déclara Lilly Anne sans ambages, avant de retourner à l'intérieur et de claquer la porte.

Chapitre 10

D E RETOUR CHEZ elle, Doreen réfléchit au peu qu'elle avait appris. Il était logique que Dennis soit mort de la main de quelqu'un d'autre, toutefois Doreen n'était pas encore tout à fait sûre que c'était sa conclusion.

À présent, trouver qui d'autre était impliqué ou qui d'autre pourrait savoir quelque chose ? C'était *là* que résidait le défi.

Lorsqu'il s'agissait d'affaires non résolues comme celle-ci, Doreen avait besoin de quelqu'un qui se faisait du souci, et non de quelqu'un qui voulait simplement que tout disparaisse. C'est alors qu'une idée lui vint et qu'elle sortit son téléphone. Elle hésita encore, se demandant si Meredith accepterait de lui parler. Et si elle trouvait un numéro, c'était une autre histoire. En peu de temps, elle trouva un numéro dans l'annuaire local. Décidée à découvrir combien Meredith était coopérative, Doreen s'empressa de l'appeler.

Sans la saluer, Meredith répondit :

— Qui est à l'appareil ?

— Bonjour, désolée de vous déranger, c'est encore Doreen.

Il y eut un silence à l'autre bout du fil, puis le ton de

Meredith devint dur, mais résigné.

— *Génial*, marmonna-t-elle. Alors je suppose que je vais continuer à vivre comme ça ?

Doreen soupira.

— Si je pouvais trouver des réponses sans vous poser de questions… je le ferais, mais ce n'est pas possible dans ce cas.

— Alors, quoi ? s'emporta Meredith. Je suis occupée.

Et Doreen savait qu'elle l'était et c'était un argument légitime. C'était aussi un signe de l'état de stress de Meredith.

— Avait-il des problèmes de santé ? questionna Doreen.

Un ricanement se fit entendre dans le combiné.

— De toutes les questions que je m'attendais à ce que vous me posiez, ce n'était pas l'une d'entre elles.

— J'ai besoin de savoir s'il est parti pour quelque raison que ce soit, vous laissant potentiellement dans une meilleure position que de le regarder mourir. Ou y avait-il autre chose ? Ou y avait-il une assurance-vie ?

— Même s'il y avait une assurance-vie, souligna Meredith d'un ton caustique, sans corps, je ne peux certainement pas y prétendre.

— Non, mais certaines personnes aiment les longues escroqueries, expliqua Doreen froidement. Est-il possible d'obtenir une réponse, s'il vous plaît ?

— Non, d'après ce que j'ai compris, il n'y avait pas de problème de santé, répondit Meredith sèchement. Il était aussi le genre de personne intéressée qui ne ferait pas ça. Au contraire, il aurait voulu m'enfermer pour s'assurer qu'on s'occuperait bien de lui.

— Il était donc égoïste ?

— Très. Ça ne veut pas dire que je ne l'aimais pas, mais je savais qui il était. Je dois retourner travailler.

Et Meredith raccrocha à la hâte.

C'était une remarque intéressante de la part de cette femme, et pourtant elle révélait beaucoup de choses sur leur relation, tout en confirmant l'idée que Doreen s'était faite de l'homme en question. Pendant un instant, elle se demanda s'il n'avait pas été victime d'une rupture d'anévrisme ou d'un épisode psychotique soudain.

Ces choses-là arrivaient, pas très souvent, mais ce n'était certainement pas hors du champ des possibles. Cependant, s'il n'avait aucun problème de santé connu, cela l'empêcherait de faire ce genre de sacrifice personnel pour épargner à Meredith les années de tourment à le voir décliner lentement. Doreen rit presque à cette idée fantaisiste.

Elle savait que certaines personnes ressentaient cela et faisaient des choses de la sorte pour aider les autres, mais, jusqu'à présent, elle n'avait entendu personne dire quelque chose de ce genre à propos de Dennis. Meredith Polanski n'avait pas refusé de coopérer, mais elle n'était pas non plus une veuve éplorée. Et encore une fois, elle n'était pas très suspecte, étant donné qu'elle s'occupait seule d'une ferme, ce qui impliquait peut-être qu'il était parti pour la quitter. Ce n'était pas non plus quelque chose que Doreen voulait imaginer.

L'idée de l'assurance-vie était intéressante. Meredith serait-elle indemnisée en l'absence de corps ? Serait-elle indemnisée même s'il était déclaré légalement mort ? Plus précisément, y avait-il même une assurance-vie souscrite pour Dennis ? Meredith n'avait pas non plus éclairci cette question. Doreen se demanda qui pourrait le savoir. Elle ne pensait pas connaître quelqu'un dans le secteur de l'assurance, et même si c'était le cas, cette personne pourrait-elle donner librement des informations, ou bien les assureurs gardaient-ils cela pour eux afin d'empêcher les gens d'essayer de se débarrasser de leurs conjoints ?

Rien que l'idée de faire quelque chose comme ça la fit grimacer – mais d'un autre côté, elle en avait assez des manigances de Mathew et ne serait pas du tout mécontente s'il se faisait renverser par une voiture. Elle s'arrêta et ferma les yeux.

— Oh, wouah, Doreen, ce n'est vraiment pas toi. Ce n'est pas parce que tu as vécu beaucoup de choses avec lui que tu veux lui souhaiter du mal.

Bien sûr, c'était une belle pensée fugace qui la libérerait de tout ce casse-tête et de toute cette paperasse, mais, étant donné qu'ils en étaient au stade où il était prêt à la libérer de tout cela, ce n'était pas vraiment approprié.

Se reprochant d'être ce mot en *S* qu'elle refusait de prononcer à voix haute, elle sortit dans le jardin et s'installa sur le patio, se sentant un peu perdue. Elle avait vraiment besoin d'informations.

C'est à ce moment-là que son téléphone sonna. Elle baissa les yeux et vit que c'était la mère de Mack qui l'appelait.

— Bonjour, Millicent. Tout va bien ?

— Oh, oui, répondit la vieille dame, dont la voix était tout de même effrayante. Il y a beaucoup de mauvaises herbes ici.

— Oh, mince, murmura Doreen. Vous voulez que je vienne en arracher quelques-unes ?

Elle savait que Millicent était très perturbée lorsque les mauvaises herbes prenaient le dessus, et elle n'avait tout simplement pas la mobilité nécessaire pour aller s'y attaquer elle-même.

Millicent hésita.

— Je déteste demander ça. Je sais que vous êtes très occupée.

— Je ne suis pas si occupée, répondit Doreen. Je suis un peu libre.

La mère de Mack rit, un peu plus détendue.

— Mais plus pour longtemps, j'en suis sûre, dit-elle.

Son ton était empreint d'une telle admiration affectueuse que Doreen se sentit obligée de sourire.

— Je passerai et, faute de mieux, j'enlèverai ces mauvaises herbes qui vous gênent, et on verra ce que l'on doit faire à partir de là.

— Ce serait absolument merveilleux si vous pouviez faire ça, souffla Millicent.

— Quand voulez-vous que je vienne ?

Millicent ne répondit pas sur-le-champ, et Doreen sourit.

— Tout de suite, j'imagine ? devina la jeune femme.

— Il n'est pas nécessaire que ce soit tout de suite, s'empressa de rectifier Millicent, mais je pense que le plus tôt sera le mieux pour moi, car je saurai que ce sera réglé.

— Pas de problème, affirma Doreen. Donnez-moi un peu de temps pour me changer et aller aux toilettes, et ensuite je passerai.

— Oh, c'est charmant. Merci beaucoup.

— Je vous en prie, répliqua Doreen d'un ton enjoué. D'ailleurs, les animaux seraient heureux de faire une bonne promenade et de vous rendre visite.

— Oh, et j'espère que vous les amènerez. C'est toujours un plaisir de les voir.

En souriant, Doreen acquiesça.

— Ne vous inquiétez pas. Nous serons bientôt en route.

Sur ce, elle rentra dans la maison, se débarbouilla et se changea. Dehors, elle se dirigea vers la maison de Millicent, les animaux trottant joyeusement à ses côtés. Même Thaddeus marchait aujourd'hui. L'esprit de Doreen était toujours occupé à s'interroger sur cette nouvelle affaire. Il lui faudrait un peu de temps pour faire le tri. Cependant, elle avait besoin d'une information ou deux avant, de quelque chose à démêler. Dans le cas présent, il devenait de plus en plus évident que la personne qui avait agi l'avait fait avec beaucoup d'efficacité et de facilité, et cela l'effrayait un peu.

Elle voulait simplement croire que tout le monde pouvait s'entendre et, comme elle s'en rendait rapidement compte, c'était une attitude naïve.

Son mari avait toujours dit qu'elle était ignorante des choses du monde. À l'époque, elle avait simplement acquiescé, car que pouvait-elle dire de plus ? Ce n'était qu'aujourd'hui qu'elle se rendait compte qu'à bien des égards, elle l'avait vraiment été, de moins en moins chaque jour, mais qu'elle restait quelqu'un qui n'avait aucune expérience du monde et qui ne connaissait pas le vrai visage de la réalité. Elle manquait *d'expérience*, certes, mais à un niveau tel qu'elle n'avait pas eu à s'inquiéter de quoi que ce soit. Elle savait ce qu'il se passait dans son monde, et elle avait autour d'elle des gens qui avaient réglé tous les problèmes et lui avaient rendu la vie simple et facile.

Ce n'était pas du tout ce qu'il se passait en ce moment. Depuis environ six mois, elle avait grandi, elle était plus sûre d'elle, elle était libre et lucide de faire ses propres choix et de voir la réalité en face. Pour cela, elle pouvait certainement remercier son ex. Lorsqu'elle était avec Mathew, il l'avait tenue très isolée de ce qu'il se passait autour d'elle. Ce qui n'était pas une bonne chose compte tenu de tout ce qu'elle avait dû rapidement apprendre, une fois sortie de cette ancienne vie.

Tout en se rendant chez Millicent, Doreen réfléchit aux événements qui l'avaient amenée à ce point, où elle enquêtait activement, où elle cherchait activement une vie où elle pourrait aider les autres à résoudre ce genre de problèmes. Et si elle avait assez d'argent pour ne pas avoir à travailler, elle pourrait continuer à le faire bénévolement, et c'était quelque chose qu'elle devait aussi envisager.

Est-ce que je veux être payée pour ça ?

Était-ce même une possibilité ? Et cela changerait-il sa personnalité d'une manière ou d'une autre ?

Quand elle n'avait pas d'argent, elle continuait à enquêter, et elle s'était donc dit que tant qu'elle avait assez d'argent pour continuer à vivre comme elle le voulait et comme elle en avait besoin, celui-ci ne devait même pas entrer en ligne de compte. Si elle avait pu faire ce travail de détective alors qu'elle n'avait pas d'argent, elle pourrait certainement le faire tant qu'elle serait bien lotie.

Cela lui rappela les emails de Paula, sa conseillère en art qui travaillait avec Scott.

Doreen savait que beaucoup de gens voulaient être payés pour leurs efforts, mais la satisfaction de Doreen ne venait pas du fait qu'elle gagnait de l'argent en faisant cela, mais du fait qu'elle trouvait une solution pour les familles concernées. Par conséquent, si elle venait à facturer ses recherches, mais que personne ne pouvait se permettre de la payer, cela allait à l'encontre du but recherché. Doreen essayait d'aider les autres.

Bien qu'elle comprenne la valeur des personnes qui appréciaient son travail, il n'était pas nécessaire qu'il s'agisse d'une appréciation monétaire. Ils pouvaient simplement lui adresser quelques mots de gratitude. Elle ne faisait pas cela pour être rémunérée, et elle ne voulait vraiment pas que les autres pensent cela non plus. Même aujourd'hui, sans être payée, le simple fait d'entendre Richard dire qu'il la considérait comme une fouineuse, fit secouer la tête de Doreen. Parfois, avec ce genre de commentaires et ces expériences de mort imminente que Doreen avait rencontrées trop souvent dans ces affaires, elle se demandait pourquoi elle faisait cela.

Elle savait que Mack se demandait lui aussi pourquoi elle risquait sa vie pour ces affaires.

Chapitre 11

LE TRAJET JUSQU'À la maison de la mère de Mack fut calme et sans histoire, et lorsqu'elle arriva chez Millicent, elle se dirigea vers l'arrière pour trouver la vieille dame déjà assise sur la terrasse, en train d'attendre. Mugs se précipita immédiatement vers elle, la saluant comme une amie perdue de vue depuis longtemps. Même Goliath s'enroula autour de ses jambes à plusieurs reprises. Thaddeus sauta sur la table et cria :

— Thaddeus est là. Thaddeus est là !

Millicent éclata de rire et rayonna quand elle vit Doreen arriver en queue de peloton.

— Vous voilà. Je suis ravie de vous voir.

Elle se pencha un peu plus pour caresser le dos de Goliath et gratta Mugs sous le menton avant de se redresser et de donner un gentil coup de tête à Thaddeus.

Doreen se demanda si tout cela n'était pas simplement une occasion d'avoir de la compagnie, auquel cas elle devrait faire en sorte que les frères viennent plus souvent rendre visite à leur mère. En attendant, Doreen s'occupait du jardin et faisait payer Mack pour ses services. Avec un demi-sourire à la mère de ce dernier, elle répondit :

— Bonjour. Comment allez-vous aujourd'hui ?

— Pas trop mal, affirma Millicent avec un large sourire. Merci de poser la question.

— Du moins, si ces mauvaises herbes cessaient de vous embêter, pas vrai ?

Millicent s'esclaffa.

— J'essaie de ne pas les laisser m'embêter, mais chaque fois que je les vois, je m'énerve.

— Plus vous essayez de ne *pas* regarder, et plus vous les voyez, convint Doreen avec un hochement de tête.

— Comment c'est possible, d'ailleurs ? demanda Millicent en la fixant du regard.

— Parce que vous essayez de ne *pas* les voir, et plus vous essayez de ne *pas* les voir, plus vous les voyez. C'est ce qu'il m'arrive aussi. Vous vous souvenez de ce dicton : *ne pensez pas à un éléphant ?*

— Je suis sûre que les psychologues ont aussi une raison pour ça, plaisanta Millicent.

— En effet. La suggestion est ancrée dans votre esprit et vous ne pouvez pas ne pas penser à ces satanées choses. Mais c'est déjà bien de savoir qu'au fond, les mauvaises herbes sont là pour nous tourmenter. Donc, tant que vous serez tourmentée, elles continueront à venir vous embêter.

Millicent acquiesça.

— Heureusement que j'ai un médecin spécialiste des mauvaises herbes pour venir les soigner.

— Ah, c'est ce que je suis maintenant ? On dirait que tout le monde a un surnom pour moi.

— Je n'en doute pas. Mais tout le monde ne résout pas les mystères comme vous, souligna Millicent. Vous ignorez combien je vous envie.

— Pourquoi vous m'enviez ? demanda Doreen.

— Parce que vous êtes assez jeune pour le faire, expliqua la vieille dame. À mon époque, les femmes n'étaient pas censées faire quoi que ce soit.

Doreen pouffa.

— Oui, c'est toujours d'actualité. C'est ce qu'aurait souhaité mon ex.

— Il y a un certain nombre de, vous savez… d'imbéciles qui pensent que les femmes n'ont le droit de ne rien faire, et j'ai toujours pensé que c'était une honte. Mais vous, ma chère, vous continuez à briser toutes les normes.

— Que ça plaise ou non, s'amusa Doreen en hochant la tête.

— Continuez, affirma Millicent. C'est bon, pour les hommes.

Doreen éclata de rire.

— Vous voulez dire, pour Mack et moi ?

Millicent lui adressa un sourire éclatant.

— J'adorerais que vous rejoigniez la famille.

La jeune femme rougit.

— Eh bien, c'était un peu trop honnête, marmonna-t-elle.

— Non. Pas du tout. Je ne rajeunis pas, et mon fils non plus, soupira Millicent avant de rectifier avec une pointe de dégoût. Aucun de mes garçons ne rajeunit. On pourrait croire que j'ai déjà des petits-enfants.

Doreen se renfrogna. Cette conversation n'allait pas dans la direction qu'elle voulait.

— Je pense qu'ils devront s'en occuper eux-mêmes.

— Oh, je sais. Je sais. Ça ne veut pas dire que je n'aimerais pas les pousser dans cette voie, dit la vieille dame, contrariée.

Doreen lui adressa un sourire.

— Il serait peut-être préférable de les laisser se débrouiller seuls.

— Peut-être, mais ils ne font pas un très bon travail, répliqua Millicent, avec un soupir. Je veux dire que j'ai commencé tard, mais je ne m'attendais certainement pas à ce qu'ils fassent de même.

Doreen rit.

— Vous avez fait vos propres choix à l'époque, et maintenant, ils doivent faire les leurs.

— Je sais. Je sais. Je sais, grommela Millicent. Cependant, être un parent plus âgé a été bénéfique dans le sens où j'étais mûre et pouvais comprendre beaucoup plus de choses que si j'avais été une mère beaucoup plus jeune. Néanmoins, je trouve que maintenant, parce que je suis plus âgée, j'attends ces petits-enfants avec beaucoup plus d'impatience.

— Ce qui n'est pas très juste pour vos fils, lui rappela Doreen.

— Je comprends et je n'essaie pas d'être injuste avec eux. Mais je n'ai pas vraiment envie d'être juste.

La vieille dame conclut par un sourire radieux avant d'ajouter :

— Alors peut-être que vous devriez dire à Mack de se dépêcher.

Doreen gloussa.

— Non. Je sais parfaitement pourquoi Mack prend autant de temps, et c'est à ma demande. Il devra donc attendre encore un peu.

Millicent la regarda alors d'un air sombre.

— Vous ne vous êtes pas encore débarrassée de cet homme ?

— Oh, j'espère toujours, répondit Doreen avec un sourire lumineux. Bon, où sont ces mauvaises herbes ?

Millicent se mit alors à désigner celles qui la gênaient vraiment. Comme Doreen se tenait sur le côté du patio, elle voyait clairement les pires d'entre elles.

— C'est drôle comme elles aiment pousser là où on ne peut pas les atteindre, remarqua-t-elle en se baissant pour apercevoir les mauvaises herbes pousser parmi les roses.

— Si je n'avais pas tant de mal à me lever et à me coucher, j'aurais essayé.

— Non, non, ce n'est pas nécessaire, réfuta Doreen. Je m'en occupe.

Et elle s'attaqua aux mauvaises herbes que Millicent lui montrait. Doreen s'assura de les arracher en emportant les racines. Mugs en saisit plusieurs pour s'amuser et les secoua violemment, envoyant de la terre partout, couvrant malheureusement Goliath qui donna un coup de patte.

Thaddeus gloussa en observant les deux autres. Doreen se contenta de secouer la tête et de continuer à travailler. Au bout d'une bonne heure de travail, elle se rendit compte qu'un bon nombre des mauvaises herbes avaient été arrachées.

— Je ne sais pas comment elles ont pu pousser aussi vite, dit-elle. Je suis venue il y a une semaine.

— Je sais. *C'est fou ?* C'est en partie pour cette raison que je ne voulais pas vous rappeler, mais je sais que Mack a augmenté le débit de l'arrosage, depuis que nous avons récemment eu cet accès de soleil et de chaleur. Alors les herbes poussent comme des folles.

— Je n'ai même pas pris la peine de vérifier l'état de mon propre jardin, avoua Doreen en regardant Millicent. Ça me rappelle que je dois désherber quand je rentrerai à la maison.

Millicent hocha la tête.

— Ça nous échappe si rapidement, convint-elle en se penchant pour en désigner une autre.

Doreen s'empressa de l'arracher, puis plusieurs autres. Lorsqu'elle pensa avoir enlevé toutes les mauvaises herbes – du moins celles que Millicent pouvait voir – Doreen se leva et se posta derrière Millicent et avisa le jardin.

— Je ne vois pas grand-chose d'autre. Et vous ?

Millicent regarda et acquiesça.

— Je pense que c'est bon, mais vous savez que ce sont des plaies. Alors, elles reviendront.

— C'est certain, confirma Doreen, mais moi aussi. Alors, ce n'est pas un problème.

Millicent lui tapota la main.

— Vous êtes une gentille fille et j'apprécie vraiment que vous ménagiez une vieille femme comme moi.

— Je ne vous ménage pas, répondit Doreen. Je comprends parfaitement ce que c'est que d'avoir des mauvaises herbes qu'on ne peut pas atteindre et d'être frustré à cause des contraintes physiques auxquelles on doit faire face.

— Ce n'est pas drôle de vieillir, remarqua Millicent, surtout quand on sait que l'on va rater toutes ces années parce que nos fils prennent tout leur temps pour fonder une famille.

Sachant qu'elles retournaient sur ce terrain dangereux, Doreen sourit et montra du doigt sa maison.

— Maintenant, s'il n'y a plus de mauvaises herbes à éliminer, je vais raccompagner mes animaux chez moi.

— Vraiment ? s'enquit Millicent. J'espérais que vous prendriez le thé.

Doreen hésita, puis sourit.

— Une petite tasse en vitesse.

Millicent se réjouit et alla préparer la théière. En vérité,

Doreen n'avait pas eu l'occasion de lui poser des questions sur la disparition de Dennis, et elle aurait dû ; Millicent le connaissait peut-être. Lorsqu'elle revint un peu plus tard, la théière à la main, Doreen continuait à travailler sur les mauvaises herbes jusqu'à ce qu'elle s'assoie et lui demande :

— Savez-vous quelque chose au sujet de l'affaire Dennis Polanski ?

Millicent fronça les sourcils.

— Wouah, c'est un nom que je n'avais pas entendu depuis longtemps.

— Je me demandais si je pouvais faire quelque chose pour aider la famille à retrouver leur mari et père disparu, expliqua Doreen. Je suis tombée sur la propriété grâce à une étrange vidéo de drone, et Mack m'a dit que le propriétaire avait tout simplement disparu.

— Oh là là, ça me ramène en arrière. Qui aurait pu penser qu'une telle chose était possible ?

— Certainement pas moi, reconnut Doreen. Quand on pense à ce genre de choses, on ne voit pas comment quelqu'un a pu disparaître ainsi.

— Tout à fait, acquiesça Millicent. Je veux dire, à notre époque, la police a tellement de méthodes pour retrouver une personne qu'on pourrait penser qu'elle l'aurait déjà trouvé. Je pense que c'est une excellente idée que vous vous penchiez sur la question. Cette famille doit être si triste, à se demander ce qu'il lui est arrivé.

— Ils le sont. J'ai parlé à la femme, précisa Doreen.

Son regard se porta sur le jardin de Millicent et elle vit Mugs et Goliath étendus au soleil, proches, mais sans se toucher, en train de ronfler. Même Thaddeus s'était installé sur la balustrade pour piquer un somme.

— Je pense qu'à l'heure actuelle, elle ne se pose plus de

questions, mais elle est plutôt contrariée par tout ça.

— Contrariée ? répéta Millicent. Si c'était mon mari, je serais dévastée.

— C'était facile pour moi de critiquer, de penser qu'elle se fichait de tout ou qu'elle avait quelque chose à voir avec la disparition de Dennis. Cependant, après toutes ces années, elle est sûrement tout aussi bouleversée par le fait qu'elle n'a pas pu tourner la page, et ce n'est peut-être rien de plus : une simple réaction.

Millicent resta muette un long moment.

— Je suppose qu'on en apprend vraiment beaucoup sur la nature humaine dans ces enquêtes, n'est-ce pas ?

— Ça aide, s'esclaffa Doreen. On peut avoir toutes sortes d'idées et se tromper, et on ne veut pas que la mauvaise idée soit quelque chose à laquelle on est tellement attaché qu'on refuse de regarder tout le reste.

La vieille dame opina.

— J'imagine que pour moi, la question est de savoir pourquoi.

— Exactement, convint Doreen en souriant. S'il est parti de lui-même, pourquoi ? Et si quelqu'un a décidé de le tuer, de l'enlever ou quoi que ce soit d'autre, il doit y avoir une motivation. Et, s'il y a une motivation, comment pouvons-nous la découvrir ?

Millicent la fixa de longues minutes.

— Il y avait des rumeurs selon lesquelles il avait une liaison.

— Oui, confirma Doreen. J'ai parlé à la femme qui travaille au bureau de poste. Lilly Anne.

Millicent la dévisagea, puis rit.

— Vous adorez être au courant de tout, pas vrai ?

— Ça ne sert à rien de commencer quelque chose si je ne

peux pas me plonger dedans, et je comprends que, pour beaucoup de gens, je ne fais que fouiner sans tenir compte des sentiments des autres, dit-elle, avant de marquer une pause pour rassembler ses pensées. Mais ce n'est pas la raison pour laquelle je fais ça, et ce n'est pas la chose la plus facile que d'interroger les gens, même des années plus tard, sans qu'ils réagissent de manière négative.

— Donc vous avez parlé à Adélaïde ?

La jeune femme se figea et dévisagea Millicent à son tour.

— Adélaïde ?

— Oui.

— C'est la femme qui travaillait au bureau de poste ?

Millicent fronça les sourcils.

— Je ne sais pas exactement où elle travaillait à l'époque, mais on parlait d'une liaison avec Adélaïde.

Doreen hésita, puis suggéra :

— Peut-être qu'il avait plusieurs liaisons.

Le visage de Millicent se plissa de dégoût.

— Je ne serais pas du tout surprise. S'ils prennent ce *chemin* une fois, rien ne les empêchera de le prendre une deuxième fois.

— Que savez-vous de la femme avec laquelle il a eu une liaison ? interrogea Doreen.

Millicent haussa les épaules.

— Je ne sais pas grand-chose. Je sais juste qu'il était question d'une femme dans sa vie.

— Pourtant, vous l'avez appelée Adélaïde.

— Oui, mais je ne sais pas vraiment… j'imagine que c'est…

— Où auriez-vous entendu quelque chose comme ça, entendu le prénom de cette femme ?

— C'était la rumeur.

— Eh bien, c'est cette rumeur que je dois préciser.

Millicent lui sourit.

— Et votre grand-mère ? Vous êtes en train de me dire qu'elle ne connaît pas tous les détails de cette affaire ?

— Il y a quelques informations qui circulent, mais beaucoup de gens ont oublié cette affaire.

— Si c'est le cas, ça ne vous aidera pas beaucoup à progresser. Je pense que, parce que Dennis était un adulte, les gens ont supposé qu'il avait pu s'en aller de lui-même.

— C'est possible, murmura Doreen. Après tout, quand on y pense, s'il avait une raison, comme une amante ou quelqu'un avec qui il voulait recommencer sa vie, alors qu'est-ce qui le retenait ici ?

Millicent acquiesça lentement.

— Adélaïde travaillait. Je crois qu'elle travaillait pour la ville.

Le regard de la vieille dame se perdit dans son jardin.

— Cette femme avec qui il a eu une liaison ?

— Oui, répondit la mère de Mack en se retournant vers Doreen. Toutefois, je ne me souviens pas des détails.

— Connaissez-vous quelqu'un qui aurait pu avoir un lien plus étroit ?

Millicent l'observa pensivement pendant un moment.

— Peut-être… mais il faudra que je lui demande si elle est prête à vous parler.

— Qui ça ? questionna Doreen, perplexe. Plus encore, aurait-elle eu quelque chose à dire à la police à ce sujet ?

— Je ne pense pas, du moins pas à l'époque. Aujourd'hui, peut-être.

— Pourquoi ?

— Parce que je sais qu'elle a eu elle aussi une liaison avec lui.

— Oh, wouah, donc ce type a vraiment trompé sa femme.

Millicent opina du chef.

— Je ne dirai rien à ce sujet parce que je n'aime pas dire du mal des morts, dit-elle, mais je suppose que vous avez besoin de savoir si d'autres personnes faisaient partie de sa vie, n'est-ce pas ?

— Absolument, affirma Doreen, d'une voix neutre, parce que je n'ai rien lu dans les journaux ou dans les rapports de police sur de multiples liaisons. C'est donc un mobile à bien des égards.

— Mais ce n'est un mobile que si c'est l'épouse qui l'a tué.

— Pas du tout, rétorqua Doreen en regardant Millicent dans les yeux. Une maîtresse peut aussi être coupable. Peut-être qu'elle voulait que Dennis choisisse, et qu'il l'a fait, et qu'elle n'a pas été choisie.

Millicent blêmit.

— Oh, mon Dieu. J'espère que mon amie n'a rien à voir avec ça.

Doreen attendit pendant que Millicent luttait contre son démon intérieur pour savoir si elle devait en dire plus ou non.

— La seule façon de le savoir, poursuivit Doreen avec prudence, c'est de lui parler.

Millicent fronça encore plusieurs fois les sourcils dans sa direction, comme si cela pouvait l'aider à prendre une décision.

Doreen attendit patiemment en buvant son thé.

Finalement, Millicent poussa un profond soupir.

— J'imagine que je n'ai aucun intérêt à le cacher parce

que je suppose que vous avez déjà entendu parler d'une liaison, n'est-ce pas ?

Doreen hocha la tête.

— Bien que la femme ait dit qu'elle n'avait pas couché avec lui.

Millicent leva les yeux au ciel.

— Évidemment qu'elle a dit ça, surtout quand l'épouse est encore en ville et qu'il est fort possible qu'elle vive près de chez elle.

— C'est toujours une bonne motivation pour rester silencieux, marmonna Doreen. Mais c'est aussi une bonne motivation pour avoir quelque chose à voir avec la disparition de Dennis.

La vieille dame hoqueta.

— Je serais dévastée si mon ami avait quelque chose à voir avec ça, admit-elle. Nous sommes amies depuis longtemps.

— Quel âge a-t-elle ? demanda Doreen, pensant que la différence d'âge entre Adélaïde et Dennis était plutôt grande ici.

— Oh, elle n'a pas du tout mon âge, précisa Millicent. C'est la fille chérie d'une de mes amies, et elle a également eu ses enfants tard, ce qui est une autre raison pour laquelle nous étions si proches. Quand on a quarante-cinq ans et qu'on s'occupe de bambins qui font pipi au lit, puis soixante-cinq ans et qu'on gère des jeunes adultes de vingt ans, on sait que les choses n'étaient pas si différentes pour nous. Nous nous sommes rapprochées en terrain connu.

— Ah, d'accord, alors qui est cette amie ?

Millicent hésitait encore.

Doreen lui tapota la main et chuchota :

— Je vous promets que je vais seulement lui parler. Je

n'essaie pas de l'accuser de quoi que ce soit, mais on doit résoudre cette affaire. Et il est temps, vous ne croyez pas ?

Quelque chose dans cette formulation fit hocher la tête à Millicent.

— Vous avez raison. Il est vraiment temps, soupira-t-elle. On doit traiter ce problème avant que ça ne continue, et personne n'a de réponses… Elle s'appelle Adélaïde. Adélaïde Bonner.

— Et sa mère ?

— Ah… Mon amie, Sue Ellen Bonner, sa mère, est décédée il y a quelques années, et Adélaïde et moi sommes restées très amies malgré tout.

— Charmant, nota Doreen. Ses coordonnées ?

Millicent sortit son téléphone et ouvrit ses contacts.

— Mais vous serez gentille avec elle, pas vrai ? Je sais qu'elle était très amoureuse de lui, et qu'il était plus jeune. Alors elle a toujours pensé que c'était la raison pour laquelle il avait rompu avec elle.

— Peut-être, mais il peut aussi avoir enchaîné les conquêtes et avoir eu trop d'autres options.

Millicent grimaça.

— J'espère que vous ne lui direz pas ça.

— Non, je n'en ai pas l'intention.

Doreen s'esclaffa en terminant son thé. Elle avait les coordonnées d'Adélaïde Bonner, et l'appellerait de chez elle.

— Bien, prévenez-moi si ces mauvaises herbes reviennent et recommencent à vous embêter, d'accord ?

Alors qu'elle se levait avec ses animaux, qui avaient plus ou moins patiemment attendu tout au long de l'après-midi, Mugs se mit à aboyer d'excitation.

— Vous êtes prêts à rentrer à la maison ?

Mugs se dirigea vers le trottoir, où Goliath s'élança et se

jeta en première position, tandis que Thaddeus criait et essayait de monter sur la jambe de Doreen. Elle le souleva sur son épaule et il se nicha dans son coin de paradis.

Tout doucement, une expression mélancolique sur le visage, Millicent agita une main en guise d'au revoir.

Doreen reprit le chemin de la maison et envoya un message à Mack. **Je pars de chez ta mère. Elle se sent bien seule.**

Il lui répondit par un emoji de pouce levé, ce qui signifiait sûrement qu'il aimerait parler, mais qu'il ne le pouvait pas. Cependant, il avait reconnu ce qu'elle disait, à savoir qu'il avait besoin de passer plus de temps avec sa mère.

Elle espérait vraiment que Nick se rapproche de cette ville, afin qu'il puisse passer du temps avec sa mère, lui aussi. Doreen en avait déjà parlé aux deux frères, et ce rituel de Doreen, envoyer des textos aux hommes après avoir passé du temps avec Millicent, devenait une habitude. Elle ne connaissait pas exactement l'âge de Millicent, mais c'était quelque chose à prendre en compte, surtout quand on avait eu des enfants tard et qu'on se rendait compte qu'on n'aurait peut-être pas le même nombre d'années avec ses petits-enfants qu'on l'aurait voulu.

Ce n'était pas un problème pour Doreen. Elle n'avait personne dans sa vie, personne avec qui elle prévoyait d'avoir des enfants dans un avenir proche.

Chapitre 12

Mardi matin…

LORSQUE DOREEN SE réveilla le lendemain matin, elle s'étira, bâilla et se retourna, mais Thaddeus lui cancana en plein dans l'oreille. Elle se redressa précipitamment.

— Qu'est-ce que tu fais là ? demanda-t-elle.

Thaddeus restait normalement sur son perchoir jusqu'à ce qu'elle se lève, mais là, il était recroquevillé sur son oreiller et la regardait fixement. Elle caressa doucement ses plumes.

Il se pencha à son oreille et chuchota :

— Thaddeus aime Nan. Thaddeus aime Nan.

Doreen fronça les sourcils.

— J'espère que tu aimes aussi Doreen, répondit-elle avec exaspération.

Les paroles du perroquet ne correspondaient peut-être pas à ses actes, mais elle savait aussi, d'après ses actes, qu'il l'aimait également. Mais, bien sûr, Nan avait la priorité dans l'esprit du volatile. Elle lui sourit en se levant et lui demanda :

— Tu veux prendre une douche ?

Il se mit à caqueter.

— *Hé-hé-hé-hé.*

Il se dandina derrière elle jusqu'à la douche. Elle ouvrit l'eau et entra, se shampouinant les cheveux avant de se rendre compte qu'il était déjà derrière elle, jetant de l'eau partout, tandis qu'il se prélassait sous la douche.

Doreen lui sourit.

— Je ne sais pas si c'est courant pour tous les oiseaux comme toi de vouloir prendre des douches, mais tu aimes bien la tienne.

Elle laissa l'eau couler un peu plus longtemps que nécessaire, rien que pour lui.

Quand elle finit par couper l'eau, il lui lança son fameux regard.

— Non, ça suffit pour l'instant.

Elle sortit et s'enveloppa dans une serviette. Le sécher était un tout autre problème. Elle savait qu'il pouvait se débrouiller seul, mais il était bien trempé. Elle se pencha, le ramassa et essaya de le sécher en le tapotant un peu. Puis elle le jucha sur le comptoir et se demanda comment il réagirait à son sèche-cheveux, s'il le blesserait ou s'il l'effraierait. Elle le mit en marche et le laissa sur le comptoir, soufflant sur le côté.

Il s'en approcha, curieux, et se posta face au souffle. Il resta ainsi, semblant profiter de l'air chaud. Toutefois, il ressemblait maintenant à une houppette avec des pattes en forme de cure-dents. Elle gloussa en éteignant son sèche-cheveux.

— Qu'en penses-tu ? lui demanda-t-elle.

Thaddeus se mit à picorer le sèche-cheveux, alors elle le remit en marche, essayant cette fois de lisser un peu ses plumes pour ne pas lui donner un air mal coiffé. Au bout de quelques minutes, il commença à se lisser les plumes et, en peu de temps, il était beaucoup plus beau qu'elle. Elle secoua la tête.

— Je ne sais pas comment tu fais, dit-elle, mais tu as un look magnifique qui te va comme un gant. Certains d'entre nous doivent y mettre un peu plus d'efforts.

Toujours en riant, elle le laissa seul avec le sèche-cheveux qui continuait à souffler sur lui. Elle s'habilla, puis revint dans la salle de bains et le trouva posté devant le sèche-cheveux, les yeux fermés, laissant la chaleur l'envahir. Doreen éteignit l'appareil et Thaddeus ouvrit les yeux pour la foudroyer du regard.

— Je sais, mais c'est l'heure d'aller manger.

— Manger, manger, manger, entonna-t-il.

— Oui, allons manger. J'ai faim.

— J'ai faim. J'ai faim. J'ai faim.

Elle le fusilla du regard.

— Tu peux aussi arrêter quand tu veux.

Il se mit à rire.

— *Hé-hé-hé-hé-hé.*

— Tu es un petit oiseau rusé, pas vrai ?

Il la regarda, presque comme s'il voulait dire : *Comment ose-t-elle ?* Pourtant, elle savait bien que ce petit gars avait plus d'un tour dans son sac.

Dans la cuisine, les deux autres animaux s'agitaient et l'attendaient. Elle caressa Goliath et fit de même avec Mugs. Après avoir lancé la cafetière et servi les animaux, elle sortit en direction du patio.

Cette maison et son jardin restaient ses lieux de prédilection. Elle était éternellement reconnaissante à Nan, qui avait fait en sorte que cela se produise. C'était un endroit si glorieux pour Doreen, elle s'installait constamment dans la joie. Elle n'était même pas sûre d'avoir suffisamment remercié tous ceux qui avaient contribué à la réalisation de son nouveau jardin amélioré. Cela avait été un tel plaisir de voir les hommes se réunir et travailler sur sa terrasse, son patio et les allées, même si elle s'était inquiétée de l'argent à l'époque. Elle était si reconnaissante maintenant qu'elle observait l'endroit et réalisait que si elle avait hésité à améliorer son jardin à l'époque, elle serait loin d'être aussi heureuse aujourd'hui. Et elle devait à Mack un grand merci pour cela aussi.

Une fois que le café eut fini de couler, elle se servit sa première tasse, sortit à nouveau et marcha jusqu'à la rivière. C'était l'autre aspect de sa vie ici qu'elle adorait, entendre l'eau, les oiseaux, leurs gazouillis matinaux, alors qu'elle se postait au bord de la rivière. Le banc qu'elle aimait tant l'attendait là aussi.

Alors qu'elle était assise, elle entendit de l'agitation chez son voisin, et elle lança :

— Bonjour, Richard.

Il y eut d'abord un silence de l'autre côté de la clôture, puis un bougonnement, avant qu'il ne réponde enfin :

— Bonjour.

— J'espère que vous passez une bonne journée.

— Peut-être… Qu'avez-vous de prévu aujourd'hui ?

— Pas grand-chose, je l'espère. Je ne suis pas contre un peu de repos.

— Eh bien, si vous ne vous mêlez pas des affaires de tout le monde, répliqua-t-il, je suis sûr que vous y arriverez.

Elle rit.

— Vous avez peut-être raison, mais je travaille sur une autre affaire.

Richard grommela.

— Pour retrouver Dennis ? Bonne chance.

— Je sais, c'est triste, n'est-ce pas ? remarqua-t-elle. Bien que celle-ci ne soit pas vraiment une urgence, il s'agit d'une autre personne disparue il y a dix ans. Vous aviez raison à propos de la chronologie. Le simple fait de savoir que quelqu'un d'autre a peut-être souffert à l'époque et que la famille n'a toujours pas trouvé de solution depuis tout ce temps me donne envie d'aider.

— Comment ça ? interrogea son voisin.

Elle vit une porte presque invisible s'ouvrir, donnant sur la rivière, et il en sortit.

Elle le dévisagea.

— Wouah, je ne me souvenais même pas que vous aviez un portillon à l'arrière de votre propriété.

— Je l'utilise rarement. En plus, c'est envahi par la végétation, ce qui cache aussi la porte. Elle est assez rouillée, souligna-t-il. Je devrais sûrement la faire réparer.

Il jeta un regard noir sur le portillon, comme s'il devait le mépriser.

Doreen sourit.

— Peut-être. Comme ça, vous pourrez profiter de la rivière. C'est très agréable de venir ici.

— Je ne vois pas pourquoi, argumenta-t-il. C'est sale.

Le sourire de Doreen ne faiblit pas.

— C'est peut-être sale, mais c'est aussi Mère Nature, dit-elle joyeusement. Pour moi, d'autres choses entrent en jeu.

Il haussa les épaules.

— Mais c'est quand même sale, insista-t-il, avant de froncer les sourcils en regardant les animaux. Ils ont l'air si normaux aujourd'hui.

Doreen acquiesça.

— C'est parce qu'ils *sont* normaux.

Et de nouveau, il se contenta de l'observer. Elle grimaça.

— Je comprends que, dans votre esprit, ils sont sûrement

une invention terrible, mais ce sont des animaux très gentils.

Il haussa les épaules.

— Tant qu'ils ne me mordent pas.

— Croyez-moi. Ça n'arrivera pas.

C'est à ce moment-là que Mugs décida de foncer sur Richard, à une vitesse qui ne convenait manifestement pas à ce dernier, car il recula en criant :

— Éloignez-le, éloignez-le !

Elle soupira.

— Mugs, viens ici. Pas besoin de lui faire peur.

— Je n'ai pas peur, riposta Richard avec un regard noir.

Doreen hocha la tête, mais ne renchérit pas.

— Viens, Mugs.

Mugs s'arrêta, puis s'approcha lentement, reniflant le sol où Richard s'était tenu.

— Il ne vous fera pas de mal, affirma Doreen. Il essaie juste de vous connaître.

— Il n'a pas besoin de me connaître, déclara Richard d'une voix rauque. Vous avez causé plus de problèmes qu'il n'en faut ici.

— C'est peut-être le point de vue de certains, mais j'ai aussi aidé de bien des façons, comme c'était mon intention, rétorqua-t-elle. Je comprends que ma méthodologie est différente et qu'elle n'a pas rendu tout le monde heureux, mais elle n'a pas fait que des malheureux.

Il la fusillait toujours du regard.

— Votre frère s'en est bien sorti, releva-t-elle.

— Oui, maugréa-t-il, mais vous auriez très bien pu le faire jeter en prison.

— Non, pas lui. Roscoe n'a rien fait de mal, répondit-elle, avec le plus doux des sourires, mais je suis vraiment désolée pour son ami.

Richard acquiesça avec raideur.

— Personne n'aime voir les amis que son frère connaît depuis si longtemps et découvrir que ces gens ont fait quelque chose d'aussi horrible. Alors, pour ça, je vous remercie.

Surprise, elle opina et avisa Richard franchir rapidement la porte arrière cachée dans la clôture, avant que Mugs ne puisse le suivre.

— Allez, Mugs. Laisse-le tranquille. On va y aller petit à petit.

Mugs lui aboya dessus plusieurs fois, avant de revenir vers elle. Puis, comme s'il avait aperçu un lapin ou quelque chose du genre, il se précipita vers l'eau et s'y jeta.

Doreen grommela.

— Vraiment ? Maintenant, tu vas être trempé.

Mais il s'amusait beaucoup trop pour qu'elle essaie de l'arrêter. En fait, il avait l'air de s'amuser comme un fou. Elle sourit et le laissa faire, éclaboussant l'eau de toutes parts. Il s'amusait vraiment. Elle observa ses pitreries pendant quelques minutes, puis entendit Richard s'affairer dans son jardin.

Elle demanda :

— Vous souvenez-vous d'autre chose à propos de la disparition de Dennis Polanski ?

Il y eut d'abord un silence, puis la porte arrière rouillée s'ouvrit prudemment. Il regarda Mugs dans l'eau et une expression de dégoût total l'envahit.

— Mieux vaut ça dans votre maison que dans la mienne, marmonna-t-il en regardant le chien.

— Tout ira bien pour Mugs, dit Doreen. Comme nous, il sèche.

Il darda sur elle un regard noir, comme si elle se moquait

de lui. Puis il hocha la tête sèchement.

— Je connais un peu l'affaire Dennis, commença-t-il. Je sais ce que tout le monde sait.

— Vous ne le connaissiez donc pas personnellement ?

Il secoua la tête.

— Non, je ne le connaissais pas, je ne savais rien de tout cela, mais étant donné que le pick-up du type a été retrouvé juste en bas de la route, nous avons tous été attentifs.

Doreen réfléchit.

— C'est une bonne motivation, n'est-ce pas ?

— Pardon ? s'enquit Richard, perplexe.

— Eh bien, si vous vouliez attirer l'attention sur quelque chose, cela suffirait, n'est-ce pas ? Je veux dire, garer le véhicule à quelques rues de là, suffisamment près pour qu'il ait pu rentrer à pied, même s'il avait mis le pick-up dans un fossé, et pourtant il n'y a aucun signe de lui.

— Ça peut simplement signifier qu'il a changé de véhicule, suggéra Richard en la regardant fixement. Quelles autres raisons pourraient expliquer ça ?

— On ne sait pas encore. C'est le problème avec ce genre d'affaires. Tant que l'on n'a pas toutes les réponses, on ne fait que deviner.

— Je pense que vous devinez beaucoup, déclara-t-il d'un ton accusateur.

— Peut-être, et parfois mes suppositions sont très bonnes.

Son voisin fronça les sourcils, mais il n'y avait pas grand-chose à dire, étant donné qu'elle venait de s'occuper de Roscoe, le frère de Richard, et qu'elle avait fait beaucoup de suppositions exactes.

— Peut-être, concéda-t-il. Néanmoins, ce serait mieux si vous trouviez de vraies réponses d'abord.

— Ce serait bien, n'est-ce pas ? plaisanta-t-elle sur un ton jovial. Dommage que les gens n'aiment pas parler.

— Surtout avec des inconnus.

— Connaissez-vous une certaine Adélaïde Bonner ?

— Elle travaille en ville, répondit Richard.

— C'est ce que j'ai entendu dire. Savez-vous quelque chose à son sujet ?

Il secoua lentement et prudemment la tête. Elle acquiesça et resta silencieuse.

— Pourquoi ? Qu'est-ce qu'elle a à voir avec ça ? questionna Richard.

— Peut-être rien. Encore une fois, nous n'essayons pas de deviner, mais d'obtenir des réponses. J'irai lui parler plus tard dans la journée pour voir si elle sait quelque chose.

Son voisin fronça les sourcils.

— C'est une gentille dame, ajouta-t-il sèchement.

— Tant mieux. Peut-être qu'elle aura une minute ou deux à m'accorder.

— Je ne sais toujours pas pourquoi vous voulez lui parler.

Richard fronça les sourcils en regardant Doreen, et les sillons sur son front s'intensifièrent à mesure qu'il restait planté là.

— Peut-être qu'il n'est pas nécessaire de lui parler, mais je ne le saurai pas tant que je n'aurai pas eu l'occasion de le faire.

Il fit un léger signe de tête et continua à fixer Doreen.

— Je ne voudrais pas que vous la contrariiez. C'est une gentille dame.

Et, sur ce, il tourna lentement les talons et se retira dans son jardin.

Doreen était amusée par sa défense de la *gentille* dame

qui travaillait en ville, mais c'était agréable de le voir se soucier de quelqu'un. Elle y réfléchit en rentrant chez elle et en prenant son petit-déjeuner, se demandant comment elle allait pouvoir contacter cette femme et lui parler en privé.

Mais juste à ce moment-là, alors qu'elle préparait des toasts, son téléphone sonna. Ce n'était pas un numéro qu'elle connaissait. Elle décrocha.

— Bonjour, puis-je vous aider ? demanda-t-elle en se présentant.

— Oui, je suis Adélaïde Bonner, répondit son interlocutrice. J'imagine que vous ne cesserez pas de m'importuner tant que je ne vous aurai pas parlé, alors j'apprécierais que vous me rencontriez plus tard dans la journée et que nous ayons une conversation.

Doreen reconnut le nom et accepta.

— D'accord. Je suppose que Millicent vous a contactée ?

— Oui, elle se sentait terriblement coupable.

Doreen rit.

— Je lui ai dit que j'essaierais d'être gentille.

Adélaïde soupira.

— Il n'y a rien de plus stupide qu'un vieux fou amoureux, répondit-elle. J'aimerais donc en finir une fois pour toutes.

— Pourquoi ne pas déjeuner ensemble ? proposa Doreen.

Adélaïde hésita.

— Je ne sais pas… Je ne veux pas perdre de temps au travail. En plus, j'ai besoin d'argent, vous savez.

— Je comprends. Je peux venir à l'heure du déjeuner. Pourquoi ne pas nous installer dans le parc et discuter ?

— Ça marche, si ça vous convient.

— Ça me convient. Si nous nous installons dans le parc,

je pourrai venir avec les animaux.

— Oui, amenez les animaux, affirma Adélaïde. J'ai beaucoup entendu parler d'eux.

— Ce sont de sacrés personnages.

Après avoir fixé l'heure à 11 heures et demie, Doreen raccrocha, puis rappela Millicent. Après quelques salutations, la jeune femme tenta de la rassurer.

— Millicent, tout va bien. Je rencontre Adélaïde au parc et nous parlerons aujourd'hui.

— Oh, bien, répondit Millicent avec soulagement. Je dois admettre que je me sentais assez mal à propos de tout ça.

— Eh bien maintenant ce n'est plus nécessaire. Elle m'a téléphoné et nous allons nous retrouver pour déjeuner et avoir une petite conversation.

— D'accord, je me sens beaucoup mieux, merci.

Sur ce, Doreen mit fin à l'appel et s'assit, se demandant comment les gens pouvaient se mêler de la vie des autres au point de devoir prévenir tout le monde, surtout quand Doreen essayait seulement de les contacter. Assise sur la terrasse avec des toasts et de la confiture d'Esther, Doreen se demandait si cette dernière savait quelque chose sur Dennis ou même sur ses liaisons en ville.

Doreen n'avait pas pris de nouvelles d'Esther depuis un certain temps, et les semaines passaient si vite qu'il était facile de voir à quel point le temps changeait tout. Elle se rendrait en voiture chez elle, emmènerait les animaux faire une petite promenade dans le quartier, puis reprendrait sa voiture pour aller au centre-ville et rencontrer Adélaïde.

Une fois cette décision prise, Doreen rentra dans sa maison.

Chapitre 13

DOREEN RASSEMBLA LES animaux et se rendit au dépôt-ventre de Wendy, mais se gara dans l'allée, émerveillée par l'affaire qu'elle avait résolue d'ici. Elle laissa sortir ses animaux en même temps qu'elle et s'approcha du jardin d'Esther. Lorsqu'elle entendit un bruit à l'arrière, elle appela :

— Esther, c'est vous ?

— Eh bien, qui d'autre pensez-vous que ce sera ? riposta la vieille dame.

Elle ouvrit la porte et la regarda fixement.

— Oh, c'est vous.

Doreen fit la grimace.

— Bonjour. Je passais voir comment vous alliez.

— Vous ne voulez pas de la confiture plutôt ?

La jeune femme rit.

— Il me faudra un certain temps pour épuiser la réserve que vous m'avez donnée, alors je ne suis pas venue pour votre confiture.

— Qu'est-ce qui ne va pas dans la recette alors ? demanda Esther avec méfiance.

Surprise, Doreen secoua la tête.

— Rien du tout. En fait, c'est absolument merveilleux,

mais je sais combien c'est important pour vous. Alors rassurez-vous, aussi délicieuse qu'elle soit, je n'essaie pas d'en obtenir plus de pots.

— Elle est délicieuse, évidemment, confirma Esther, tout en fronçant les sourcils. Cependant, on dirait presque que vous ne l'aimez pas.

— Oh mon Dieu, non, corrigea Doreen. J'en ai mangé sur des toasts ce matin.

— Bien. Pas de beurre de cacahuètes ?

— Non, pas aujourd'hui. Je n'y ai même pas pensé.

— C'est comme ça que ça se mange. Cette confiture est bien meilleure que n'importe quel beurre de cacahuètes.

Doreen sourit en acquiesçant.

— Je voulais juste m'assurer que tout allait bien par ici.

Esther se détendit enfin.

— Eh bien, c'est gentil à vous.

— Comment vont vos pies ?

— Des plaies, comme toujours, répliqua Esther avec entrain, désignant un très gros volatile. C'est un vrai tyran.

— Il a l'air d'un merveilleux spécimen, remarqua Doreen. Il est grand et bien portant.

— Ça, oui, il est sûrement trop grand et trop bien portant. Il se nourrit probablement sur mon dos depuis toutes ces années.

— Alors vous faites honneur à Mère Nature en aidant son espèce, observa Doreen. Dieu sait que nous avons tous besoin d'aide parfois.

Esther se tourna vers elle.

— Vous vous en sortez mieux ?

— Oui, répondit Doreen avec un sourire. L'argent ne devrait plus être un problème pour le moment, tout comme vous, avec la récompense de Bernard. Et, bien sûr, j'ai résolu un autre mystère, donc c'est toujours une bonne chose.

Esther opina.

— J'en ai entendu parler, et c'était une bonne chose.

— Vous en avez entendu parler ? s'enquit Doreen.

Esther lui lança un regard complice.

— Bien sûr que vous en avez entendu parler, ajouta la jeune femme. Cette affaire a provoqué pas mal de rumeurs, pas vrai ?

— Je ne sais pas. Je n'écoute pas les ragots, répliqua Esther, mais j'ai entendu certaines rumeurs.

— Ça me suffit. Bref, est-ce qu'il y a eu de nouvelles interruptions ou des incidents de poubelles ?

Esther secoua la tête.

— Non, aucun. Je ne comprends pas. Mais tant qu'il n'y a plus personne pour m'embêter, c'est très bien.

— La vie a été plutôt paisible, alors ?

— C'était vous, n'est-ce pas ?

Doreen fit grise mine.

— Eh bien, dans une certaine mesure, c'était peut-être moi, reconnut-elle, mais je ne peux pas vraiment m'attribuer tous les mérites.

Esther bougonna.

— Au moins, ces types ont arrêté. Je n'arrive pas à croire qu'ils cherchaient cette bague qui était là depuis tout ce temps.

— Vous auriez rendu la bague pour l'argent de la récompense ? demanda Doreen, avec un doux sourire.

Esther secoua la tête et haussa les épaules.

— Je n'ai pas besoin d'argent, mais merci d'avoir partagé. De plus, si les pies sont heureuses, je le suis aussi.

Cela en disait tellement long sur Esther que Doreen sourit.

— Je suppose qu'elles sont toujours heureuses là-haut.

— Je pense qu'elles n'ont même pas remarqué qu'elle avait disparu, marmonna Esther. J'en ai parlé à mon ex au cimetière, et mes amis ont tous trouvé ça amusant.

Doreen lui jeta un regard en coin, mais Esther regardait au loin, avant de reprendre la parole.

— C'est assez amusant d'être impliqué dans quelque chose comme ça.

— Ça peut être amusant, mais ça peut aussi être dangereux.

— Vous êtes censée apprendre à vous protéger, afin de ne pas être blessée tout le temps, gronda Esther. Que diriez-vous de rentrer, puisque vous êtes là de toute façon ? J'ai des biscuits pour ce bonhomme.

Esther se pencha pour caresser Mugs, qui connaissait le point faible de la vieille dame et était déjà à ses côtés, enfouissant son museau dans sa main.

Doreen soupira.

— Il n'a pas besoin de plus.

— Tous les chiens ont besoin de plus, rectifia Esther. Ils ont besoin de plus de tout. Plus d'amour, plus de câlins, plus de caresses.

Elle regarda autour d'elle et interrogea :

— Où est le chat ?

— Oh, il est sûrement en train de chasser vos pies, maugréa Doreen d'une voix sourde.

Esther fit volte-face, cherchant les oiseaux et le chat.

— Il ne leur fera pas de mal, n'est-ce pas ?

Elle fixa Esther, puis reconnut :

— Sûrement que si, mais avec un peu de chance, on réussira à le persuader du contraire.

Esther se précipita alors vers la porte et fit signe à Doreen de la suivre.

— Venez à l'intérieur. Faites-les tous rentrer. J'ai ici des friandises qu'il peut manger. Il n'a pas besoin de s'en prendre à mes oiseaux.

Tout en se dirigeant vers l'intérieur, Esther réprimanda Doreen :

— Vous devriez le tenir en laisse.

— D'habitude, je l'attache, mais je ne pensais pas que ce serait nécessaire aujourd'hui. J'ai oublié vos pies, s'excusa Doreen.

Esther lui lança un regard noir.

— Comment pouvez-vous oublier mes pies ?

— Je n'ai pas réfléchi.

Et c'était la vérité.

— Ces derniers jours, je ne suis pas dans mon assiette, ajouta-t-elle d'un ton fatigué. C'est cette nouvelle affaire.

— Quelle nouvelle affaire ?

Doreen s'empressa d'expliquer, et Esther acquiesça.

— Je vois, c'est une bonne affaire à résoudre. Je n'ai jamais compris comment il a pu s'enfuir comme ça et laisser sa femme et ses enfants. Tout le monde disait qu'il était un bon père de famille, mais un père de famille ne fait pas ça à ses fils et à sa femme.

— Je suis d'accord avec vous, répondit Doreen. Vous en savez beaucoup sur le sujet ?

— Quand on vit ici depuis aussi longtemps que moi, on finit par connaître différentes personnes.

— Vous le connaissiez ?

— Non, mais les rumeurs étaient là. Il avait sans cesse des liaisons.

— C'est drôle, c'est un point que la femme n'a pas évoqué avec moi, précisa Doreen d'un ton sec.

Esther lui lança un regard acéré et ricana.

— Pourquoi vous en aurait-elle parlé ? Elle savait que vous le découvririez de toute façon. Si vous voulez mon avis, la dernière chose qu'elle souhaite, c'est plus de moqueries, et je suis sûre qu'elle en a subi beaucoup à l'époque.

— Ce n'est jamais une belle façon de vivre, n'est-ce pas ? murmura Doreen.

— Vous devriez le savoir.

Doreen la dévisagea, mais il ne semblait pas y avoir de rancune, seulement une remarque légitime sur la réalité de sa propre situation.

— Je suppose que c'est vrai, concéda-t-elle, puis elle changea rapidement de sujet. Avez-vous des théories sur ce qui lui est arrivé ?

— Des théories ? répéta la vieille dame. Vous cherchez des théories maintenant ? Wouah. Vous devez vraiment manquer d'informations.

Doreen grimaça devant ce résumé précis de sa situation.

— Je manque vraiment d'informations, confirma-t-elle. C'est un très bon point, mais je continue d'espérer que quelque chose va apparaître et que je vais trouver des gens qui savent quelque chose. Je rencontre une femme qui a eu une liaison avec lui il y a longtemps.

— Oh, ce doit être Adélaïde ou… était-ce Elizabeth ? Je crois qu'il y avait aussi *hmmm*…

Esther réfléchit.

— Je crois qu'il y avait une femme dans la région de Joe Rich. Elle livrait les œufs. Elle m'a dit une fois qu'elle avait fait une très grosse erreur avec un homme marié, sans se rendre compte qu'il l'était.

— Vous pensez que c'est la même femme ?

— Je ne sais pas. Mais c'était à la même époque.

— Quoi ? Il y a dix ans ?

— Oui, plus longtemps même, ajouta Esther en y songeant. Je lui ai dit qu'elle ne devait pas s'approcher de ce genre d'hommes. Elle a juste dit qu'elle avait été idiote, mais qu'elle savait maintenant qu'il était parti depuis longtemps.

— Tant mieux pour elle, nota Doreen. Tout le monde ne profite pas de cette opportunité pour se sortir d'une situation.

— Non, et c'est encore plus triste, observa Esther, parce que vous savez qu'il faut rester loin de ça.

— Bien sûr, mais si la relation dure depuis longtemps, certaines femmes pensent que l'homme quittera son épouse pour elles.

— Alors elles sont encore plus bêtes, siffla Esther en gloussant. Ce n'est pas comme ça que ça marche.

— Et pourtant, ça devrait peut-être être le cas, suggéra Doreen. Je veux dire, quand on y pense, peut-être que si leurs liaisons étaient rendues publiques, ces hommes arrêteraient de le faire.

Esther se contenta alors d'observer Doreen et lui demanda :

— Vous y croyez vraiment ?

Doreen sourit et haussa les épaules.

— Non, je suis sûre qu'ils se montreraient plus malins pour trouver des moyens de le faire secrètement.

— Exactement, et même si on ne peut pas blâmer uniquement les femmes, il faut aussi accepter que celles-ci ont probablement manqué beaucoup de signes parce qu'elles voulaient le croire et ne voulaient pas remarquer ces signes. Dans le cas présent, l'autre femme a été dévastée parce qu'elle ne croyait pas qu'il était marié, et ça a été un choc pour elle.

— Ce n'est jamais drôle.

— Non.

Esther prépara le thé et s'assit avec Doreen. La vieille dame souleva sa jambe pour la poser sur la chaise à côté d'elle.

— Comment vont les chevilles ? demanda Doreen.

— C'est dur, répondit Esther en avisant ses jambes d'un air morose. Parfois, je me dis que je devrais aller dans une maison de retraite, où ce serait plus facile.

Doreen hocha la tête.

— Si vous êtes prête, ce sera beaucoup plus facile pour vous. Vous aurez vos repas, votre linge et des soins infirmiers, si nécessaire.

— Si je n'en ai pas besoin, ils me forceront quand même. Vous savez que je ne supporte pas qu'on m'impose des choses.

— Je ne pense pas qu'ils vous imposeraient quoi que ce soit, souligna Doreen, mais si vous avez besoin d'une aide supplémentaire, vous savez que c'est à ça que servent ces lieux.

— Je n'en suis pas encore là.

— Du moins, vous espérez ne pas encore l'être.

— Je n'y suis pas encore, répéta Esther avec fermeté. Ce moment viendra peut-être, mais il n'est pas encore arrivé.

— Tant mieux, conclut Doreen avec un sourire enjoué.

Une fois le thé terminé, elle se tourna vers Mugs, qui était encore en train de manger des biscuits.

— C'est une bonne chose que nous fassions une longue promenade aujourd'hui, Mugs. Il te faudra un certain temps pour te débarrasser de toutes ces friandises.

Esther sourit.

— Oh, il va très bien. J'oublie toujours combien les chiens me manquent, et puis vous venez et vous me le rappelez.

— Avoir un animal de compagnie est une sacrée responsabilité, mais ils redonnent tellement de joie de vivre. Je ne peux pas imaginer ce que serait ma vie sans eux maintenant.

En se levant, elle demanda :

— Je suppose que vous ne savez pas comment joindre cette femme à Joe Rich, n'est-ce pas ?

Esther haussa les épaules.

— Je sais quelle est sa propriété. C'est le deuxième virage à droite, une fois qu'on a passé le panneau sur l'autoroute. Il y a un grand et long chemin de gravier.

— Est-elle mariée ?

La vieille dame réfléchit.

— Je ne sais pas, alors, si vous allez lui parler, assurez-vous que la conversation soit privée.

Doreen accepta l'avertissement de bonne grâce parce qu'Esther avait raison. La dernière chose que Doreen souhaitait, c'était de se retrouver impliquée dans une dispute avec un conjoint ou avec quelqu'un qui n'était pas au courant de sa liaison. Avec un sourire et un remerciement pour le thé, Doreen s'apprêta à prendre congé, quand Esther lui tendit quelque chose.

— Prenez ça, marmonna-t-elle, un pot de confiture dans la main.

Doreen fronça les sourcils.

— Je ne veux pas prendre toute votre confiture, protesta-t-elle.

— Tant mieux, parce que je ne vous donnerai pas tout.

Et elle la foudroya du regard.

— Mais vous pouvez prendre ce pot.

Il était évident que le geste venait du cœur, et Doreen ne voulait rien dire qui puisse contrarier Esther, alors elle lui adressa un sourire radieux.

— Vous êtes vraiment quelqu'un de très généreux, la remercia la jeune femme.

Esther s'esclaffa.

— Ne faites pas circuler cette information, persifla-t-elle. J'ai une réputation à tenir.

Et, sur ce, elle rentra chez elle et claqua la porte. Mais Doreen n'était plus intimidée par une porte claquée. Elle savait qu'elle cachait une âme très douce en elle, et que c'était tout simplement le caractère d'Esther.

Le sourire aux lèvres, Doreen empocha la confiture et retourna à sa voiture. Elle la rangea dans la boîte à gants, pour ne pas l'oublier, et descendit lentement vers le parc, où elle devait retrouver Adélaïde Bonner.

Doreen était en avance d'une demi-heure. Elle remit les animaux en laisse et les promena dans le parc. Elle en fit le tour et arriva presque à l'heure.

Elle s'assit sur le banc le plus proche de la rue, mais toujours dans le parc, d'où elle pouvait observer les allées et venues des gens. Il semblait que tout le monde profitait des lieux, lorsqu'une femme s'approcha d'elle et s'arrêta. Doreen leva les yeux et sourit.

— Bonjour.

Adélaïde hocha la tête.

— De toute évidence, vous êtes Doreen.

Celle-ci observa les animaux et acquiesça.

— Je pense que je n'ai pas vraiment besoin d'une carte de visite, n'est-ce pas ?

— Non, ils font passer le message.

Doreen sourit.

— Ça ne me gêne pas, s'esclaffa-t-elle. Ils font partie de ma famille, alors…

— Ça vous dérange si je m'assieds ? demanda Adélaïde.

— Je vous en prie.

En s'asseyant, Adélaïde souffla :

— Je n'aime vraiment pas parler de ça.

— Je comprends, mais tant que le mystère n'est pas résolu, on ne cesse malheureusement de tourner en rond.

— C'est pourquoi je suis ici. Je veux que vous résolviez cette affaire, et je veux que vous la résolviez pour de bon, pour que je n'aie pas à continuer à en parler.

— J'en serais ravie, convint Doreen, hochant la tête en signe de compréhension. Ce n'est pas toujours aussi facile.

— Je sais, et je sais aussi que Millicent vous fait confiance. Je ferai donc de même… mais j'espère vraiment ne pas avoir à gérer ça en public.

Doreen réfléchit un long moment.

— Je ne peux pas vous promettre de vous tenir à l'écart de tout ça, selon ce que vous me direz, et je ne peux certainement pas vous promettre que la police ne vous parlera pas de tout ça. Cependant, j'espère vraiment que vous n'aurez pas besoin d'être impliquée après ça.

Adélaïde hésita, puis reconnut :

— J'imagine que je n'ai pas vraiment le choix, n'est-ce pas ?

— Si. Bien sûr que si, affirma Doreen. Et je vous remercie d'être venue parce que, si les gens ne commencent pas à parler, nous n'obtiendrons jamais de réponses.

— Je pensais que tout le monde parlait déjà beaucoup à l'époque, ironisa Adélaïde. Je suis restée silencieuse parce que ma relation avec lui était terminée depuis un certain temps. Mais en même temps, je ne me sentais pas à l'aise. C'était étrange, vous voyez ?

— Comment ça ?

— Parce que je tenais encore à lui et que je ne savais pas à l'époque qu'il était marié, mais j'ai eu honte, avoua la femme, toujours avec cette vieille amertume qui teintait sa voix. Je n'ai pas non plus rompu quand je l'ai découvert.

— Ah. Ce sont deux choses différentes, pas vrai ? De le découvrir et ensuite de s'occuper du problème une fois qu'on l'a découvert.

— Et ce n'est pas si facile, quand vous avez tous ces autres sentiments en jeu. Alors, vous continuez à essayer de vous justifier, comme… *Il n'est pas heureux en ménage, et il va quitter sa femme.* Il a dit qu'il allait… Je veux dire, il m'a dit qu'il allait… Il l'a répété de nombreuses fois, mais, bien sûr, il ne l'a pas fait.

Adélaïde avisa de nouveau les animaux et demanda :

— Vous les emmenez partout ?

— Pas partout, répondit Doreen.

Elle constata qu'Adélaïde était sous le coup de l'émotion et perturbée par tout cela et qu'elle avait juste besoin de changer de sujet.

— Mais dans beaucoup d'endroits, oui, conclut-elle.

— Incroyable. Je n'ai jamais vraiment eu affaire à des chats.

— Ils sont vraiment différents des chiens, souligna Doreen, et ils demandent pas mal de travail, mais ils me donnent en retour encore plus d'amour.

— C'est ce que j'ai entendu dire. Je pense aussi que vous avez de la chance de les avoir.

Doreen lui sourit.

— Je suis également d'accord.

Adélaïde rit.

— Bref, je ne sais pas ce que vous attendez de moi. Je n'ai pas grand-chose d'autre à raconter.

— Peut-être pouvez-vous me dire, quand vous avez rompu, quelle a été sa réaction ?

Adélaïde y réfléchit.

— Honnêtement, je pense que c'est en partie pour ça que je n'ai rien dit. J'ai fini par rompre et il n'a pas eu l'air de s'en soucier, et ça… ça m'a vraiment contrariée.

— Bien sûr, acquiesça Doreen, parce que ça vous a donné l'impression que votre relation ne représentait rien pour lui.

— Oh, je pense que ça ne représentait rien pour lui, alors que pour moi, ça représentait beaucoup. J'avais récemment enterré un partenaire, expliqua Adélaïde. J'étais à la recherche du même amour qu'à l'époque et, lorsque Dennis a dit qu'il allait quitter sa femme et qu'il cherchait juste à installer la ferme et tout le reste, j'étais… Ce n'est pas un processus compliqué, mais c'est devenu… Je pensais que ça allait quelque part, mais il est devenu rapidement évident qu'il ne quitterait pas sa femme, qu'il n'installerait pas la ferme et, en fait, je ne suis même pas sûre que c'était sa ferme non plus. Il était donc hors de question de s'en débarrasser.

— Je comprends que ce soit encore assez compliqué avec les seules émotions impliquées, murmura Doreen.

Adélaïde Bonner opina du chef.

— En effet.

— Avez-vous une idée de la raison pour laquelle quelqu'un l'aurait tué ?

Adélaïde se tourna vers Doreen, avec un air légèrement surpris.

— Après ce que j'ai vécu, je ne pense pas qu'il sera très difficile de trouver des gens qui voulaient ou avaient le mobile pour le tuer, dit-elle, mais aller jusqu'au bout ? C'est une autre histoire.

— Bien vu, reconnut Doreen. Alors, vous pensez qu'il y avait d'autres femmes dans sa vie ?

— Je sais qu'il y en a eu, affirma Adélaïde. C'est là qu'au final j'ai rompu. Quand j'ai compris que je n'étais pas la seule et qu'il me faisait marcher. Pourtant, c'était très difficile. J'étais blessée à l'époque, mais j'ai très vite compris que c'était une échappatoire rapide pour moi. J'aurais pu rester coincée là-dedans pendant des années, comme d'autres personnes que je connais.

— On m'a donné quelques noms.

— Je sais, et croyez-moi. C'était difficile à encaisser. Quand vous entendez les autres noms et que vous vous rendez compte que la liste est longue, et que vous n'êtes qu'une parmi tant d'autres ?

— Je suis désolée, chuchota Doreen.

Adélaïde Bonner secoua la tête.

— Tout va bien maintenant. C'est vrai. Au moins, ça me montre que j'ai parcouru un long chemin et que je ne suis plus la même personne qu'à l'époque.

Elle sourit et reprit.

— Avoir retrouvé un conjoint m'aide beaucoup, et je suis très heureuse en ce moment. C'est une autre raison pour laquelle j'aimerais m'assurer que rien ne se passe, que rien ne sorte de cette affaire parce que je ne veux pas qu'il soit impliqué.

— Vous connaissait-il à l'époque ?

— Oui, répondit Adélaïde avec un sourire. Nous étions voisins, mais nous n'avions pas le béguin l'un pour l'autre. Ça s'est développé avec le temps.

— C'est peut-être une bonne façon d'avoir une relation, comme des amis avant d'être des amants.

— Eh bien, être amante avant d'avoir été amie n'a pas

fonctionné sur le long terme, maugréa Adélaïde, alors je n'étais pas contre l'idée d'essayer de cette façon. Aujourd'hui, je suis très heureuse en ménage et j'aimerais vraiment qu'on ne me parle plus de tout ça. C'est un homme bon, et ça le blesserait.

— Oui, mais c'est aussi un adulte, et c'était avant que vous ne soyez avec lui. Je ne pense pas que tout ça ait de l'importance pour lui à ce stade.

— Peut-être, hésita Adélaïde, avant d'ajouter : franche-ment, j'ai honte, et je préférerais que personne ne l'apprenne, surtout pas lui, mais ce serait bien que personne n'en entende parler.

Elle resta assise là un long moment sans rien dire.

— Où vous retrouviez-vous ?

— Comment ça ? Au début ? Je ne sais pas. Je crois que j'étais à la ferme à un moment donné.

— Non, je veux dire, où alliez-vous pour vos rendez-vous ?

Adélaïde sourcilla.

— Chez moi la plupart du temps, répondit-elle. J'étais seule. J'avais un logement, donc je suppose que – de son point de vue – c'était la facilité.

Elle frissonna.

— Ça prouve combien j'étais bête.

— Ce qui n'est pas un problème maintenant, précisa Doreen. Nous cherchons seulement à savoir où il aurait pu se trouver et ce qu'il aurait pu faire pour que quelqu'un s'en prenne à lui.

— Pendant longtemps, j'ai pensé que les choses étaient devenues trop difficiles pour lui et qu'il était peut-être parti. Je veux dire, lui et sa femme… ? À ma connaissance, ces deux-là avaient l'habitude de se disputer, mais je ne l'ai découvert qu'après coup, lorsque j'ai réalisé qu'ils étaient toujours ensemble. Il ne m'a pas dit qu'ils étaient ensemble. Il n'arrêtait pas de me dire qu'il la quitterait, et bien sûr, c'est la même vieille histoire que tant de gars racontent, n'est-ce pas ?

— Souvent, admit Doreen, avançant à tâtons. Mais ça ne veut pas dire qu'une femme, qui cherche l'amour et qui est persuadée qu'il est là, sous ses yeux, n'écoutera pas tout ce qu'elle peut écouter, afin de continuer à perpétuer le même mythe.

Adélaïde la dévisagea.

— On dirait presque que vous comprenez.

Doreen lui adressa le plus doux des sourires.

— Croyez-moi. Je ne suis pas exempte de reproches, commença-t-elle en essayant d'être aussi délicate que possible, et j'ai mes propres croix à porter en matière de relations, mais il est beaucoup plus facile de se rendre compte des dysfonctionnements une fois qu'on les a vus soi-même.

Adélaïde acquiesça.

— La bonne nouvelle, c'est que la relation que je vis actuellement est charmante. Il est adorable et je lui en suis très reconnaissante. Nous sommes très heureux, dit-elle pensivement, et, oui, nous pourrions surmonter cette épreuve. Certes, il pourrait être contrarié et déçu, mais pas plus que je ne le suis par mon propre comportement. Je pense donc que ça ne me dérange pas trop. J'aimerais seulement qu'on n'en parle plus, si possible.

— Avec un peu de chance, nous pourrions résoudre cette affaire, et cela pourrait être oublié pour toujours. Une affaire classée. Mais tant qu'elle reste ouverte, c'est une autre histoire.

— Oui, on allait chez moi, soupira Adélaïde. On utilisait

des téléphones portables. On s'envoyait des textos. Je n'avais plus le droit d'aller à la ferme parce qu'il y avait beaucoup de gens qui y travaillaient, et il essayait de faire en sorte que sa femme le lâche avec ça. Bien sûr, je travaillais en centre-ville, de sorte que Meredith et moi ne nous croisions pas. En fait, c'était la même chose pour lui. En public, on ne se croisait pas souvent, mais lorsque c'était le cas, on essayait de s'ignorer l'un l'autre. Oui, c'était encore plus un signe qu'on faisait quelque chose de mal. Mais je ne voulais pas y croire à l'époque.

— Je comprends.

— C'était coquin, vous savez ? C'était amusant. Terriblement excitant, expliqua Adélaïde, jusqu'à ce que ça se termine, et là, c'était juste très bizarre, triste et déchirant.

Elle se leva et annonça :

— Je dois retourner travailler.

— D'accord, dit Doreen en lui tendant une carte. Si vous pensez à quoi que ce soit, à quelqu'un qui aurait pu le détester en particulier, à quelqu'un qui aurait pu avoir quelque chose contre lui en plus de ce dont nous parlons en ce moment, à des noms de personnes que je pourrais aller voir ou auxquelles je pourrais parler, je vous en serais reconnaissante.

Adélaïde hocha lentement la tête.

— Ça ressemble à de la dénonciation pour moi.

— Mais ça ne résout pas le problème de sa femme avec la ferme et ne donne pas de réponses à ses enfants.

Adélaïde pâlit.

— Oh, Seigneur, ses enfants. C'était le plus dur pour moi. J'ai été ébranlée quand j'ai pris conscience de ce que je faisais à cette famille… Je n'arrivais pas à le supporter.

— Ce n'est plus le cas maintenant. N'oubliez pas, nota

Doreen. Il y a d'autres choses qui entrent en jeu, et peut-être qu'il est parti comme ça. Peut-être qu'il en avait marre et qu'il voulait juste vivre sa propre vie.

Adélaïde secoua la tête.

— Je ne pense pas. Je pense qu'il a été assassiné.

— Eh bien, vous êtes deux à le penser.

— Deux de ses ex ?

Doreen sourit et Adélaïde ajouta :

— Peu importe. Je ne veux pas savoir qui c'était, même si je peux le deviner vu que l'une d'entre elles était censée n'être qu'une *bonne* amie.

— Bien, parce que comme vous, elle a plus peur que les gens le découvrent, qu'elle soit embarrassée et qu'elle doive vivre en sachant ce qu'elle a fait.

— C'est une chose terrible de savoir que l'on a fait quelque chose de si mal et de savoir que l'on n'a aucun recours pour y remédier.

— Le seul recours dont vous disposez est de faire ce qui est juste, dès maintenant. Quoi qu'il en soit, cela peut ne pas prendre la forme que vous pensez. La justice est la justice, et elle ne se présente pas toujours sous la forme d'un paquet bien ordonné. Parfois, elle est désordonnée. Parfois, elle est laide. Et parfois, votre compassion va davantage à l'agresseur qu'à la victime. C'est le propre de la justice. Mais ça compte quand même, parce que nous vivons selon ces règles, et, si quelqu'un l'a tué, même si cela était pleinement justifié dans son esprit et dans l'esprit des autres, cela ne veut pas dire que c'était la bonne chose à faire pour ses enfants.

— Ses enfants ont besoin de tourner la page, mais moi aussi. J'ai vécu une période terrible à l'époque, et maintenant que j'ai fait le tri dans ma vie et que je suis beaucoup plus heureuse, il m'est vraiment difficile d'envisager de tout rouvrir.

— D'après vos propres mots, vous étiez tout simplement idiote. Vous y avez cru parce que vous vouliez y croire, la rassura Doreen. Ne cherchez pas plus loin que ça.

Adélaïde examina Doreen, puis lui adressa un sourire triste.

— Ce n'est pas si simple, vous savez ?

— Bien sûr que non, s'esclaffa Doreen. Rien n'est jamais aussi facile. Mais nous n'avons pas besoin de rendre les choses plus compliquées qu'elles ne le sont. Vous avez eu une liaison avec un homme marié. C'est tout. Il n'est plus là, donc oubliez tout ça. C'est terminé. Vous avez rompu. Peut-être pas aussi vite que vous l'auriez voulu, avec le recul, et peut-être que ce n'était pas la bonne chose à faire dès le départ, mais c'est fini. Vous ne pouvez plus rien y changer. Cela fait maintenant plus de dix ans que cet homme a disparu, et je pense qu'il est temps de résoudre cette affaire. Il est temps pour les enfants d'avoir des réponses, et que sa mémoire repose en paix.

Adélaïde resta silencieuse.

— Et pour vous, ajouta Doreen avec un doux sourire, il est temps que vous arrêtiez de vous cacher.

Adélaïde avisa Doreen, puis esquissa un sourire radieux.

— C'est tout à fait logique, répondit-elle.

Sur un coup de tête, elle serra Doreen dans ses bras.

— Merci. Je n'avais pas vraiment envisagé les choses sous cet angle, mais vous avez raison. Il est vraiment plus que temps.

Doreen sourit.

Chapitre 14

APRÈS QU'ADÉLAÏDE ÉTAIT retournée à son bureau, Doreen se retrouva à se promener dans le parc de la ville, pour admirer les lieux. Elle adora la vue et le port de plaisance ; rien que l'odeur était invitante. Elle apprécia les différents jardins. Elle évita le grand pavillon où poussait la glycine, car cette affaire récemment résolue lui serrait encore un peu trop le cœur en ce moment.

Pourtant, il y avait beaucoup à dire sur les personnes qu'elle rencontrait dans cette affaire, et celles-ci devaient encore faire face à la douleur de leurs propres actions. Doreen était toujours étonnée de voir que nous étions capables de nous déchirer sur un comportement qui, à bien des égards, n'était pas le pire que nous ayons pu faire. Cependant, dans notre esprit, c'était devenu la pire des choses parce qu'il fallait en avoir honte. Et pour ces deux femmes, Adélaïde et Lilly Anne, cela semblait tout à fait vrai.

Dennis n'avait manifestement pas ressenti la même chose. Il n'avait pas semblé être rongé par la culpabilité, même s'il avait eu plusieurs relations, plusieurs femmes qui allaient et venaient dans sa vie, toutes heureuses de profiter d'une relation avec lui alors qu'il était marié à Meredith, qui faisait tourner la ferme familiale pendant tout ce temps.

Doreen savait qu'elle allait devoir reparler à Meredith Polanski, néanmoins elle le redoutait, car elle allait devoir évoquer certaines de ces relations, certaines des trahisons de son mari. Doreen ne voyait pas comment sa femme pouvait ne pas être au courant de ces liaisons. Pourtant, si Doreen devait être celle qui l'annonçait à Meredith, ce ne serait pas facile non plus. Et même si Meredith était au courant, elle ne voudrait pas que Doreen en parle. Doreen avait donc besoin de réponses, avant de briser à nouveau la vie de Meredith en mille morceaux.

Elle erra dans le parc, en contrebas du grand monument Spirit of Sail, commanda un café et profita un moment au bord de l'eau. Elle marcha avec les animaux. Plusieurs personnes s'arrêtèrent pour lui parler, émettant des commentaires sur Thaddeus en particulier, et sur le fait que Goliath était en laisse. Lorsqu'elle regagna finalement son véhicule, elle entendit un cri derrière elle. Elle fit volte-face et vit un homme d'âge moyen qui se précipitait vers elle en courant littéralement à toute allure. Elle se figea, stupéfaite. Elle ne le reconnaissait clairement pas. Elle regarda autour d'elle, se demandant s'il n'était pas en train d'appeler quelqu'un d'autre, mais il s'arrêta devant elle et la foudroya du regard.

— *Vous* ! Vous devez arrêter ça.

— Arrêter quoi ? interrogea Doreen en l'observant de près.

— De poser des questions.

— Ce sera un peu difficile à faire, répliqua-t-elle d'un air contrit. Je suis en train d'enquêter sur une affaire, et je suis sûre que ça n'a rien à voir avec vous.

Il secoua la tête.

— Non, non, non, non. Vous ne pouvez pas poser ces

questions à toutes ces femmes… Ça perturbe les gens.

Doreen le dévisagea.

— Peut-être, mais il faut poser des questions pour obtenir les réponses dont nous avons besoin.

L'homme pouffa.

— Vous n'aviez pas besoin de lui parler. Maintenant, elle va être contrariée toute la journée. Je n'aime pas qu'elle soit contrariée.

— Vous vous appelez comment déjà ? demanda Doreen avec curiosité. À qui je viens de parler selon vous ?

Il la fusilla du regard.

— Je *sais* que vous lui avez parlé. Elle m'a dit qu'elle vous rencontrait pour le déjeuner aujourd'hui, et je n'avais absolument aucune idée de qui vous étiez, jusqu'à ce que je commence à faire des recherches. Une fois que j'ai compris qui vous étiez, il n'y avait qu'une seule raison possible pour que vous vouliez parler à ma femme, et c'était ce pouilleux avec qui elle avait une liaison.

Doreen le fixa.

— OK, donc vous êtes le mari d'Adélaïde, je suppose. Elle vous a dit qu'elle rencontrait quelqu'un aujourd'hui, mais elle ne vous a pas dit à propos de quoi ?

Il hocha la tête.

— Ce n'est pas la raison pour laquelle je suis ici, mais parce que maintenant elle va s'inquiéter.

Doreen rit.

— C'est possible, reconnut-elle, mais il suffit de lui dire que vous êtes au courant et que ça n'a pas d'importance pour vous, et elle n'aura pas à s'inquiéter.

Son regard restait noir.

— Je veux que vous arrêtiez. Je ne veux plus que vous lui parliez.

Doreen arqua un sourcil.

— Si j'ai besoin de lui parler, je le ferai, dit-elle succinctement. Et maintenant que je sais que vous savez, avez-vous connu Dennis au moment de sa disparition ?

— Oui, c'était un idiot. Tout ce qui l'intéressait, c'était de se faufiler dans la culotte de la prochaine femme qu'il croisait, déclara-t-il. Il y a toujours un type comme ça en ville, et c'était Dennis. Il ne se souciait pas que ses enfants le découvrent. Il se fichait que sa femme le découvre. Il se fichait de tout.

Doreen sentit le dégoût dans sa voix.

— D'accord, et vous êtes-vous mis en colère contre lui à cause de sa liaison avec votre femme actuelle, qui n'était pas votre femme à l'époque ?

— Non, bien sûr que non, répondit-il en haussant les épaules. Il n'y avait pas de raison d'être en colère, si ce n'est que je le trouvais assez méprisable. Il faisait du mal à toutes ces femmes, en particulier à son épouse et à ses enfants. Plusieurs fois, je lui ai dit qu'il devrait lever le camp et rendre la vie plus facile à tout le monde, mais il me faisait un doigt d'honneur et continuait sa vie.

— Évidemment, nota Doreen. Il n'allait pas écouter ce genre de discours, n'est-ce pas ? Il s'amusait trop.

— C'est exactement ça, admit-il avec dégoût. Je ne veux plus que vous ayez affaire à ma femme. Elle doit l'oublier.

— Ah, parce que c'est vous qui le décidez ?

Il lui jeta un nouveau regard noir.

— Je ne veux pas qu'elle soit blessée.

— Eh bien, mettez les choses au clair entre vous deux, et ça n'aura plus d'importance. Maintenant, si vous voulez bien m'excuser.

Elle se retourna, puis le regarda à nouveau.

— En dehors du fait que vous avez un motif pour vouloir que Dennis disparaisse, qui d'autre le détestait ?

La mâchoire de l'homme se décrocha.

— Je ne l'ai pas tué ! s'écria-t-il. Vous voyez ? C'est le problème avec les gens comme vous. Vous ne réfléchissez pas à ce que vous dites. Vous laissez n'importe quoi sortir de votre bouche, et ça n'a plus vraiment d'importance. Vous pouvez potentiellement détruire quelqu'un avec votre bouche.

— Ce n'est pas tout à fait vrai, argumenta-t-elle. Je fais attention à ce que je dis, mais je cherche à savoir qui aurait pu ressentir de la rancune à l'égard de Dennis.

— Alors je pense que la moitié de la ville est concernée, cingla-t-il. Ce type était un sacré coureur de jupons, et il a couché avec tant de femmes. Si vous aviez une femme, elle n'était pas en sécurité.

— Ce qui, bien sûr, revient à ne pas attribuer le mérite ou le blâme à qui de droit, fit remarquer Doreen.

Avant qu'il ne puisse l'interrompre à nouveau, elle ajouta :

— Ces *épouses* n'étaient pas forcément innocentes. Cependant, dans les deux cas possibles que je connais, les femmes étaient célibataires. Toutefois, elles savaient toutes les deux qu'il était marié.

— Certes, concéda-t-il en levant les mains. C'était un lapsus. Elle n'était pas ma femme à l'époque.

— Mais il est évident que vous êtes très attaché à cette question.

— Bien sûr… Cet homme est méprisable.

Il se tut, puis reprit.

— Vous devriez parler à Rodney.

— Qui est Rodney ?

— C'est le type qui est allé en prison pour l'avoir attaqué.

La mâchoire de Doreen se décrocha.

— Comment se fait-il que je n'aie pas encore entendu parler de lui ?

— La plupart des gens l'ont sûrement oublié. Il est allé en prison pour avoir attaqué Dennis, environ un an avant sa disparition.

— Quelle était la raison de l'affrontement ?

L'homme lui lança un regard entendu.

— La femme de Rodney. Quoi d'autre, à votre avis ?

— Que s'est-il passé ?

— Il a fait environ six mois de prison, répondit-il, l'air de faire travailler sa mémoire, puis il a été libéré quelques mois avant la disparition de Dennis. C'est sûrement lui qui a fait le coup.

— Et pourtant, si c'était le cas, je suis certaine que la police l'aurait traqué à l'époque.

— Bien sûr, mais je ne pense pas qu'ils aient réussi à discréditer son alibi, devina-t-il en haussant les épaules. Pourtant, c'est facile de construire un alibi.

— Si vous le dites.

Il se contenta de faire un geste de la main.

— Bien entendu, et ça aurait été la réponse la plus facile.

— Ça ne veut pas dire la plus correcte, marmonna Doreen.

— Non, mais ça ne veut pas dire non plus que se compliquer la vie soit la meilleure façon de procéder, cingla-t-il. Allez lui parler.

— Où habite-t-il ? demanda la jeune femme.

— Il habite dans la région de Joe Rich. C'est l'un de nos voisins, mais il est un peu grincheux, alors on ne l'approche pas.

— Je me demande pourquoi, bougonna-t-elle. Et sa femme ?

— Ils ont divorcé et elle est partie, elle est allée sur la côte, je crois. Si ça se trouve, il l'a assassinée aussi.

L'homme se mit à rire.

— Heureuse que vous pensiez que le meurtre est un sujet de plaisanterie, riposta Doreen avec raideur, en le fustigeant du regard.

Il haussa les épaules.

— Ce n'est pas ma faute si ces gens sont tous des imbéciles, mais ne vous approchez pas de ma femme. C'est une femme bien, et elle n'a pas besoin de votre chagrin.

Et sur ce, il repartit en trombe.

Chapitre 15

DOREEN RENTRA LENTEMENT chez elle, l'esprit plein, tandis qu'elle réfléchissait à tout ce qu'elle venait d'apprendre. Rodney était un autre nom que personne n'avait cité, que ce soit juste a posteriori ou que tout le monde ait oublié son implication, ou qu'il ait été un suspect à l'époque et qu'il ait été innocenté, donc son nom n'était pas apparu. Pourtant, il aurait dû figurer dans les dossiers.

Il faudrait qu'elle en parle à Mack. Peut-être que le nom de Rodney et toute enquête s'y rapportant avaient été retirés du dossier, car son alibi semblait bon à l'époque. Doreen devrait le découvrir.

Elle y songea en rentrant chez elle, et ce n'est qu'après avoir quitté le centre-ville et s'être engagée sur Lakeshore Road qu'elle remarqua qu'un pick-up noir l'avait suivie pendant tout ce temps. Kelowna n'était pas une grande ville. Il n'y avait pas beaucoup de quartiers différents à visiter. Par conséquent, si cette personne voulait faire des courses, il n'y avait que quelques options de rues différentes. Doreen et quelqu'un dans un gros pick-up noir se dirigeant dans la même direction, ce n'était donc pas étonnant.

D'instinct, elle fit un détour par un petit parking où se

trouvaient une jolie petite boulangerie et une épicerie. Elle sortit, avec les animaux toujours dans le véhicule, et marcha jusqu'à la boulangerie, où elle attendit. Comme prévu, le pick-up arriva. Le conducteur passa devant sa voiture lentement et alla se gara à l'autre bout.

La mine perplexe, elle retourna à son véhicule, alluma le moteur et partit dans la direction opposée. Avec un peu de chance, elle le sèmerait à ce moment-là, s'il la poursuivait. Elle rentra chez elle sans plus y penser, rentrant sa voiture dans son garage.

En sortant, elle regarda autour d'elle, toujours inquiète que quelqu'un l'ait suivie. Cependant, ne voyant personne et se sentant quelque peu soulagée, elle ferma la porte du garage et rentra avec les animaux. Lorsqu'elle déverrouilla la porte intérieure, les animaux se précipitèrent dans la maison comme s'ils n'étaient pas rentrés depuis des jours, ce qui la fit sourire devant leurs pitreries. Elle essayait encore de fermer la porte, Goliath ayant décidé à la dernière minute de retourner dehors, lorsque son téléphone sonna.

Elle s'emmêla dans la laisse du chat et tomba sur les fesses. Elle jeta un regard noir à Goliath, qui passa en sautillant, comme si, pour rien au monde, il n'avait à s'inquiéter. Quand elle répondit enfin à son téléphone, elle était à bout de souffle.

— Qu'est-ce qui ne va pas ? demanda Mack.

Elle fustigea le téléphone du regard.

— Pourquoi tout va toujours *mal* pour toi ?

Il pouffa.

— Parce qu'avec toi, c'est en général le cas.

— Tout va bien, soupira-t-elle. J'essayais seulement d'entrer par cette fichue porte et Goliath m'a fait trébucher.

Mack laissa échapper un petit rire.

— Alors maintenant, c'est la faute de Goliath ?

— Oui, c'est la faute de Goliath, s'exclama-t-elle, avant de soupirer. Alors, tu as une raison de m'appeler, ou je peux me lever, enlever mes chaussures et mon manteau, et mettre la bouilloire à chauffer ?

— Tu peux me rappeler dans quelques minutes si tu veux, murmura-t-il.

— Non, c'est bon.

Elle s'empressa de se relever, épousseta son pantalon, ferma la porte et reprit.

— Bon, je suis au moins à l'intérieur et je peux lancer la bouilloire.

— Où étais-tu ?

— En ville. J'ai parlé à l'une des anciennes maîtresses de Dennis.

— Intéressant. Tu as trouvé quelque chose ?

— Beaucoup de gens détestaient Dennis, répondit-elle en riant.

— Oui, c'est souvent le cas avec des gars comme ça, mais quelque chose de concret ?

— Non, pas encore, sauf qu'apparemment quelqu'un a fait de la prison pour l'avoir attaqué.

Un silence s'étira.

— Je crois me souvenir de quelque chose à ce sujet. L'inspecteur en charge de l'affaire lui a parlé à l'époque, mais il avait un alibi en béton.

— Le mari de l'une des femmes m'a surprise dans le parc aujourd'hui.

Elle expliqua rapidement ce qu'il avait à lui dire.

— Wouah, il surveille sa femme en cachette pendant qu'elle est au travail ? Ça ne ressemble pas à un beau mariage non plus.

— C'est ce que je pensais aussi, souffla Doreen. En tout cas, il était très heureux de me mettre sur la piste de ce type. Il était aussi très contrarié.

— Bien sûr. N'importe quoi pour t'éloigner de sa femme.

— Oh, ce n'est pas comme si je pensais qu'elle était impliquée, mais il n'y a rien de tel que d'avoir quelqu'un qui agit comme lui pour te rendre suspicieux.

— Je comprends. Bref, je me suis dit que j'allais passer.

— Si tu passes, pourquoi est-ce qu'on parle au téléphone ? s'exaspéra la jeune femme.

Le caporal rit.

— Je me demandais si tu avais déjà choisi une soupe.

— Oh, mon Dieu, j'en ai choisi plusieurs et je n'arrête pas de changer d'avis.

— Choisis-en une, et on en cuisinera une autre plus tard, suggéra-t-il. Tu as des oignons à la maison ?

— Oui, tu as apporté un filet la dernière fois.

— Et si on faisait de la soupe à l'oignon ?

Elle avait des visions de ces petits bols de soupe à l'oignon, recouverts d'une large tranche de pain français et d'une belle croûte de gruyère par-dessus tout cela.

— Tu sais la cuisiner ? demanda-t-elle.

— On peut essayer. Je n'ai pas forcément de pain français, ou une version du pain français qui n'est pas tout à fait celle à laquelle tu es habituée, et un fromage fort dans mon réfrigérateur, mais tout ça fera quand même une très bonne soupe.

— Je suis d'accord si tu l'es, acquiesça Doreen.

— D'accord, et ça ne prend pas beaucoup de temps à faire. Je m'y mettrai quand j'arriverai.

Lorsqu'il mit fin à l'appel, elle posa son téléphone, heureuse d'entendre la bouilloire siffler. Elle se prépara une théière et sortit les oignons. Elle ignorait de quoi elle aurait besoin en plus, mais si elle pouvait manger un bol de soupe à l'oignon ce soir, elle serait très contente.

Notamment parce que son mari enlevait tout le temps la croûte de sa soupe sous prétexte que cela la ferait grossir. Elle repensa à toutes les petites choses qu'il avait l'habitude de faire et grimaça.

— Tu n'as pas à juger une femme, se dit-elle à voix basse. Pas quand tu as été toi-même l'exemple type de l'idiote.

Après s'être servi une tasse de thé, elle s'installa sur la terrasse ; il était presque temps pour Mack de se montrer. C'est à ce moment-là qu'elle entendit le pick-up se garer. Du moins, c'était ce qu'elle pensait… Seulement Mugs se mit à aboyer, ce qui n'était pas son comportement habituel quand Mack venait leur rendre visite.

Elle se dirigea vers la porte d'entrée, l'ouvrit et découvrit le pick-up noir qu'elle avait vu au centre commercial, celui qui l'avait suivie selon elle, en train de rouler dans l'impasse.

Mack avait lui aussi un pick-up noir, mais ce n'était clairement pas celui-ci. Ce véhicule était un vieux modèle cabossé et, à présent, cela paraissait vraiment suspect. Alors que la voiture roulait, il ne la remarqua pas. Pourtant, comme elle s'en rendit compte, rester là comme une idiote était un moyen sûr de faire savoir où elle vivait. Elle retourna rapidement à l'intérieur et claqua la porte. Mais elle craignait qu'il ne soit trop tard. Le type l'avait déjà vue.

Chapitre 16

Q UELQUES MINUTES PLUS tard, Doreen accueillit Mack sur le perron. Il sortit de son véhicule et lui adressa un grand sourire, qui s'effaça aussitôt. Elle se tenait là, dos à la porte moustiquaire, les bras croisés sur la poitrine, les pieds bien écartés, et elle fronça les sourcils.

Le caporal haussa les sourcils.

— Je ne suis pas en retard, commença-t-il. Je suis un peu en avance, donc je ne sais pas pourquoi tu es contrariée.

Elle soupira.

— Ce n'est pas de ta faute.

Il pouffa.

— Pourtant, on dirait que ça l'est.

Elle leva les deux mains.

— Je suis contrariée d'avance, signala-t-elle.

Il la dévisagea, puis ses lèvres se plissèrent. Pour une raison inconnue, cela la contraria encore plus.

— Parce que tu vas t'énerver contre moi, ajouta Doreen.

Il se raidit et la fustigea du regard. Elle opina du chef.

— Tu vois ? Tu t'y prépares déjà.

Mack se pinça l'arête du nez et marmonna :

— Tu rendrais fou n'importe qui.

La jeune femme s'esclaffa.

— On dirait qu'on est bien assortis alors.

À ce moment-là, il leva la tête vers elle et, d'un air déterminé, gravit les dernières marches, la prit dans ses bras et l'embrassa fougueusement.

— Enfin, tu es arrivée à la même conclusion que moi.

Elle le fixa du regard, le cerveau encore secoué par le baiser, puis essaya de reculer. Comme il ne la lâchait pas, elle se tortilla.

— C'est avoir la réaction opposée à ce que tu veux, murmura-t-il d'une voix grave.

Elle haleta.

— Ce n'est pas juste.

Il rit et la relâcha.

— Peut-être, mais ça ne change rien au fait que tu as finalement déclaré qu'on est assortis.

— Évidemment, parce que tu pourrais rendre n'importe qui toqué.

Le policier éclata de rire. Il ouvrit la porte et la força à rentrer.

— Allez. Tu pourras tout me raconter à l'intérieur, dit-il.

— Pourquoi ? demanda-t-elle.

Elle se sentit soudain un air contrariant.

— Parce qu'en ce moment, tu attires les foules.

Elle regarda autour d'elle, mais il n'y avait que des oiseaux. Il fit un signe de tête derrière elle, et en se retournant, elle vit Richard, debout sur son perron, les bras croisés sur le torse et un grand sourire en coin.

Elle le fusilla du regard.

— Vous n'avez aucune raison de rire.

— Peut-être pas, mais vous me donnez une raison de sourire.

À cet instant, elle eut envie de se précipiter vers lui et de le gifler, mais Mack la maintint fermement en place. Elle soupira.

— Eh bien, je suis contente que vous ayez eu votre divertissement pour la journée.

Son voisin hocha la tête.

— Vous avez raison. C'est très amusant de vous observer tous les deux. J'ai hâte que vous vous mariiez. Les choses devraient alors se calmer.

En levant les yeux au ciel, Richard rentra calmement chez lui, comme s'il ne venait pas de lâcher une bombe.

Elle pivota lentement et dévisagea Mack.

— Tu sais que j'essaie toujours de divorcer, n'est-ce pas ? interrogea-t-elle d'un ton menaçant.

Il lui sourit et acquiesça.

— Comment pourrais-je oublier ? Quelle *merveilleuse* addition à notre monde.

Les épaules de Doreen s'affaissèrent.

— J'imagine que je prends mon temps.

— Parfois, oui, convint-il.

Et un peu trop vite à son goût. Elle le fustigea de nouveau du regard.

Il haussa les mains.

— Je propose qu'on fasse une trêve tout de suite. Rentrons et tu me diras ce qui t'a mise dans tous tes états.

— Tu n'es pas déjà au courant ? questionna-t-elle avec méfiance.

Mack soupira.

— Tu ne m'as rien dit, alors comment pourrais-je être au courant ?

— Je me suis dit que, vu que tu sembles toujours savoir quand j'ai des ennuis, tu avais déjà été prévenu à l'avance.

Il s'immobilisa, l'observa attentivement et demanda :

— Quel genre d'ennuis as-tu ?

— Entre, marmonna-t-elle en claquant la porte derrière eux. Je n'ai pas besoin que les voisins s'en amusent non plus.

À bon escient, Mack ne renchérit pas. Doreen s'installa sur le fauteuil du salon.

— Tu ferais mieux de t'asseoir. Je n'aurai pas terminé que tu seras déjà en train de me crier dessus.

Il s'affaissa lentement sur l'autre fauteuil.

— OK, il faut vraiment que tu me dises ce qu'il se passe.

Elle lui expliqua tranquillement, du moins autant qu'elle le pouvait.

— Je savais déjà tout, alors qu'est-ce qui est différent ? conclut-elle.

Et cela le laissait vraiment perplexe.

— Juste avant de rentrer à la maison, sur le chemin du retour, ce que je ne t'ai pas dit, c'est que je pensais… que j'étais suivie.

Le policier fronça les sourcils et Doreen hocha la tête.

— Bien sûr, je n'avais aucun moyen de le savoir, et puis j'ai entendu un pick-up arriver dans l'impasse il y a quelques minutes, et j'ai pensé que c'était toi.

Il la dévisagea, puis, avec un regard entendu, déclara d'une voix sinistre :

— Continue.

— Je suis sortie afin de voir si c'était toi.

— Bien sûr que ce n'était pas moi, et non seulement ce n'était pas moi, s'emporta-t-il, sa voix devenant épaisse de colère, mais cette personne dans le pick-up t'a *vue* ?

Elle opina lentement du chef.

— Oui, exactement.

Il s'affaissa un peu plus dans le fauteuil, l'esprit manifestement en ébullition. Il finit par deviner d'une voix lugubre ce qu'elle n'avait pas encore évoqué.

— Donc tu dis que, *si* tu as été suivie, *si* ce conducteur s'est soucié de savoir qui tu étais, alors maintenant il sait où tu vis ?

Elle acquiesça d'un air morose.

— Oui, c'est à peu près ça.

— *Super*. Comment se fait-il que tu te retrouves toujours dans ces situations ?

Elle ouvrit la bouche pour réfuter, puis haussa les épaules.

— Je ne sais pas, j'ai eu de la chance, j'imagine.

Mack éclata de rire.

Elle sourit et demanda :

— Alors, tout va bien ?

— Non, ça ne va pas bien, riposta-t-il en lui jetant un regard sévère. C'est loin d'aller bien, mais on va y arriver.

Elle arbora un large sourire.

— Tu vois ? J'ai toujours aimé ça chez toi. Tu rentres, tu te mets en colère, et puis tu te calmes.

Il frémit.

— Je ne peux même pas imaginer que ce soit de la colère, précisa-t-il, mais il est évident que la conversation doit s'orienter vers la question de savoir *si* cette personne te suivait et, si c'est le cas, *pourquoi* ?

— Je me suis posé la question. Ça ne m'a pas paru très logique.

— Et pourtant, tu sais aussi bien que moi que les choses ne sont pas logiques tant qu'on n'a pas plus de réponses.

— Je me disais que tu pourrais peut-être m'aider à en trouver.

Il fronça les sourcils. Elle haussa les épaules.

— À moins que tu ne penses que ce n'est vraiment rien. Dans ce cas, je suis contente de passer à autre chose, ajouta Doreen.

Il se frotta le visage.

— Je dois me faire une idée de la situation. Tout d'abord, t'es-tu plongée dans autre chose que l'affaire Dennis Polanski ?

Elle secoua la tête.

— Non.

— Donc tu penses que tu as peut-être découvert quelque chose ?

— Je ne sais pas si j'ai découvert quelque chose ou si mes questions ont simplement énervé quelqu'un.

— Ce qui, dans ce cas, est tout à fait probable, nota Mack d'un air pensif. Tu as pour habitude d'énerver les gens.

Elle lui jeta un regard noir, puis voûta les épaules.

— Je *n'essaie* pas d'énerver les gens. Tu le sais, pas vrai ?

Il lui décocha un sourire.

— Que tu le fasses exprès ou non n'est pas la question, fit-il remarquer. Le fait est que ça semble avoir le même résultat.

Elle n'allait pas argumenter, car que pouvait-elle dire ? Il y avait de fortes chances qu'il ait raison.

— C'est quand même un peu idiot, murmura-t-elle.

— De quoi ?

— Que les gens s'énervent à cause de ce que je fais.

— Pourquoi ? interrogea Mack avec curiosité.

— Parce que Dennis a disparu depuis longtemps. Pourquoi quelqu'un s'en inquiéterait-il maintenant ?

— Tu connais déjà la réponse à cette question. C'est tout simplement parce que tu as mis le doigt sur quelque chose. Et, que ça te plaise ou non, tu commences à te faire un nom.

— C'est aussi très difficile de me cacher maintenant. Tout le monde me reconnaît.

Quand les lèvres du policier se retroussèrent, Doreen lui jeta un regard noir.

— Tu trouves peut-être ça drôle, mais pas moi. Mack, je jure que j'ai perdu l'élément de surprise.

Mack lui sourit.

— Oui, c'est ce qui arrive. Tu commences à réussir quelque chose, et les gens qui ne veulent rien avoir à faire avec toi ont peur que tu aies des réponses ou des solutions qu'ils ne veulent pas que tu découvres.

— Alors ils ne devraient pas disparaître ou faire des choses méchantes aux gens, répliqua-t-elle. Je veux dire, en quoi est-ce juste ?

Il se leva.

— Ce n'est pas juste. En même temps…

Elle acquiesça, se leva et se dirigea vers la cuisine pour préparer le café. Alors qu'elle regardait par la fenêtre, elle l'entendit marmonner derrière elle. Elle se retourna vers Mack.

— Est-ce que je suis vraiment responsable de tout ça ?

Il secoua la tête.

— C'est le travail que tu fais qui est responsable. Tu ne le fais pas délibérément.

Puis il se tut et ajouta :

— Tu ne le fais pas pour les frissons du danger.

Elle secoua la tête.

— Non, certainement pas, affirma-t-elle. J'étais au City Park, pour parler à Adélaïde Bonner. Sa mère était une amie de Millicent, et Adélaïde a eu une liaison avec notre homme disparu.

— Je vois. Apparemment, il y en a eu plusieurs.

Doreen acquiesça et pivota. Il regardait quelque chose sur son téléphone.

— Tu écoutes, au moins ? demanda-t-elle.

Il sourit.

— Je consulte le dossier sur mon téléphone.

— Ah, souffla-t-elle en haussant les épaules. Désolée, je suis encore énervée.

— À juste titre, la rassura-t-il joyeusement. On dirait que tu t'es encore mis quelqu'un à dos.

— Mais, qu'est-ce que peut bien vouloir cette personne ?

Mack haussa les épaules.

— Dans une affaire comme celle-ci, ça peut être n'importe quoi, répondit-il en observant Doreen avec attention. Si c'est lié à cette affaire, et je dis *si* parce qu'il est évident qu'on l'ignore.

Elle ne pouvait qu'être d'accord.

— Très bien, maugréa-t-elle. Mais alors, si ce n'est pas le cas, à quoi est-ce lié ?

Il la regarda fixement et soupira.

— Depuis un mois – ou deux, ou trois ou quatre –, tu ne crois pas que tu as énervé suffisamment de gens pour que quelqu'un ait décidé de savoir où tu vis ?

— Mais pourquoi me suivre ?

— C'est ce qui m'a interpellé. *Si* il te suivait, souligna-t-elle en la regardant pour confirmer, alors c'est inquiétant. Doreen, ce n'est pas parce qu'ils savent où tu habites qu'ils mettront à exécution une quelconque menace.

— Peut-être pas, mais ils ont déjà mis quelque chose à exécution.

— Exactement.

Il consulta les notes du dossier sur son téléphone.

— On a noté qu'il avait eu plusieurs liaisons, mais que tout s'était terminé à l'amiable. On a également parlé avec toutes les parties connues à l'époque, mais comme Dennis était un adulte, il y avait toujours la possibilité qu'il soit parti de son plein gré. C'est pourquoi il a été classé comme personne disparue…

Mack leva la tête de son téléphone pour faire face à Doreen.

— Malheureusement, il arrive souvent que des personnes partent de leur plein gré, conclut-il.

— Comment peut-on faire une chose pareille ? interrogea-t-elle en s'approchant. Je veux dire, dans quel état d'esprit quelqu'un doit-il se trouver pour tout envoyer valser – femme, enfants, ferme, comptes en banque, cartes de crédit, liaisons amoureuses, tout ?

— En apparence, tout *semble* normal, répondit-il en insistant sur ce dernier mot.

— Et ?

— Mais sous la surface, continua-t-il en lisant toujours le dossier sur son téléphone, toutes sortes de choses peuvent se cacher là et se bousculer. Si ça se trouve, ça n'allait pas dans son mariage et il cherchait à s'en extirper. Il est peut-être parti avec une maîtresse dont on n'a pas encore découvert l'existence.

— En effet, ça n'allait pas dans leur mariage. Adélaïde m'a dit que Dennis et Meredith se disputaient comme des fous. Est-ce que quelqu'un d'autre a quitté la ville au même moment ? questionna Doreen.

— Il n'y a aucun moyen de le savoir. On ne peut pas suivre à la trace plus de cent mille habitants de Kelowna.

Elle y réfléchit, puis acquiesça.

— J'imagine que si les gens veulent partir, ils feront tout

ce qu'ils peuvent pour y parvenir.

— Et tu sais comme moi que ce n'est pas si difficile. Ils économisent suffisamment d'argent, font leurs valises, décident que la vie est meilleure ailleurs et s'en vont. Ou peut-être que les choses étaient devenues trop difficiles pour lui ici. Peut-être qu'il a eu des problèmes avec trop de maris – ou trop de femmes – ou peut-être qu'il a simplement décidé d'aller voir ailleurs. Il est parti et a pris un nouveau départ quelque part.

Doreen fit grise mine.

— Les gens comme lui ne prennent pas un nouveau départ. Ils sèment le chaos partout où ils vont.

— Le fait est que… c'est le chaos de Dennis. Il ne faut pas oublier qu'il est à l'origine de tout ça.

— Oh, je suis d'accord, murmura-t-elle. Je suis tout à fait d'accord. Ça n'enlève rien au fait que deux jeunes hommes ont perdu leur père et que personne n'a de réponse.

— Pour cette seule raison, je suis d'accord pour que tu enquêtes si tu trouves quelque chose, déclara Mack. Comme tu le sais, on n'a pas la main-d'œuvre. On a mené l'enquête à l'époque. De temps en temps, on se pose des questions, mais s'il n'y a pas de nouvelles pistes à explorer, on ne peut pas faire grand-chose. On doit rester au courant de tout ce qu'il se passe, ce qui n'est pas une mince affaire.

Elle grimaça.

— *En effet.* Je suis désolée de vous avoir dérangés ou de vous avoir jugés.

Mack rit.

— Si tous les habitants de la ville avaient la même révélation, la vie serait beaucoup plus facile pour nous.

— C'est clair, soupira la jeune femme. C'est frustrant de penser que quelqu'un sait quelque chose.

— Mais c'est toujours comme ça. Il y a toujours quelqu'un qui sait quelque chose, même si cette personne ignore qu'elle le sait, mais les réponses sont là. Cependant, tout le monde n'est pas disposé, d'une part, à nous le dire, ou d'autre part, à nous parler d'une manière ou d'une autre afin qu'on puisse définir s'ils ont des informations.

— Parfois, et c'est tout à fait possible dans ces affaires anciennes, les personnes décèdent et les informations disparaissent avec elles, ajouta-t-elle.

— Et dans un cas comme celui-ci, on n'a aucune preuve qu'il est parti de lui-même, mais on n'a pas non plus de preuve qu'il y a eu un acte criminel.

— C'est toujours une question de preuve, n'est-ce pas ? marmonna-t-elle, écœurée.

Mack s'esclaffa.

— Et tu serais la première à t'énerver si on accusait quelqu'un sans preuve.

— Je sais. Je sais. Je sais.

Elle leva les deux mains en signe de frustration. Le café avait fini de couler, elle lui en servit une tasse et s'affala sur la chaise à côté de lui.

— Pourquoi ne pas passer en revue ce que tu as trouvé et voir si un regard neuf fait la différence ? proposa-t-il, et pendant ce temps, je vais préparer la soupe.

Chapitre 17

DOREEN S'ILLUMINA AUSSITÔT en entendant le mot *soupe*.

— Tu es d'accord pour préparer de la soupe ? s'enquit-elle. Je ne sais pas si c'est facile ou difficile.

Il haussa les épaules.

— La recette que je fais n'est pas difficile, et elle est très savoureuse. Je te préviens seulement qu'elle n'aura peut-être pas le même goût que ta version.

— Ça fait longtemps que je n'en ai pas mangé. Je sais juste que je l'ai vraiment appréciée.

— Bien, répondit-il d'un air enjoué. Alors, je vais tenter ma chance et on va suivre ma recette.

Sur ce, Mack se leva d'un bond et commença à remplir la grande marmite d'eau, tandis qu'elle restait près de lui.

— C'est pour quoi ? demanda Doreen.

— Le bouillon.

— D'accord, dit-elle, avant de froncer les sourcils. Tu n'as pas besoin d'oignons pour le bouillon ?

Il désigna le filet qu'elle avait laissé sur le plan de travail.

— D'accord, je me tais et j'observe.

Mack éclata de rire.

— C'est ton insatiable curiosité qui t'a aidée à résoudre ces problèmes, fit-il. Tu t'empares de quelque chose et tu ne lâches plus.

— Oui, on peut qualifier ça d'attitude de bouledogue, râla-t-elle.

— Il n'y a rien de mal à ça.

Il rit de l'irritation croissante de la jeune femme.

— Tu pourrais rejoindre les forces de l'ordre, ajouta-t-il.

— Non, je ne peux pas, mais merci pour la confiance.

Il se tourna vers elle.

— Je n'aime pas te voir abattue.

— Je ne suis pas tant abattue que frustrée parce qu'il semble que tout le monde cache des secrets. Si les gens étaient ouverts et honnêtes, tout ça ne serait pas nécessaire.

Il s'esclaffa.

— Ce ne serait pas absolument nécessaire, mais étant donné que beaucoup de ces gens cachent toutes ces informations parce qu'ils ont fait quelque chose de mal, il est utile de comprendre ce qu'ils ont derrière la tête.

— Bien sûr, mais tout le monde a une idée derrière la tête. C'est le fond du problème. Toutes les personnes que je rencontre ont un secret quelque part dans leur passé.

— Même toi, répliqua-t-il avec un sourire éclatant.

— J'imagine. Ce que je veux dire, c'est que je ne voudrais pas que tout le monde comprenne ce qu'a été mon mariage.

Le sourire du caporal disparut et il acquiesça.

— Non, et tu as raison. C'est un secret que tu as le droit de garder et, bien entendu, d'autres personnes, si elles le savaient, seraient tout à fait ouvertes pour s'assurer que le reste du monde le sache.

— Tout à fait, mais je ne tuerais personne pour que ça

reste un secret.

— Non, et c'est tant mieux, confirma Mack en riant. Tu as raison. Je pense que tout le monde a des secrets. Tout le monde a fait des choses qu'il ou elle aimerait peut-être ne pas avoir faites ou, du moins, avoir faites différemment. Mais ça ne fait pas d'eux des criminels.

— Bien sûr, convint Doreen en l'observant s'affairer efficacement comme toujours dans la cuisine. Tu sais, c'est l'une des choses que j'aime le plus chez toi quand tu es en cuisine.

Elle s'approcha derrière lui pour aviser la pile croissante d'oignons finement émincés.

— Quoi ? Je peux couper des oignons sans pleurer ?

Doreen rit.

— Non, tu fais tout avec tellement d'efficacité. Ce n'est pas un stress ou un problème pour toi. Tu prends un couteau et tu t'y mets. Tout a l'air de se faire sans effort.

Il fronça les sourcils.

— J'imagine que je comprends pourquoi tu penses ça.

— C'est une autre raison pour laquelle… tu es doué dans ce domaine. Tu mélanges des choses, tu coupes en tranches et en dés. L'instant d'après, le repas est prêt.

— C'est quelque chose que tu sauras mieux faire avec le temps, nota-t-il.

Elle l'observa d'un air dubitatif. Il sourit et ajouta :

— Je te le promets.

— OK, je te le rappellerai, l'avertit-elle.

— Dis-moi ce que tu as découvert d'autre aujourd'hui.

Elle passa en revue sa rencontre dans le parc avec Adélaïde.

— Et redis-moi ce qu'a dit son mari, demanda Mack.

Elle revint sur cette conversation, attrapa ses notes, afin de se souvenir de tout, ajoutant quelques bribes pour plus de clarté.

— Encore une fois, rien de méchant, précisa-t-elle, mais ça n'aurait pas été plus sympa s'il ne s'était pas mis en mode *espionnage* pour me parler ?

— Penses-tu qu'il en parlera à Adélaïde quand il rentrera chez lui ce soir ?

— Je lui ai conseillé de le faire, mais, comme tu le sais, je pense que les gens ont tendance à ne pas m'écouter.

Le caporal rit aux éclats.

— En effet. La plupart des gens n'aiment pas qu'on leur dise ce qu'ils doivent faire.

— Et pourtant – elle secoua la tête – je sais que ce n'est pas mon problème, même si je pense que le monde fonctionnerait beaucoup mieux si les gens ne faisaient pas ce genre de choses.

— Bien sûr, ils n'écouteront pas tes conseils, mais…

Il agita les sourcils et reprit.

— Beaucoup de gens diraient aussi que tu aurais pu écouter les conseils de ta grand-mère il y a de nombreuses années, et quitter Mathew plus tôt.

— Tu as raison, approuva Doreen. Crois-moi. J'y ai beaucoup pensé ces derniers temps. Toutes les années que j'ai gâchées, sans ma grand-mère à mes côtés, à cause de lui.

— Et ce n'est pas le but du jour, déclara-t-il avec fermeté. Mathew est en train de sortir de ta vie, et, avec un peu de chance, il *est* sorti de ta vie, il a enfin signé *tous* les papiers, et on aura bientôt un scénario complètement différent qui te fera sourire.

Doreen ricana.

— Je ne dis pas non. Je pense que ton scénario est beaucoup trop simpliste, mais je serais plus qu'heureuse si ça se passait comme ça.

— Il n'y a qu'à mettre ça sur le tapis et espérer que ça se réalisera, affirma-t-il en souriant. La vie n'est pas toujours une épreuve.

— Depuis que je suis ici, je dirais que c'est… un *défi*, surtout parce que je ne savais pas ce que je faisais ou comment j'étais censée faire quoi que ce soit. Mais dans l'ensemble, tout s'est très bien passé. J'ai vécu une expérience extraordinaire.

— Bien. C'est très important. La vie est trop courte, comme on ne cesse de se le rappeler, et on doit profiter de tout.

— Je comprends, dit-elle, bâillant soudain, avant de s'excuser, les yeux écarquillés. Oups, désolée. Je ne sais pas d'où ça sort.

— Tu as subi beaucoup de stress pendant plusieurs jours, semaines même. Je ne serais pas du tout surpris que tu aies besoin de plusieurs semaines de sommeil pour te remettre sur pied.

— Ah, dès que je passe une nuit ne serait-ce qu'à moitié correcte, je suis déjà prête à passer à autre chose.

— Ce qui est un autre aspect intéressant de ta personnalité. Tout le monde n'est pas aussi impatient et prêt à se plonger dans la prochaine affaire.

— Elles me fascinent, souffla-t-elle. Les gens me fascinent – ce qu'ils font, comment ils le font, pourquoi ils le font. Tout ça est intéressant.

Il ne dit rien, se contentant de tailler.

— Peut-être que ça me rend un peu trop curieuse.

Mack rit.

— Je ne sais pas si tu es un *peu trop curieuse*, mais ça fait de toi une personne qui garde un œil sur tout et qui en tire des leçons. C'est ce qui est important. Tu en tires des leçons.

— C'est aussi un bon point.

— Tu n'y penses pas vraiment, n'est-ce pas ? Enfin, tu dois y penser parce que tout ça implique un changement. Tout ça est différent et unique. Parfois, c'est facile, et parfois, ça ne l'est pas.

— Jusqu'à présent, ça n'a pas été facile du tout, reconnut-elle avec étonnement en le regardant.

Il s'esclaffa, et elle observa les oignons revenir juste assez pour caraméliser. Puis Mack les versa dans la grande marmite avec le bouillon. L'arôme des oignons fraichement sautés emplit l'air.

— J'avais oublié combien j'aimais ce genre de cuisine.

Le policier se tourna vers elle.

— Pourtant, tu n'en as jamais parlé auparavant.

— Tant qu'il faisait beau, expliqua-t-elle, je me contentais de sandwichs et de salades. Mais maintenant qu'il fait un peu plus froid, je commençais à me dire qu'il fallait peut-être que j'ajoute d'autres types d'aliments.

— C'est toujours une bonne idée d'ajouter d'autres aliments, de manger varié. Et il n'y a aucune raison de ne pas manger quelque chose comme ça en été.

— Je suis contente d'entendre ça, parce que tout ce que tu peux m'apprendre m'aidera aussi à l'avenir.

— On va continuer à travailler dessus, un ou deux plats à la fois. Tu prends des notes ?

— Non, mais je devrais, n'est-ce pas ?

Elle soupira en se levant.

— C'est un autre problème. J'ai l'impression de tout écrire maintenant.

Il éclata de rire.

— Tu veux dire que tu vieillis et que tu n'aimes pas ça, ou que ta mémoire flanche et que tu as peur de finir comme

Nan ?

— Ce serait quelque chose, n'est-ce pas ? répliqua Doreen, avant de secouer la tête. Rien de tout ça en fait. Je me disais juste que, même à l'instant, lorsque tu as parlé de ça, en me demandant si je prenais des notes, je devrais écrire beaucoup plus. Ce n'est pas tant que j'oublie – enfin, j'en oublie un peu. C'est une partie du problème, mais on oublie aussi les nuances dans les discours des gens, leurs mouvements oculaires et leurs expressions faciales, tout ça. Sur le moment, ça semble si facile, on pense qu'on s'en souviendra toujours. Puis on s'en va, on interroge d'autres personnes, et on essaie de se rappeler ce qu'ils ont fait.

Mack sourit.

— Rien que d'apprendre ça maintenant, c'est déjà énorme. Tu devrais l'écrire. Écris tout ça pour que, quand tu en auras besoin, tu puisses t'y référer. Maintenant, revoyons ces notes sur l'affaire non résolue de Dennis.

Doreen se figea et avisa la marmite de soupe.

— On a combien de temps ?

— Assez pour passer tes notes en revue, affirma-t-il.

Elle sourit.

— Même si ce n'était pas le cas, tu t'en assurerais, pas vrai ? le taquina-t-elle.

— Peut-être. Je vais laisser mijoter un peu.

Elle remarqua alors la miche de pain sur le plan de travail.

— Tu l'as apportée ?

Surpris, il acquiesça.

— Wouah ! s'exclama Doreen, les épaules affaissées. Je ne t'ai même pas vu entrer avec. Est-ce qu'on peut faire de simples toasts avec ?

— On peut faire toutes sortes de choses, répondit-il en

souriant. Traditionnellement, c'est du pain français sur de la soupe à l'oignon.

Il tailla de grandes tranches épaisses.

— D'où viennent ces bols ?

Elle venait de constater qu'elle ne les avait jamais vus auparavant.

Mack ricana.

— Il faut que tu te poses et que tu te détendes. Je viens de les sortir du placard, devant toi.

— Oh, wouah, bougonna-t-elle.

Elle s'assit et observa, essayant de faire plus d'efforts pour suivre ce qu'il faisait, et elle prit conscience que le fromage allait sur le pain, alors qu'il remplissait les bols à la louche et posait le toast et le fromage sur le dessus, avant de les enfourner.

— Et si je veux me resservir ? demanda-t-elle.

— Alors, on remplira les bols. Ce n'est vraiment pas compliqué.

— Tu es sûr ? s'étonna-t-elle en fronçant les sourcils. Parce que ça a l'air.

— C'est compliqué si tu compliques la recette.

Doreen leva les yeux au ciel.

— Parfois, les choses paraissent compliquées, même quand elles ne le sont pas.

— Bien vu, mais ce n'est vraiment pas un problème.

— OK, tant mieux, parce que j'ai faim, déclara-t-elle.

— Je me doutais que tu aurais faim, surtout après avoir goûté ça.

— Oh, nous y voilà, le taquina Doreen. Regarde cet ego.

Ce fut au tour de Mack de lever les yeux au ciel.

— Autre chose dans tes notes ?

— Pas assez pour faire la différence, répondit-elle avec

dégoût. Pas de menaces, rien. Je dois parler à l'homme qui a purgé une peine pour avoir frappé Dennis. *Rodney.*

— En d'autres termes, tu as fait tout le travail préparatoire et tu n'as toujours rien, c'est ça ?

— Oui. C'est écœurant, non ?

Le policier sourit malicieusement.

— Tu te souviens que le travail de la police, c'est 90 % de manœuvres, 10 % de déductions ?

— J'ai bien assimilé la partie théorique. Je me débrouille bien en ce qui concerne les manœuvres, mais ça me dérange encore beaucoup que la majeure partie des manœuvres consiste à parler à des personnes qui ne veulent pas dire la vérité.

— Si tu avais fait autant de mal que ces personnes, et que tu ne voulais pas aller en prison pour le reste de ta vie, tu ferais un coup comme ça toi aussi.

— Oui, eh bien, pour commencer, j'aurais levé les mains et j'aurais avoué. Le contraire serait impossible pour moi. Les gens regarderaient mon visage et ils sauraient la vérité.

Mack se pencha alors vers elle et l'embrassa doucement.

— Ne change pas. Jamais, susurra-t-il.

Il ouvrit la porte de la cuisine et proposa :

— Tu veux manger dehors ?

— Absolument, acquiesça Doreen, se tournant vers le four. C'est prêt ?

L'étonnement de la jeune femme était tel qu'il éclata de rire.

— Bien sûr, et oui, on a tout le temps de préparer une autre portion si on le souhaite.

Elle sortit sur le patio et se frotta les mains avec délice, attendant que Mack apporte les bols de soupe fumants.

Dès qu'ils s'assirent, le fumet de cette magnifique soupe

à l'oignon remplit l'air, et elle soupira de bonheur.

— Ce n'est pas ce à quoi je m'attendais aujourd'hui, mais c'est superbe.

Ainsi, elle plongea dans son bol.

Chapitre 18

Mercredi, durant la nuit...

D OREEN SE RÉVEILLA au milieu de la nuit, Mugs tendu et grognant à côté d'elle. Elle tendit la main pour le calmer et remarqua les yeux écarquillés de Goliath et de Thaddeus. Si tout le monde était réveillé, c'était que quelque chose ne tournait pas rond. La question était de savoir ce qui n'allait pas. Était-ce grave ?

Elle se glissa hors du lit et se dirigea vers la fenêtre pour regarder dehors. Tout avait l'air normal dans le jardin. Silencieux et sombre, pas d'ombres en mouvement. Elle descendit pour observer l'avant de la maison depuis la fenêtre du salon. Quelqu'un marchait dans l'impasse, pas dans sa cour ni dans la cour de qui que ce soit, il se promenait simplement dans l'impasse, comme s'il vérifiait ou au moins ratissait la zone. Il n'y avait pas de raison de s'en fâcher, puisqu'il ne faisait rien, mais sa présence était étrange. Elle ne trouvait pas non plus de raison de rester calme. C'était l'une des choses qui ne la mettait pas à l'aise.

Elle l'avisa passant d'une porte à l'autre sans ouvrir ni frapper, comme s'il était en train d'*inspecter les lieux*. Elle fronça les sourcils, car il était trop loin pour qu'elle puisse prendre des photos. Sans compter qu'il faisait trop sombre. Pourtant, il pouvait s'agir d'une personne perdue. Cependant, ce n'était pas ainsi que quelqu'un d'égaré se comporterait, du moins pas selon Doreen.

À mesure qu'il s'approchait de chez elle, ses muscles se tendaient. Mugs avait sauté, de sorte que son museau se trouvait au-dessus du rebord de la fenêtre, mais il ne pouvait toujours pas voir dehors. Elle se baissa pour le prendre dans ses bras et, dès qu'il vit l'homme, il se mit à aboyer.

L'homme se figea et, au lieu de se diriger vers leurs maisons, à Richard et elle, il fit demi-tour et sortit de l'impasse.

— C'est pourquoi – elle embrassa Mugs sur le front – on garde les chiens.

Bien sûr, il y avait de nombreuses raisons de garder Mugs, mais c'était la plus importante pour beaucoup de gens. Les chiens avaient un effet dissuasif sur les personnes mal intentionnées.

Elle attendit pour voir si l'étranger revenait, mais au bout de dix minutes, il n'y avait aucun signe de lui. Maintenant, il aurait sûrement localisé la maison avec le chien et, en ce sens, elle s'était peut-être fait avoir elle aussi. S'il n'avait pas nécessairement réalisé qui vivait où, cela l'aurait aidé à localiser la maison de Doreen, en supposant qu'il la cherchait.

Et s'il ne savait pas à quoi elle ressemblait ? Et s'il ne savait rien d'elle, à part le véhicule ? Et qu'elle avait un chien ? Il était tout à fait possible qu'il ne l'ait vue que de loin et qu'il ne sache pas à quoi elle ressemble, et voilà qu'elle lui donnait une nouvelle pièce du puzzle. En fronçant les sourcils, elle consulta son horloge – il n'était que 2 h 30 du matin. Ce n'était vraiment pas une heure normale pour que les gens se promènent. Elle n'était même pas sûre de savoir quoi faire de ce scénario, mais elle savait qu'elle devrait en parler à Mack, même si elle ne voulait pas gâcher son sommeil, et qu'il n'y avait pas besoin d'appeler pour le moment, puisque l'homme était parti.

Il ne s'était rien passé et, pour le reste de la nuit, elle était persuadée qu'il ne se passerait rien. Pourtant, en se remettant au lit, elle savait qu'il était stupide de ne *dormir que d'un œil*. Pourtant, c'est ce qu'elle fit, se réveillant constamment, écoutant, puis somnolant à nouveau, pour se réveiller et s'endormir à nouveau. Ce n'était pas une très bonne nuit de sommeil, c'était certain.

Chapitre 19

LORSQUE DOREEN SE réveilla plus tard ce matin-là, elle resta longtemps au lit, avec les animaux enroulés autour d'elle, même Thaddeus était assis sur ses fesses. Elle soupira et bougea. Thaddeus poussa un cri et marcha de long en large, tandis qu'elle se tournait sur le dos. Quand il fut enfin sur ses côtes, là où elle pouvait le voir, elle lui sourit et caressa doucement ses plumes.

— Bonjour, bonhomme.

— Bonjour, bonhomme. Bonjour, bonhomme, caqueta-t-il.

Doreen rit.

— C'est nouveau pour toi aussi, n'est-ce pas ?

— C'est nouveau pour toi aussi. C'est nouveau pour toi aussi.

— Ça veut juste dire que tu es en pleine forme ce matin, soupira-t-elle.

Mais au lieu de réagir, il s'écria :

— Thaddeus a faim. Thaddeus a faim.

— Ah, eh bien, si tu as faim, je parie que le reste de la bande aussi, grommela-t-elle.

Elle regarda le réveil et ses sourcils se relevèrent.

— Wouah, il est presque 8 h 30.

C'était inhabituel pour elle. Elle se leva, encore groggy et déstabilisée, prit une douche rapide pour essayer de chasser le reste de cette horrible sensation, et descendit. Elle était habillée, mais ses cheveux étaient mouillés, elle n'avait même pas pris la peine de les coiffer. Les mèches encore humides pendaient donc dans son dos. Elle lança une cafetière, sachant qu'elle en aurait encore plus besoin aujourd'hui. Le café en marche, elle se dirigea vers le patio. Alors qu'elle se tenait là, elle entendit Richard travailler dans son jardin. Elle l'appela :

— Richard, avez-vous entendu quelqu'un cette nuit ?

— Entendu quelqu'un, comment ? marmonna-t-il.

Il passa la tête par-dessus la clôture et lui lança un regard noir.

Elle opina du chef.

— Quelqu'un s'est approché de chacune de nos maisons vers 2 heures du matin cette nuit. Je ne sais pas ce qu'il manigançait.

Son voisin secoua la tête.

— Non, je n'ai entendu personne. La plupart d'entre nous dorment à cette heure-là.

Il la fustigea du regard.

— Je dormais, jusqu'à ce que ce type réveille Mugs.

Richard baissa le regard vers le chien, puis haussa les épaules.

— C'est de votre faute.

Elle soupira.

— Oui, merci. Je suppose que ça veut simplement dire que vous n'avez entendu personne.

— En effet. Je viens de vous le dire.

Sur ce, il se laissa retomber derrière son côté de la clôture.

— Il se dirigeait ensuite vers votre maison, lança Doreen.

Sa tête repassa aussitôt par-dessus la clôture.

— Comment ça ? demanda-t-il avec méfiance.

Elle lui expliqua ce qu'elle avait vu. Il la dévisagea.

— C'est n'importe quoi. Personne ne viendrait ici. Je n'ai rien à voler.

— Moi non plus, s'étonna-t-elle. J'ai tout vendu ou tout donné.

Richard rit.

— Tant mieux pour vous. N'empêche que je n'ai rien de valeur.

— Ils ne sont pas forcément au courant, souligna Doreen. Si ça se trouve, il cherchait seulement la prochaine maison à attaquer.

Il continua de la fusiller du regard.

— Rien de tout ça ne serait arrivé si vous n'aviez pas emménagé ici.

Comme il s'agissait d'une vieille rengaine et qu'elle était trop fatiguée pour l'écouter, elle lui fit signe de s'en aller.

— Retournez à ce que vous faisiez, et gardez à l'esprit que quelqu'un pourrait fureter dans les parages.

Il disparut de l'autre côté, et elle soupira.

— Pourquoi le café n'est-il jamais prêt ? marmonna-t-elle.

Doreen se dirigea vers l'intérieur, sachant qu'il devait être prêt maintenant, sûrement. Elle se servit la plus grande tasse qu'elle avait dans la maison, sortit et écrivit un message à Mack, mais ne l'envoya pas, pensant qu'il était trop long et trop alambiqué. Il valait mieux qu'elle lui dise quand il viendrait ici ce soir.

Ils avaient mangé plusieurs bols de soupe la veille, même

si un seul aurait sûrement été suffisant. Cependant, elle avait eu incroyablement faim. Bien entendu, Mack avait justifié qu'un seul bol de soupe ne lui ferait pas beaucoup de bien, mais après le deuxième, elle était plus que rassasiée. La soupe avait paru plaire à Mack aussi, bien qu'il ait doublé le fromage et le pain pour son deuxième bol. Si elle n'avait pas été aussi rassasiée, elle aurait fait de même. Il restait un peu de soupe, et cela la fit sourire. Les restes étaient devenus de l'or dans son monde.

C'était un repas qu'elle n'avait pas à faire, un repas déjà prêt, et elle mourait d'envie de s'y mettre. Néanmoins, pas pour le petit déjeuner. Elle ne pensait pas pouvoir digérer un bol de soupe à l'oignon pour le petit déjeuner.

Alors qu'elle était assise là, sirotant son café, souhaitant que le monde lui donne une chance de se réveiller, Nan l'appela.

— Bonjour.

— Oh, ma chérie. Tu n'as pas l'air en forme.

— Nuit difficile, répondit Doreen en guise d'explication, mais je vais bien.

— Je suis contente que tu ailles bien. Mais je n'aime pas que tu passes toutes ces nuits difficiles. Tu es trop jeune pour ça.

Doreen rit.

— Oh, je suis ravie de savoir qu'il y a un âge pour avoir le droit de passer de mauvaises nuits, marmonna-t-elle, parce que, mon Dieu, je n'ai pas hâte d'arriver à ce stade.

— Tu devrais venir ici, proposa Nan d'un air contrarié. C'est sûrement toute cette inquiétude que suscitent ces affaires.

— Peut-être. Je suis en train de siroter ma première tasse de café, dont j'ai désespérément besoin.

— Dès que tu auras fini ton café, viens, insista Nan. Je vais te trouver des douceurs.

Sur ce, Nan raccrocha.

Doreen se demanda combien de temps elle pourrait retarder sa visite, non pas parce qu'elle ne voulait pas aller voir Nan, mais parce qu'elle voulait vraiment boire plus de café.

Elle se leva, se servit une deuxième tasse et se rassit. Cependant, cela l'ennuyait parce qu'elle devait partir. Elle la but donc aussi vite qu'elle le put, puis, les animaux dans son sillage, elle se dirigea vers la résidence de sa grand-mère. La promenade était magnifique, mais Doreen était apparemment trop fatiguée et trop grincheuse pour en profiter.

Chapitre 20

L ORSQUE DOREEN ARRIVA chez Nan, il lui sembla que la promenade était passée beaucoup trop vite et que la journée avait déjà commencé, au point qu'elle n'avait pas pu exploiter son réveil matinal pour s'asseoir, se reposer et profiter de la nature. Elle se sentait légèrement mécontente, tout en sachant qu'elle devait laisser tomber cette humeur avant d'arriver chez sa grand-mère, sinon cette dernière lui poserait toutes sortes de questions. Nan l'attendait sur la terrasse.

— Eh bien, tu as l'air plus en forme que je ne le pensais.

Nan se pencha pour saluer un Mugs très heureux. Même Goliath se faufila entre ses jambes avec affection.

Doreen grimaça.

— C'est gentil. J'imagine que tu pensais que j'aurais l'air plutôt mal en point.

— Après ce que tu m'as dit ce matin, rit Nan, c'est normal.

La vieille dame étendit son bras pour Thaddeus, qui s'y percha aussitôt pour se blottir dans le cou de Nan.

— Peut-être, et c'était une mauvaise nuit, mais la cafetière a beaucoup aidé.

— La cafetière ou une tasse de café ?

— La cafetière, admit Doreen, avant de rire. Je n'ai rempli que deux tasses avec, mais je suis toujours une grande amatrice de café.

— Il y a pire comme addiction, souligna Nan. Cependant, j'espère que tu n'es pas trop rassasiée parce que j'ai mis la bouilloire à chauffer.

— J'adorerais une tasse de thé.

Elle ne serait pas contre une ou deux douceurs non plus.

— Et même si ce n'est pas ce que tu veux, tu le boiras parce que tu es une gentille fille, c'est ça ?

Doreen sourit à sa grand-mère qui, assise en face d'elle, caressait doucement son vieil ami.

— Tu sais que j'aime toujours venir prendre le thé avec toi. Les animaux aussi.

Nan se détendit.

— J'aime quand tu viens prendre le thé. Nous n'en avons pas pris depuis deux jours.

— Si longtemps ? s'étonna Doreen. Mais non ?

— Si.

— Oh, désolée.

— Ce n'est pas grave. J'ai moi-même été occupée. Alors, ce n'est rien. Et je comprends que tu aies beaucoup de choses à gérer.

— Oui, c'est sûr.

Doreen étouffa un nouveau bâillement. Mugs, comme s'il était du même avis, s'affaissa à ses pieds et commença à ronfler.

Nan fronça les sourcils.

— Tu n'as vraiment pas passé une bonne nuit, pas vrai ?

La jeune femme secoua la tête.

— Non, pas du tout, mais ce n'est pas grave. Il y a

d'autres jours pour passer une bonne nuit.

Toutefois, Nan continuait de darder un regard méfiant sur sa petite-fille.

Doreen rit.

— Tout va bien. Je ne vais pas exploser et je ne vais rien faire de stupide.

— Ce serait bien. Je veux seulement confirmer que tu ne feras rien que tu ne ferais pas normalement parce que tu es trop fatiguée.

— Je ne pense pas. Je ne suis pas *si* fatiguée que ça.

Nan n'avait pas l'air convaincue. Cependant, après avoir versé le thé, elle ajouta :

— En ce qui concerne l'affaire…

Doreen la fixa du regard.

— Qu'as-tu découvert ? demanda-t-elle en se redressant.

— Rien malheureusement. J'espérais que tu avais trouvé quelque chose, répondit Nan en riant. Pourtant, y a-t-il quelque chose que tu aimes plus qu'une bribe d'information ?

— Oui, une bribe d'information qui a du sens.

Nan éclata de rire.

— C'est une sacrée différence. On veut vraiment le genre d'informations qui feront la différence, n'est-ce pas ?

Doreen opina du chef.

— En effet. Il y a déjà suffisamment d'informations qui semblent infâmes et pas très claires. Alors tout ce qui peut faire la différence serait bienvenu.

— Comment s'est passée ta discussion d'hier ? interrogea Nan. C'est tellement difficile de ne pas pouvoir partager la moindre information à ce sujet en ce moment…

— Je sais, mais c'est important. Et la rencontre s'est bien passée, même si je ne peux pas dire la même chose à propos de son mari.

Nan se renfrogna.

— C'est-à-dire ?

— Oh.

Doreen hésita et se rendit compte qu'elle en avait sûrement déjà trop dit et qu'elle ne pouvait plus faire marche arrière. C'est ainsi que Doreen raconta à Nan l'histoire de l'homme qui l'avait traquée dans le parc.

— Mon Dieu, je n'ai jamais rencontré son mari, mais j'ai entendu dire qu'elle était très heureuse.

— Elle est peut-être heureuse, mais il ne lui fait clairement pas confiance.

— C'est terrible, dit Nan en secouant la tête.

— Il n'avait qu'à demander, et ce serait bien mieux pour le bien d'Adélaïde s'il avait demandé à sa femme ou si elle avait donné l'information, fit remarquer Doreen.

Nan grimaça.

— Oui, tu as raison… Il vaudrait mieux qu'elle parle, surtout avant que ça ne s'envenime.

Doreen sourit.

— Le problème c'est qu'elle ne veut pas que les gens soient au courant.

— Bien sûr que non, répliqua Nan en frissonnant. Qui a envie que tous ses échecs soient rapportés ?

— Je ne sais pas s'ils seront *rapportés*, précisa Doreen, mais, quand on y pense, il se passe énormément de choses dans la vie. Pourtant, les gens ne sont pas très honnêtes à ce sujet et ils le cachent. Lorsqu'ils le cachent, les choses s'aggravent.

Nan s'esclaffa.

— C'est la base d'une relation, ma chérie.

Doreen leva les mains.

— C'est peut-être parce que je suis très fatiguée aujourd'hui. C'est peut-être parce que je suis frustrée que les gens parlent de tout et de rien sans vraiment dire ce qu'ils savent, mais il me semble que Dennis avait tout, qu'il avait autant de liaisons qu'il voulait, qu'il avait la ferme, qu'il avait une femme qui travaillait dur et qu'il avait deux fils. Dennis avait tout.

— Et ? Où veux-tu en venir ?

— Il n'y avait aucune raison pour qu'il s'en aille, continua la jeune femme, à moins qu'il n'ait siphonné un tas d'argent et l'ait mis de côté ou qu'il n'ait vécu avec une personne très riche. Il est impossible qu'il abandonne ce mode de vie qui lui a donné tout ce qu'il voulait. Je ne suis même pas sûre – et je déteste dire ça parce que je n'en sais rien – mais je ne suis pas sûre que sa femme se soit souciée de toutes ces liaisons. Je pense qu'elle était là à faire ce qu'elle avait à faire, et peut-être qu'elle était soulagée.

Nan regarda sa petite-fille pensivement.

— C'est possible. Bien sûr, on ne voit pas toujours cet aspect du mariage, n'est-ce pas ?

— Non, c'est sûr, marmonna Doreen. Et, quand on y pense, si Meredith se souciait de ses liaisons, était-elle au courant de toutes ? Qu'elle ait été au courant d'une seule ou de plusieurs liaisons, à quel moment aurait-elle été contrariée ?

— Quand elle est devenue la risée de la communauté, répondit Nan. On peut tous fermer les yeux, mais lorsque l'on n'est pas autorisé à le faire, lorsque l'on n'est pas autorisé à rester dans notre petite bulle, c'est une tout autre histoire, et c'est là que les gens s'énervent.

Doreen y réfléchit.

— Tu as raison… Elle a pu tolérer beaucoup de choses,

mais elle ne l'aurait pas fait éternellement. À un moment donné, elle se serait heurtée à un mur. Il est difficile de dire ce qu'ils auraient fait à ce moment-là. Ils se seraient au moins méchamment disputés à ce sujet.

— Absolument, acquiesça Nan. Quand on y pense, qu'est-ce qu'il se passe dans les méchantes disputes ?

— Les gens sont blessés, affirma Doreen sans ambages.

Nan hocha la tête.

Doreen détestait même penser à quelque chose comme ça, et pourtant cela ne signifiait pas qu'un meurtre avait eu lieu. Cela ne signifiait certainement pas que quelqu'un avait été physiquement blessé, mais les mots auraient volé, et les sentiments auraient certainement vacillé.

Nan se leva et annonça :

— J'ai failli oublier.

Et elle revint avec des douceurs dans un panier. Thaddeus étirait son cou au maximum pour regarder dans le panier.

Doreen dévisagea sa grand-mère.

— Qu'est-ce que tu as fait ? Tu as encore pillé la réserve de Richie ?

Nan s'esclaffa.

— Étant donné qu'il prend tout ça parce qu'il dit que tu vas passer, je ne me sens pas mal d'aller chercher quelques pièces pour nous.

Doreen était bouche bée.

— Il fait quoi ?

Sa voix s'éleva si haut qu'elle couina. Mugs se retourna pour la regarder, mécontent d'avoir été interrompu dans sa sieste. Puis son museau se dressa et il poussa le genou de Nan à la recherche de l'odeur en question.

Nan continua de rire, puis caressa la tête du chien.

— Richie n'hésite pas à profiter du scénario pour s'offrir quelques petites choses en plus, expliqua-t-elle. Tu ne peux certainement pas lui en vouloir.

— Je ne lui en veux pas, dit Doreen, mais je ne peux pas dire que je sois très impressionnée par l'idée qu'il m'utilise comme bouc émissaire pour obtenir des douceurs.

— Tu n'es pas vraiment un bouc émissaire, ma chérie, pouffa Nan. Le fait est qu'il aime avoir plus de choses à grignoter et savoir qu'il ne mourra pas de faim. Et avoir quelque chose comme ça à sa disposition ? Ça fait partie du système.

Doreen était désarçonnée.

— Il ne m'est jamais venu à l'esprit qu'il prenait toutes ces douceurs en mon nom.

— Depuis que tu es devenue une aide précieuse ici, expliqua Nan, ils sont plus qu'heureux de partager quelques douceurs, alors ce n'est pas un problème. Qu'est-ce que quelques biscuits pour eux ?

La vieille dame tira le torchon sur le panier et, comme on pouvait s'y attendre, il y avait six gros cookies. Nan en choisit un et dit :

— On en a à disposition toute la journée, alors ce n'est pas un problème.

Il n'y avait pas grand-chose que Doreen puisse répondre à cela, mais elle se sentait bizarre.

— Je préférerais qu'il ne fasse pas ça en mon nom, insista-t-elle.

Nan opina d'un air suffisant.

— Évidemment. D'un autre côté, il ne fait de mal à personne.

Il était difficile de dire si c'était vrai ou non, parce que Doreen n'était pas vraiment une résidente ou une participante volontaire à cette accumulation de nourriture en son nom. Elle se sentait mal d'entendre les manigances de Richie, pourtant, Doreen prit un cookie, le regarda, n'en voulut pas vraiment, puis se rendit compte qu'elle en voulait vraiment, mais qu'elle n'en voulait pas à cause de la façon dont il avait été obtenu.

— Si tu allais chercher des cookies maintenant, est-ce qu'ils t'en empêcheraient ? interrogea la jeune femme.

— Non, bien sûr que non, répondit Nan. On a le droit d'aller chercher des cookies tout le temps, mais il faut que tu comprennes. C'est beaucoup plus amusant comme ça.

Doreen ferma les yeux et grommela.

— Ça se résume donc à ça pour vous, *s'amuser* ?

— Bien entendu, pourquoi pas ? répliqua Nan. On n'a pas grand-chose d'autre à faire. À moins que tu ne nous ramènes d'autres problèmes à résoudre.

— Ce n'est pas exactement ce que j'avais prévu pour la journée, maugréa Doreen.

— Voilà, donc c'est un bon moyen pour Richie de rester occupé. En plus, ça le fait sourire de penser qu'il a quelque chose pour rien. Le fait est qu'il paie pour ça, et qu'il peut en avoir quand il veut. Il n'obtient donc rien qu'il n'aurait pas le droit d'avoir.

Doreen ne pouvait qu'être contente, et elle s'installa confortablement pour savourer le cookie.

— Je me sens quand même un peu mal.

Nan lui tapota la main.

— C'est rien. Ne t'inquiète pas pour ça.

Mais, bien sûr, lui dire de ne pas s'inquiéter était une tout autre histoire que d'être capable de ne pas s'inquiéter. Elle soupira et déclara :

— Je préférerais qu'il prenne des choses pour lui-même

et non pas parce qu'il pense que je les veux. Je ne veux pas avoir à me justifier.

— Oh, je ne ferais pas ça, s'alarma Nan. Ça gâcherait tout.

— Dans ce cas, tu devrais peut-être lui dire de ne pas le faire, suggéra Doreen, avant que je ne me sente obligée de dire quelque chose.

Nan fronça les sourcils.

— Tu es vraiment une rabat-joie.

Doreen rit.

— Si c'est ainsi que tu veux voir les choses, alors très bien. Cependant, je préférerais de loin que Richie ne m'utilise pas comme excuse.

— D'accord, céda Nan, mécontente. Mais il y a de fortes chances qu'il n'y ait plus de douceurs quand tu viendras.

— Tant pis, alors, affirma Doreen.

Nan secoua la tête.

— Tu as une sacrée morale.

— Oui, confirma la jeune femme, et j'aimerais que ça reste ainsi. Maintenant que tu m'as dit ce qu'il fait, je ne peux en aucun cas le laisser continuer en toute bonne conscience.

Nan soupira.

— Très bien. J'avais dit à Richie que tu serais vieux jeu à ce sujet.

— Dans ce cas, pourquoi l'as-tu laissé faire ?

— Quelle différence cela fait-il ? rétorqua Nan. On les paie de toute façon. Ce n'est qu'un jeu, ma chérie.

Doreen le comprenait, mais cela ne l'aidait pas beaucoup. Elle resta suffisamment longtemps pour que ce désagrément s'estompe, puis elle finit par annoncer :

— Je dois rentrer à la maison. Je suis trop fatiguée pour

fonctionner correctement pour l'instant.

— Tu es clairement grognon.

Doreen soupira.

— Peut-être que tu le vois ainsi, et je suis désolée si je t'ai contrariée.

— Oh, arrête. Je ne suis pas contrariée. Je sais seulement que Richie trouvera un autre moyen d'exploiter le système.

— Pourquoi ne demande-t-il pas simplement plus de cookies, au lieu d'essayer d'exploiter le système ?

— Parce qu'il s'ennuie, ma chérie. Trouve-nous d'autres problèmes sur lesquels travailler, et il ira bien.

Doreen secoua la tête.

— Ce n'est pas si facile à faire.

— Bien sûr que non, concéda Nan, c'est pourquoi on fait ce qu'on fait, tout ce qui peut aider à passer le temps.

Sur ce, elle emballa les deux derniers cookies et dit :

— Tiens. Autant que tu les prennes.

— Pourquoi ? demanda Doreen avec méfiance.

— Parce que ce seront sûrement les derniers que tu auras.

Chapitre 21

DOREEN NE SUT même pas quoi répondre. Toutefois, elle rentra chez elle avec les cookies que Nan lui avait donnés et ses animaux, remontant lentement le ruisseau. Elle essayait de comprendre ce qu'elle était censée faire à propos de cette conversation sur Richie. Elle ne voulait pas que quelqu'un profite de n'importe quelle situation, surtout en son nom.

S'il voulait essayer d'obtenir quelque chose gratuitement, il pouvait le faire au nom de quelqu'un d'autre, comme le sien. Pourtant, elle savait aussi qu'elle se sentait plus grincheuse parce qu'elle n'avait pas assez dormi.

Alors qu'elle remontait le ruisseau en prenant son temps, jouant avec les animaux au passage, elle fut arrêtée par un couple.

La femme s'extasia devant Mugs.

— Il est adorable.

Mugs, bien sûr, se pavana comme s'il était absolument parfait, mais Thaddeus n'était pas content d'être mis à l'écart. Il poussa un cri, sortant la tête des cheveux de Doreen, puis cria de nouveau.

La femme s'écria et recula d'un bond. Le mari éclata de

rire, attrapant sa femme qui trébuchait. Lorsqu'elle retrouva enfin son calme, elle secoua la tête.

— Mon Dieu, murmura-t-elle. Je ne m'attendais certainement pas à ça.

Doreen sourit.

— Thaddeus aime soigner son entrée, dit-elle affectueusement en tapotant l'oiseau fou sur le côté.

— Thaddeus est là. Thaddeus est là, chanta-t-il.

— Oh là là, se fascina la femme. Il sait parler ?

— Oui, et pas toujours quand on le souhaite, ajouta Doreen avec un petit rire. Plus souvent quand on ne le souhaite pas.

À ce moment-là, Thaddeus la regarda d'un œil sévère et s'écria doucement :

— Thaddeus aime Nan. Thaddeus aime Nan.

— Oui, je sais, chuchota-t-elle.

Puis il voulut se racheter :

— Thaddeus aime Doreen.

Elle sourit, lui caressa doucement la tête.

— Comme vous pouvez le constater, dit-elle au couple qui l'observait avec fascination, c'est un sacré personnage.

La femme acquiesça, comme si elle était incapable de parler.

— Je n'aurais jamais cru qu'ils puissent être capables de ça, dit-elle, avec un sourire. Maintenant, je sais qui vous êtes.

Le cœur de Doreen se serra, mais elle opina lentement.

— Peut-être. Mes animaux ont tendance à me trahir.

Le couple s'esclaffa.

— Je me suis interrogé quand je les ai vus, mais quand Thaddeus a commencé à parler, précisa son mari, c'est un signe qui ne trompe pas.

— Oui, il a tendance à dévoiler tous mes secrets, plaisanta Doreen en levant les yeux au ciel.

L'autre femme sourit.

— Vous avez vraiment de la chance, vous savez ?

— Je sais, acquiesça Doreen avec un large sourire. Les animaux, à défaut d'autre chose, enrichissent ma vie de bien des façons.

— C'est très beau à voir, affirma la femme.

Elle se tourna vers son mari et passa son bras sous le sien.

— Nous sommes ravis de vous avoir rencontrés. Nous avons beaucoup voyagé. Nous vivons au sud-est de Kelowna. Mais nous aimons venir ici et nous promener sur la voie verte le long de la rivière, expliqua-t-elle en souriant. C'est sympa de vous voir ici.

Doreen hocha la tête.

— C'est l'un de mes endroits préférés. Il s'y passe toujours quelque chose.

— Comme si vous n'en aviez pas assez dans votre vie, où il se passe toujours quelque chose, nota l'homme en souriant.

— Sud-est de Kelowna, vous dites ?

Le mari acquiesça.

— Oui, nous habitons près de – il se tut, regarda sa femme –, près de la zone du verger. Je dirais bien près de chez Meredith, mais ça évoque toujours ce qu'il s'est passé il y a si longtemps.

— Certes, mais Doreen ne vit pas ici depuis longtemps, précisa sa femme, alors peut-être qu'elle n'est pas au courant.

— Sauf que je me penche sur l'affaire de Dennis, murmura Doreen.

Ils la dévisagèrent.

— Vraiment ? Pourquoi ?

— Parce qu'il n'y a pas eu de réponses. Parce qu'il n'y a pas eu de progrès. Peut-être qu'il n'y aura rien à trouver. Je n'en sais rien.

— Vous avez raison de dire qu'il n'y a pas de réponses et qu'il n'y a pas de progrès, répondit le mari. Je ne peux pas imaginer que ce soit une façon saine de vivre pour qui que ce soit.

— Exactement ce que je pense, approuva Doreen, et ses deux garçons.

— Eh bien, ce sont des hommes maintenant, rectifia le mari. De bons hommes. L'un d'eux est à l'université aux États-Unis, je crois, bien qu'il rentre sûrement ici durant l'été, et l'autre travaille à la ferme avec sa mère.

— Je n'ai entendu que des bonnes choses à leur sujet.

— Et pour cause, souligna le mari. Ces garçons se sont consacrés à leur mère, et elle a traversé une période très difficile lorsque son mari a disparu comme ça.

— C'est fou, n'est-ce pas ? s'enquit Doreen. Je n'ai pas trouvé de raison pour qu'il disparaisse du jour au lendemain.

— Il y a toutes sortes de raisons, répondit le mari en la regardant, perplexe.

— Je veux dire, pourquoi un homme quitterait-il sa femme, ses deux enfants, sa ferme, ses comptes en banque, tout ? songea Doreen. Surtout s'il est parti seul.

— C'est toujours la grande question, n'est-ce pas ? dit-il.

Sa femme acquiesce.

— Pour moi, il n'y a pas de raison suffisante pour faire ça, à moins que…

Elle se tut et hésita.

— À moins que ? insista Doreen.

— À moins qu'il n'ait essayé de protéger sa famille.

— J'y ai pensé, reconnut Doreen. Jusqu'à présent, je n'ai pas vraiment entendu parler de sa personnalité, en dehors de ses liaisons.

L'autre femme grimaça.

— Et vous ne pouvez pas écouter des ouï-dire à ce sujet. Les femmes lui couraient vraiment après.

Doreen la fixa.

— C'est un point de vue intéressant.

— Pourquoi ?

— Je suppose qu'elle a déjà entendu toutes les rumeurs, devina son mari.

— J'ai parlé à des femmes qui ont potentiellement eu des liaisons avec lui, déclara Doreen, je ne sais donc pas quelle est la part des rumeurs et celle des faits à ce stade.

— Vous avez parlé à certaines femmes ? interrogea la femme, choquée. Vous voulez dire que c'est vrai ?

— Tout à fait, confirma Doreen.

— Plusieurs d'entre elles ?

Les époux échangèrent un regard, puis se retournèrent vers Doreen.

— Nous avons toujours cru Dennis quand il disait que les femmes lui couraient toujours après et qu'il n'avait rien à voir avec ça.

— Dans ce cas, il a menti, nota Doreen.

— Vous avez des preuves ? questionna la femme.

— Je ne suis pas sûre qu'il faille beaucoup de preuves pour ce genre de choses, mais j'ai plus ou moins confirmé que deux femmes fréquentaient Dennis, de la bouche même des intéressées. Ensuite, il a été question de beaucoup d'autres femmes, mais sans les nommer.

— Wouah, souffla l'épouse, reculant d'un pas. C'est un choc. Nous lui faisions vraiment confiance.

— Ce n'est pas parce qu'il était volage qu'il était une personne terrible à tous points de vue, corrigea Doreen.

— Non, non, bien sûr que non, mais nous pensions que

ça n'avait rien à voir avec la raison de son départ.

— Si l'on ajoute les petits amis et les maris jaloux, et tous ceux qui ont pu être impliqués, suggéra Doreen, la raison entre certainement en ligne de compte.

Le mari la dévisagea, puis hocha lentement la tête.

— Je m'appelle Michael et voici ma femme, Marla. Nous connaissions le couple à l'époque, mais nous avons tellement voyagé que nous avons un peu perdu le contact. Chaque fois que nous revenons, nous avons l'impression que tout est nouveau.

— Alors que les gens d'ici sont passés à autre chose, ajouta Marla en acquiesçant.

— Parce qu'il n'y a pas eu de progrès dans l'affaire, et ça m'a toujours étonné aussi, marmonna Michael. Je veux dire, quand on y pense, jusqu'où peut-on aller pour échapper à son passé ?

— À notre époque, on peut disparaître à jamais. Si on a un moyen de changer d'identité et d'avoir une source de revenus ou un moyen d'avoir assez d'argent pour disparaître, devina Doreen, on peut s'évanouir dans la nature.

— Ce n'est pas ce à quoi on s'attendrait de la part de gens comme ça, vous savez ? remarqua Marla.

— C'est ce qu'il nous reste, dit Michael avec tristesse, parce que nous les connaissions. Je veux dire, lui en particulier.

— L'avez-vous déjà vu avec quelqu'un ?

— Non, non, bien sûr que non, répondit Michael, et c'est en partie la raison pour laquelle nous n'avons pas cru tout ce que tout le monde disait par la suite. Nous lui avons fait confiance parce qu'il nous a dit qu'il ne trompait pas sa femme.

Il regarda son épouse et ajouta :

— Vous avez aussi parlé à sa femme, n'est-ce pas ?

— Oui, et elle était très contrariée que j'aie écouté ces rumeurs.

— Je vois, convint Michael. De toute façon, ce n'est pas ce que les gens veulent qu'on leur dise sur leur relation, alors ça ne doit pas être facile pour elle.

— Avez-vous parlé avec elle avant la disparition ou après ? demanda Doreen.

— Après, déclara Marla. Je sais que je n'aurais probablement pas dû. Que j'en parle a brisé quelque chose dans notre relation à ce moment-là.

Marla lança un regard désolé à son mari.

— Nous en avons souvent parlé entre nous depuis, et il n'y a pas de réponse facile.

Doreen sourit.

— C'est ça le problème. Ça peut prendre un certain temps, mais les réponses finissent par refaire surface. Ce qu'il faut, c'est que les gens s'ouvrent et parlent honnêtement. Tant que ce n'est pas le cas, beaucoup de choses restent enfouies. Mais l'enfouissement n'est pas non plus une bonne réponse, alors on attend que les gens s'expriment.

— Vous avez trouvé des gens qui se sont exprimés ? interrogea Michael.

— Pas encore, non, admit Doreen, mais je continue à espérer.

Il éclata de rire.

— Bonne chance avec ça. Il y a sûrement beaucoup de gens qui ont beaucoup de choses à dire à ce sujet, mais ce ne sera pas nécessairement quelque chose d'utile.

— Tout le monde a toujours quelque chose à dire, acquiesça Doreen en souriant. Mais, comme vous l'avez fait remarquer, il s'agit souvent d'un problème à régler, ou de griefs sur la façon dont ils ont été traités par cet homme, en particulier lorsqu'il s'agit de femmes et de leurs partenaires.

Elle pensait au mari d'Adélaïde dans le parc. Mais tout cela n'est que du bruit émotionnel, et ce n'est pas nécessairement la vérité, car toutes les personnes impliquées dans la situation la verraient différemment.

— Il faut donc faire attention à ne pas faire de suppositions, dit Marla en se tournant vers elle. J'apprécie que vous vous y preniez en douceur. Je suis dévastée pour Meredith dans cette affaire. Elle était l'épouse innocente et, bien qu'ils se soient beaucoup disputés, elle était là pour ses enfants tout le temps. Elle faisait tout pour eux.

— Surtout dans le cas où le mari est volage, ce n'est pas quelque chose que l'on veut que les enfants découvrent.

— Oh, souffla Marla en frissonnant. Je ne peux pas imaginer combien ça a dû être terrible pour elle. J'espère que maintenant qu'ils sont adultes, ils comprendront un peu mieux.

— Peut-être, dit Doreen.

— Comment avez-vous découvert cette affaire ? demanda Michael avec curiosité. Vous cherchez toujours des affaires classées ?

— Dans une précédente affaire non résolue, j'avais travaillé sur un couple qui avait disparu, donc deux personnes disparues, expliqua-t-elle en y repensant. Et puis j'ai vu une image de drone du jardin de Meredith aménagé en rocaille. Jardinant moi-même un peu, je ne suis pas douée, loin de là – Doreen rit –, mais je suis fascinée par les jardins, et j'ai été très intéressée par ce xéropaysage.

Michael sourit.

— Nous en avons un similaire. Je crois que Dennis voulait vraiment en installer un, mais elle était contre.

Doreen hocha la tête.

— Elle m'a dit que c'était pour l'honorer, qu'elle regrettait d'avoir attendu tout ce temps et qu'elle s'était dit qu'elle pouvait faire cette chose pour honorer sa mémoire pour les enfants.

— C'est aussi ce que j'ai entendu de Meredith, précisa Marla. Quand il a disparu, et qu'ils n'avaient rien, pas de tombe, pas de corps, elle a créé ça pour la famille.

— C'est charmant, approuva Doreen en souriant. Je pense qu'il est important pour les personnes qui survivent d'avoir un endroit où aller et dire au revoir. Alors avoir un jardin comme ça en sa mémoire… je peux le comprendre.

Elle fit un léger signe de tête au couple.

— Je connais pas mal de gens qui prennent les cendres de leur bien-aimé et les répandent autour de l'arbre qu'ils ont planté, pour qu'il puisse créer une nouvelle génération de vie.

Le couple acquiesça.

— C'est exactement ce qu'elle essayait de faire. C'était très émouvant pour elle, je le sais. Nous sommes passés la voir peu de temps après ; elle était très fatiguée et stressée, et elle avait l'air d'avoir le cœur brisé.

— Évidemment, ajouta Michael.

— Combien de temps après l'a-t-elle créé ? questionna Doreen.

— Je ne sais pas exactement. Sur le moment, ça m'a semblé un peu rapide, mais je sais que les enfants réclamaient vraiment leur père et voulaient savoir où il était et ce qu'il s'était passé. Et elle cherchait à trouver une réponse qui les apaiserait.

— Ce qui n'est jamais facile, releva Doreen.

— C'est certain et, dans ce cas, les enfants étaient encore plus catégoriques parce qu'ils avaient passé beaucoup de temps avec lui.

Doreen sourit.

— Autant de bonnes raisons.

Le couple lui rendit son sourire.

— Si vous trouvez des réponses, dit Marla, ce serait gentil de nous en faire part.

Doreen s'esclaffa.

— Je suis sûre que, si je trouve des réponses, *tout le monde* sera au courant.

— Surtout maintenant que vous avez un fan-club et que vous êtes suivie par d'autres, déclara Marla.

Doreen haussa les épaules.

— Je reconnais que de plus en plus de gens nous reconnaissent, moi et les animaux, chaque fois que nous sortons… mais je ne sais pas si j'ai un fan-club. Beaucoup de gens ne sont pas toujours satisfaits de mes enquêtes.

— Pourquoi ? s'étonna Marla.

— Parce que s'ils sont coupables d'un scénario qu'ils ne veulent pas voir dévoilé, et que j'arrive, qu'il s'agit probablement d'une de mes affaires, et que je l'expose au monde, alors ces personnes n'apprécient généralement pas.

Michael éclata de rire.

— Oh, ça, je comprends tout à fait. Nous n'avons rien à cacher, ce n'est donc pas notre problème. Mais comme c'était notre voisin, et un bon voisin de surcroît, ce que vous venez de dire à propos de ses liaisons est troublant. C'est troublant, car nous l'ignorions.

— Personne ne devrait accepter quoi que ce soit aveuglément, nota Doreen avec un léger sourire, surtout lorsqu'il s'agit de nos amis. Il est important de garder leur mémoire vivante et d'oublier toutes les autres rumeurs qui vont avec.

Marla la regarda avec reconnaissance.

— Merci pour ça, parce que vraiment, c'était un homme bon. Je ne sais pas ce qu'il en est du reste, mais tout ce que nous avons vu montrait qu'il était un père attentionné et un homme bon.

— Et c'est à ça que vous vous accrochez. Je n'essaie pas d'éclater votre bulle, mais si la vérité s'avère différente, vous devrez y faire face à ce moment-là. Pour le reste, je ne m'inquiéterais pas. La vie suit son cours, et nous passons tous à autre chose.

Cela dit, Doreen ajouta :

— En parlant de ça, je vais rentrer chez moi.

Elle salua le couple d'un signe de la main et reprit le chemin de la maison avec ses animaux.

Chapitre 22

À PRÉSENT CHEZ elle, Doreen se demanda si elle devait reparler à Meredith. Celle-ci serait-elle disposée ? Doreen ravivait des cicatrices douloureuses. Elle y réfléchit, puis lui envoya un SMS pour demander si elle pouvait venir voir sa rocaille. Meredith lui répondit par un point d'interrogation.

Doreen soupira et lui téléphona pour lui expliquer.

— Je suis un peu folle de jardinage et je me demandais si ça vous dérangerait que je vienne observer le jardin à l'avant de votre maison. Je ne veux pas m'imposer, mais j'aimerais vraiment le voir.

— Si je ne peux pas me débarrasser de vous, autant que je m'entende avec vous, concéda Meredith d'une voix dure. Alors, passez. Mais ne creusez pas. Il y a toutes sortes de lignes électriques enterrées dans le coin que vous pourriez déranger.

— Entendu, acquiesça Doreen. J'imagine que ça veut dire que vous avez un minimum d'irrigation ?

— Oui, mais ce n'est pas quelque chose dont on a besoin. C'est plus au cas où.

— D'accord. J'aimerais beaucoup le voir.

Une fois l'appel terminé, elle rassembla les animaux et

leur annonça :

— Je ne sais pas où on va avec ça, mais je dois l'examiner de plus près. Alors, tenez-vous bien, s'il vous plaît.

Elle avait aussi besoin de revoir les images du drone. Elle conduisit jusqu'à la propriété et se gara juste devant le jardin avant. Elle envoya un message à Mack pour lui indiquer où elle se trouvait. Doreen n'était pas sûre de pouvoir retrouver les images du drone, ni même de savoir comment elle était tombée dessus. Puis elle rangea son téléphone, attrapa les deux laisses et se dirigea vers la maison. Les animaux pointaient leurs museaux vers le ciel, reniflant les alentours.

Meredith l'attendait, la mine renfrognée.

— Vous n'avez pas perdu de temps. Ça ne me plaît vraiment pas que vous vous mêliez de ma vie.

— Je suis désolée, s'excusa Doreen en hochant la tête. Je comprends.

— Je me le demande, rétorqua Meredith d'une voix neutre. J'ai saisi. Tout le monde essaie de retrouver mon mari, mais croyez-moi, à ce stade, je ne sais pas si j'en ai quelque chose à faire.

— Et croyez-moi. À ce stade, je le comprends aussi, confirma Doreen, avec un sourire. Depuis combien de temps a-t-il disparu ? S'il est parti de son plein gré, qui voudrait avoir affaire à lui de toute façon ?

Meredith opina, surprise.

— Exactement. Je ne m'attendais pas à ce que vous compreniez ça.

Elle scruta les animaux, puis secoua la tête, comme si elle avait tout vu et qu'un chat en laisse ne valait pas la peine d'une remarque.

— Je comprends toutes sortes de choses, affirma Doreen, lui adressant un sourire rassurant. Je suis désolée que vous ayez traversé tant d'épreuves.

— J'ai été élevée pour exercer un dur labeur et en être fière, pas pour rester plantée là et fuir mes responsabilités, riposta Meredith. Alors, quand Dennis a disparu, je me suis plongée dans le travail. Ça m'a permis de rester concentrée.

Elle s'éloigna d'un pas, fixant sa terre du regard, les mains sur les hanches.

— Le problème quand on est élevé de cette façon, c'est que personne n'a élevé le reste du monde de cette façon, et on finit par avoir l'air d'une idiote quand nos attentes à l'égard des autres ne se concrétisent pas. Je suis sûre que vous avez déjà entendu toutes les rumeurs sur les liaisons de mon mari.

— Des rumeurs ? s'enquit Doreen.

Mugs tira sur sa laisse, demandant un peu de mou.

Meredith lui lança un regard noir.

— D'accord, ce n'étaient pas des rumeurs. Vous avez manifestement entendu parler des liaisons.

— Oui, et j'en suis désolée.

Meredith désigna Mugs et s'exclama :

— Vous feriez mieux de le détacher. C'est un chien. Il ne fera rien de mal ici.

Doreen se pencha pour détacher son chien. Goliath resta allongé à ses pieds, la queue vacillante, sans aucune envie d'explorer. Il n'était donc pas nécessaire de le lâcher pour l'instant. Doreen reporta son attention sur Meredith et, avec une compréhension tranquille, ajouta :

— Rien de tel que de se faire ridiculiser par quelqu'un qu'on aime.

Meredith pouffa.

— J'aurais dû divorcer quand je l'ai découvert la première fois, mais j'ai pensé que c'était mieux pour les enfants que l'on reste ensemble – sauf que Dennis ne se souciait manifestement pas non plus que les enfants le découvrent. Quand il a disparu, la police m'a examinée de très près, mais je n'avais rien à voir avec ça.

Doreen croyait Meredith. Pourtant, elle s'était déjà trompée par le passé.

— Que ressentiez-vous pour lui à la fin ?

— J'aurais sûrement divorcé dans les mois qui ont suivi, et c'est peut-être ce qu'il avait en tête lorsqu'il est parti. Je ne sais pas. Mais je ne voulais surtout pas que mes enfants pensent qu'il s'agissait d'une relation conjugale acceptable. Quoi que Dennis ait fait, il a fait du bon travail. Il est parti pour de bon, constata Meredith avec amertume. Et moi… ? Il m'a laissée avec le bébé sur les bras.

Elle fixa la rocaille, détournant le regard de Doreen.

— Je déteste ça, vous savez ?

— Le jardin ? s'étonna Doreen.

Elle se retourna et vit Mugs marcher jusqu'au centre du jardin pour uriner. *Argh.* C'était quand même mieux que de faire la grosse commission. Quand il eut fini, il renifla les alentours, puis s'allongea et laissa tomber sa tête sur ses pattes.

— Oui, il en a toujours voulu un. Je n'en voyais pas l'intérêt. On avait un grand verger, et l'arrosage n'était pas vraiment un problème dans notre monde. Bien sûr, on a des droits sur la rivière, et certaines années, l'eau a été un problème, mais j'ai créé ce jardin pour donner aux enfants quelque chose qui leur permette d'honorer leur père, même si une partie de moi avait envie de dire : *Arrête, laisse tomber.* Je m'imaginais avoir une conversation avec Dennis, essayant de me convaincre qu'il s'était enfui et qu'on n'en a plus rien à faire, mais je n'y suis jamais parvenue.

Elle se tut et observa le ciel pendant un long moment.

— Il m'a tellement perturbée dans les jours qui ont précédé son départ. On se disputait constamment, une fois que j'ai découvert sa liaison avec Adélaïde, je lui ai dit que c'était fini, qu'il n'y avait pas de seconde chance avec moi, qu'il n'avait qu'à aller se faire voir et disparaître. Il m'a dit à l'époque qu'il n'était pas question qu'il disparaisse. Il avait investi trop de temps et d'argent dans cet endroit, et si quelqu'un devait s'en aller, ce serait moi.

— Il a dit ça ? demanda Doreen, étonnée.

— Oui. Je lui ai dit exactement ce que je pensais de cette idée, et il n'a pas été très content quand je lui ai expliqué les conditions de l'héritage. Je suppose qu'il n'était pas au courant. Apparemment, je ne lui en avais pas parlé avant.

Meredith rit.

— Je n'en ai pas fait grand cas, et il était très en colère d'apprendre que la ferme ne pouvait pas être vendue et qu'il n'obtiendrait rien de moi. Il était furieux.

— J'imagine bien.

— Je comprends maintenant pourquoi mon père, Danny, a fait ce qu'il a fait et mon grand-père Johnson avant lui. Ils ont placé la ferme familiale dans un trust familial. Elle aurait toujours été misérable pour un homme comme Dennis, qui cherchait la facilité au lieu d'avoir la même éthique de travail que celle qui m'a été inculquée, souligna Meredith. Alors, quand Dennis est parti, je n'ai pas été vraiment surprise. Lorsque son pick-up a été retrouvé, j'ai bien sûr été reconnaissante de l'avoir signalé, car je n'avais rien fait de mal. Je ne ferais jamais ça à cause de mes enfants.

— Ce serait la pire chose à faire pour les enfants s'ils l'apprenaient après coup, convint Doreen.

— Le problème, c'est que lorsque l'histoire a éclaté, à

propos de toutes les liaisons – de certaines liaisons, corrigea l'épouse, beaucoup de mes voisins n'ont pas voulu y croire. Et je n'ai certainement pas fait tout ce qui était en mon pouvoir pour les encourager à y croire. Je veux dire, pourquoi aurais-je fait ça ?

Elle se tut et balaya la ferme du regard, avant de se ressaisir.

— C'était déjà assez difficile d'être la risée de tous, reconnut-elle, sans avoir à rester plantée là et à confirmer les soupçons de tout le monde, mais ce n'était pas facile.

Puis Meredith fit face à Doreen, son visage se durcissant et son comportement changeant du tout au tout.

— Alors j'apprécierais vraiment que vous fassiez ce que vous avez à faire et que vous partiez.

Doreen acquiesça en silence.

— La création du jardin n'était pas une mauvaise idée.

— Non, c'était une bonne idée, et malheureusement c'était aussi une bonne idée pour ce stupide jardin, car ça nous a permis d'économiser de l'eau, et il s'est épanoui, grommela Meredith. Regardez-le. Il brille de mille feux. C'est une autre raison pour laquelle je le déteste, parce que Dennis avait raison, bon sang. Il avait raison, et c'était une chose de plus que je devais voir constamment, même si je ne veux rien avoir à faire avec ça ou avec lui.

Doreen arqua un sourcil.

— Je suis contente qu'il soit parti… Sans vouloir vous offenser. S'il est mort, j'en suis désolée, mais je n'y suis pour rien, nota-t-elle amèrement. Il m'a fallu beaucoup de temps pour affronter tous les voisins, les questions et les soupçons de tous ceux qui m'entourent, mais on y est enfin. On en est enfin au point où l'eau a coulé sous les ponts, où je peux à nouveau garder la tête haute. Et voilà que vous vous en mêlez.

La voix de Meredith était presque hystérique.

Doreen grimaça.

— Je comprends, et je suis vraiment désolée.

— Mais pas assez désolée, c'est ça ? répliqua Meredith. Ce n'est pas comme si vous alliez tourner les talons et oublier cette histoire, je me trompe ?

Doreen secoua lentement la tête.

— Non. Je peux vous dire que je n'ai pas encore de réponses et que je ne suis pas allée très loin, mais j'ai une idée de ce qu'il s'est passé.

— Même ça, c'est plus que ce que n'importe qui d'autre a trouvé, non pas que je sois terriblement impressionnée par une *idée*.

Doreen lui sourit.

— Je comprends. Donnez-moi une chance de résoudre cette affaire. Si on parvient à la vérité, vous serez libre comme l'air.

— Peut-être, marmonna Meredith en regardant autour d'elle. Il y a toujours cette peur, vous savez ? La peur que ce soit quelqu'un de l'entourage. La peur que la même personne revienne et vous élimine aussi. La façon dont Dennis a disparu… ? Laisser son pick-up comme s'il s'était arrêté sur le bord de la route, et que quelqu'un soit venu le chercher à cet endroit convenu d'avance, m'a fait penser que c'était l'une de ses petites amies. Ça m'a toujours dérangée de ne pas savoir de qui il s'agissait parce que les suspects étaient tous encore en ville. Et le véhicule n'a pas été laissé là où je pensais qu'il serait. La ferme familiale s'étend sur des kilomètres et des kilomètres, alors il n'est pas rare que l'un d'entre nous saute dans une voiture et se rende dans un autre champ pour faire ce qu'il a à faire.

— Ça a dû être difficile. Le pire, c'est de ne pas avoir de réponses.

— Tout à fait. Je me suis également inquiétée pour toutes les femmes de la ville, me demandant qui d'autre avait eu une liaison avec mon mari, alors que je n'en savais rien. Je m'interrogeais sur une personne qui *avait* eu une liaison avec mon mari et qui était malheureuse qu'il retourne toujours chez lui.

Meredith secoua la tête et reprit.

— Croyez-moi. Ça ne favorise pas les relations entre voisins. Ce n'est plus la même ville qu'avant.

— Je ne suis pas sûre qu'elle ait jamais été la ville que tout le monde pensait, glissa Doreen, mais ce n'est pas une mauvaise ville. C'est juste un lieu. Ce sont les gens qui la rendent bonne ou mauvaise.

Meredith lâcha un rire amer.

— C'est facile à dire pour vous. Vous n'avez pas été la cible des plaisanteries et des moqueries de tous ceux qui vous entourent.

Doreen fit grise mine.

— Je ne vais certainement pas vous raconter ma vie, commença-t-elle, mais j'ai été la cible de nombreuses plaisanteries. J'ai moi-même été prise pour une potiche.

Elle essayait de clarifier la situation parce qu'elle avait besoin que Meredith sache qu'elle comprenait parfaitement la gravité de sa situation.

— Tout mon groupe d'amis hautains a pensé que c'était la meilleure blague qui soit.

Meredith la regarda avec stupeur.

Doreen hocha la tête.

— Oui, donc je comprends un peu ce que vous traversez. Personnellement au moins, j'ai pu tourner la page. En attendant, je suis toujours en train de m'occuper de cette histoire de divorce. Qui aurait cru que ce serait si pénible ?

Meredith rit.

— Les divorces sont toujours pénibles. Tout le monde veut plus que ce qu'il devrait avoir, et celui qui l'a ne veut jamais partager, confirma-t-elle. Apparemment, c'est une règle de vie.

— Je ne l'ai jamais vraiment compris, avoua Doreen en souriant, et mes amis disaient tous que j'étais stupide et naïve.

La jeune femme leva les mains. Mugs aboya dans le jardin et elle soupira.

— Viens ici, Mugs. Allez, mon bonhomme.

Il se leva lentement et trotta vers elle. Elle se baissa et lui remit sa laisse.

— Donc, je comprends. Ce n'est pas un chemin facile pour nous deux. Mais si on parvient à obtenir des réponses pour vous, alors j'aimerais penser que tout ça s'apaisera peut-être.

Doreen avisa le jardin.

— Vous faites tous les travaux manuels vous-même ?

— Pas tous. Il y a dix ans, mes enfants étaient trop petits. J'aurais passé des jours à pelleter, mais mon père m'a aidée, expliqua Meredith, et on a du matériel ici. Certains gars sont venus pour faire des travaux de terrassement. J'en ai fait livrer une grande partie. Je n'avais pas vraiment l'argent pour une telle dépense à l'époque, mais qu'est-ce que j'étais censée faire ? Certains pensaient que c'était étrange parce que j'avais fait les choses rapidement, mais je savais aussi que Dennis ne reviendrait pas. Pas après la dispute que nous avions eue, pas après avoir découvert qu'il n'aurait rien. C'était vraiment un cas où il en avait sa claque, et où j'étais de l'histoire ancienne. Et ça n'a pas été si rapide. J'ai attendu que le printemps s'installe complètement, et puis c'était fini.

— Quand avez-vous commencé les travaux ? interrogea Doreen.

— Dennis avait commencé le jardin. Il voulait le faire lui-même. C'était une pomme de discorde entre nous, alors il a commencé et s'est arrêté. Il était doué pour ça. Il était doué pour lancer des projets et ne pas les mener à terme. Il n'allait jamais au bout des choses. Le jardin était donc déjà en chantier, et je l'ai simplement terminé. Ce n'est qu'avec le temps qu'il est devenu un mémorial. Faites ce que vous avez à faire. Je dois me remettre au travail.

— Où est votre père maintenant ?

— Il vit dans la maison là-bas, répondit Meredith en désignant sa gauche. Tout ça fait toujours partie de la même propriété. Il peut rester ici jusqu'à la fin de ses jours.

— Votre mari aurait-il pu empêcher ça ?

— Pas de mon vivant, déclara Meredith en riant. Les membres de ma famille sont très proches et très attachés à faire ce dont chacun a besoin pour survivre, alors non. Il n'aurait pas pu gâcher ça.

— Vos parents étaient-ils heureux quand vous l'avez épousé ?

Meredith réfléchit avant de répondre.

— Ils n'étaient pas mécontents. Ils étaient absolument ravis de la naissance de leurs petits-fils, mais c'est ça la dynastie familiale, n'est-ce pas ? Poursuivre la lignée familiale, dit-elle en souriant, et *ça* les rendait heureux. Le reste ? Je ne sais pas. Je ne sais pas s'ils étaient au courant des liaisons. Je ne leur en ai pas parlé délibérément. Je ne pouvais gérer que certaines choses, et le fait de savoir que ma famille avait peut-être entendu parler de ces liaisons ne me convenait pas.

Meredith frissonna.

— Si seulement personne ne l'avait su, conclut-elle.

— En général, faire l'autruche, ça ne fonctionne pas, affirma Doreen.

Meredith la dévisagea.

— Ça devrait. Je n'ai rien fait pour mériter ça. Je n'avais pas besoin d'avoir toutes ces moqueries dans ma vie, riposta-t-elle. Ce n'est pas juste.

— Il y a tellement de choses injustes dans la vie, et je suis désolée pour ce que vous avez vécu, insista Doreen. J'espère qu'on pourra en finir avec cette affaire et que vous pourrez aller de l'avant.

Meredith opina lentement.

— C'est ce qui manque. Je n'ai pas réussi à aller de l'avant. Chaque fois que je me retourne, je m'attends à ce qu'il franchisse la porte, et je suis toujours pugnace à cause de la façon dont on s'est quittés.

Elle grimaça et continua.

— S'il revenait aujourd'hui, je lui claquerais la porte au nez et j'appellerais la police. Je ne pense pas que ce soit ce qu'il veuille non plus, alors je sais qu'il ne reviendra pas.

— Peut-être qu'il reviendra.

— *Non.* Je le savais déjà à l'époque. Je ne sais pas comment je l'ai su. Je le savais, c'est tout. C'était un de ces sentiments instinctifs, je savais qu'il ne reviendrait jamais à la maison. Alors que tous les autres exprimaient toute la compassion appropriée, me disant que ce n'était pas grave, qu'il reviendrait, je ne pouvais dire à aucun d'entre eux que j'étais ravie qu'il soit parti et que j'espérais qu'il resterait loin de nous. Personne n'aurait compris, et on me regardait déjà de travers. Les gens se demandaient si je l'avais tué, mais je ne l'ai pas tué. Je ne l'ai pas tué, s'écria-t-elle, de plus en plus hystérique, mais j'aurais voulu le faire. Pour ce qu'il m'a fait, pour ce qu'il a fait à mes enfants, pour avoir fait de moi la risée de tous et pour avoir fait en sorte que ses enfants découvrent ses liaisons, mais je ne l'ai pas fait.

Elle regarda Doreen, un regard sauvage dans les yeux, et répéta :

— Alors, dépêchez-vous de faire ce que vous avez à faire, et ensuite, s'il vous plaît, sortez d'ici et laissez-moi tranquille.

Et sur ce, Meredith se rua chez elle.

Chapitre 23

DOREEN RESTA UN moment à étudier la rocaille, à relever les dimensions et à observer les côtés. Les animaux déambulaient tranquillement non loin d'elle. La jeune femme voulait que la vidéo du drone confirme ses soupçons, et elle devait aussi parler au père et au grand-père de Meredith, ainsi qu'à quelques autres personnes. Elle savait aussi qu'il serait beaucoup plus difficile d'obtenir les réponses qu'elle souhaitait.

Avec Mugs en laisse, elle se posta sur le côté du jardin et examina les plantes. Lorsqu'elle eut enfin terminé, satisfaite de ce qu'elle avait vu, ou du moins de ce qu'il y avait ici, elle tourna les talons et, avec un signe de la main vers la fenêtre, elle retourna à son véhicule. Faute de mieux, elle pourrait laisser Meredith tranquille et lui apporter un peu de paix. Même si elle ne trouverait aucune tranquillité à cause de toute cette ingérence dans sa vie.

Doreen se rendit en voiture à la propriété suivante sur le terrain, où vivait le père de Meredith. Lorsqu'elle descendit de voiture, un vieil homme était assis dans un fauteuil à bascule sur le porche. Il l'avisa et continua à se balancer.

— Bonjour. Je m'appelle Doreen.

— Je sais qui vous êtes, cracha-t-il d'une voix ferme. Vous attirez les ennuis. Voilà ce que vous êtes.

Doreen grimaça.

— Je ne peux pas dire qu'on me l'ait souvent dit aussi crûment.

— Oh, vous êtes un vrai problème, insista-t-il. Vous êtes du genre à arriver avec un sourire, une jolie coiffure et tout ce soleil et ces roses, et tout de suite après, un homme se retrouve tout chamboulé. Vous attirez ce genre d'ennuis.

Doreen le dévisagea.

— Je n'attire pas ce genre d'ennuis, se défendit-elle. Je n'ai pas de liaisons avec des hommes mariés. Je n'ai pas de liaison avec quelqu'un dont j'ignore s'il est libre comme l'air, et je suis moi-même encore en train de gérer un divorce. Ce n'est donc pas comme si j'étais en position de créer des problèmes là où il n'y en a pas.

Il opina.

— Si vous le dites, mais je sais qui vous êtes. Vous êtes un problème.

Doreen ne sut quoi dire pour le convaincre du contraire, alors elle laissa tomber le sujet.

— Je suis venue vous poser des questions sur la rocaille de votre fille.

— Oui, des problèmes, répéta-t-il en hochant la tête.

— Je ne sais pas de quel genre de problème il s'agit.

Il se contenta de la regarder fixement.

— Vous êtes le père de Meredith ? lui demanda Doreen.

Il ricana.

— Je suis Johnson, le grand-père de Meredith. Mais je vous remercie pour le compliment, répondit-il avant de se tourner vers la porte ouverte. Hé, Danny, ramène ton cul ici.

Un autre homme âgé, mais pas autant que Johnson,

franchit le seuil et observa Doreen d'un air interrogateur.

— Bonjour, le salua-t-elle avec un sourire.

— Elle attire les ennuis, lança aussitôt Johnson.

Danny le regarda fixement.

— Tu dis ça de tout le monde de nos jours.

— Ouais, mais celle-là, c'est un problème, réitéra Johnson. Je lui parlerais pas, si j'étais toi.

Danny la regarda avec surprise.

Elle haussa les épaules.

— Je m'appelle Doreen et j'enquête sur la disparition de votre gendre.

Son visage se durcit.

— Ce bon à rien, ce minable ? Il a fait de ma fille la risée de tous, qui n'a fait que travailler dur pour lui, et c'est comme ça qu'il l'a traitée ?

Il secoua la tête avec dégoût.

— Je comprends. Personne dans votre famille n'est particulièrement préoccupé par sa disparition.

— Bon débarras, si vous voulez mon avis, déclara Danny d'un ton laconique. Qu'est-ce que ça a à voir avec vous de toute façon ?

— Des problèmes, marmonna Johnson.

Il recracha de la chique et ajouta :

— Elle n'est rien d'autre qu'un problème, Danny.

Doreen commençait à en avoir assez d'entendre cela.

— Je ne suis pas un problème, *sauf* si vous avez fait quelque chose de mal, et là, j'en serai peut-être un.

Elle haussa les épaules et continua.

— Je suis ici pour enquêter sur cette personne disparue et je vais peut-être clôturer cette enquête pour de bon. J'ai déjà parlé à Meredith, et je lui ai posé quelques questions sur la rocaille. Elle m'a dit que c'était vous qui l'aviez installée.

— J'en ai fait une partie, confirma Danny. Mon père en a fait une bonne partie aussi. Puis ce gendre inutile a fait de même. Il a retourné le sol, avant de laisser cette pollution visuelle en plan, sûrement pour nous énerver aussi. Il laissait souvent des travaux à moitié terminés comme ça. Alors on pouvait au moins faire ça pour elle, quand il est parti. Se débarrasser d'un autre souvenir hideux. On essayait aussi d'aider mes petits-fils à tourner la page, ils voulaient que ce soit fait parce que leur père l'avait laissé inachevé, lorsqu'il est parti pour Dieu sait où. Je ne sais pas combien de fois il a tout laissé en plan, sans parler de sa braguette.

Danny conclut par un grognement.

— Je suis désolée. Meredith a vécu des moments difficiles.

— Je vous le confirme. Alors, pourquoi vous voulez remuer tout ça encore une fois ? s'étonna Danny.

— J'ai seulement pensé que les enfants aimeraient peut-être avoir des réponses.

— Ces enfants sont des hommes maintenant, riposta Danny, et ils se sont faits à l'idée que leur père s'est fait la malle.

Doreen le fixa du regard.

— Même si ce n'est pas vrai ?

Les sourcils de Danny s'envolèrent vers la racine de ses cheveux.

— Vous avez une idée de ce qu'il s'est passé ? demanda-t-il.

— Non, pas du tout.

— Tu vois ? C'est un problème, c'est tout, repartit Johnson avec un regard noir.

Elle se tourna vers lui, essayant de garder son sang-froid.

— Je ne me considère pas comme un problème.

— Si, vous êtes un problème, maugréa Johnson.

Il ne cessa de le répéter.

Elle regarda Danny, qui fixait son père, l'air résigné.

— Je suis désolée, dit-elle en désignant Johnson.

Danny acquiesça.

— Apparemment, c'est ce qu'il nous arrive à tous lorsqu'on atteint cet âge avancé. On devient gaga.

— Je suis pas gaga, s'emporta Johnson. C'est un problème.

— Peut-être, peut-être pas, mais elle est là. Alors je dois répondre à ses questions pour qu'elle parte.

Johnson se tourna alors vers Doreen.

— Ou bien elle peut partir tout de suite.

Danny grimaça.

— Désolé, s'excusa-t-il auprès de Doreen. De toute évidence, ce n'est pas le bon moment pour parler.

— Je vois ça, convint-elle, hésitante. Je me demandais simplement quand vous aviez aménagé la rocaille et pourquoi vous aviez installé les tuyaux en dessous.

— Parce qu'on ne savait pas si ça allait fonctionner, expliqua Danny. Cette région est vraiment imprévisible. On peut avoir beaucoup d'eau, et parfois on n'en a pas. De nouvelles sources peuvent apparaître chaque jour, et il faut les acheminer vers un fossé, ce que tout le monde n'a pas. Il peut donc y avoir des années où il n'y a pas d'eau.

Il haussa les épaules et reprit.

— Il nous a semblé prudent d'installer en même temps des lignes d'irrigation, afin de ne pas avoir à creuser plus que nécessaire.

— Je vois, concéda Doreen. Et combien de temps après sa disparition avez-vous entrepris cela ?

— Peut-être seulement quelques semaines. Je ne sais pas

exactement quand. On attendait tous qu'il revienne à la maison, même si son pick-up avait disparu puis avait été retrouvé, mais personne n'avait de ses nouvelles.

Danny montra ses paumes.

— Je sais que les enfants étaient têtus, qu'ils pleuraient et qu'ils regardaient le jardin en se demandant quand papa allait rentrer pour le terminer. Le jardin lui-même semblait être un problème. Et on a décidé qu'on devait le transformer en quelque chose qui serait moins traumatisant pour eux et qui honorerait leur père.

— Ah.

— Oui, ce n'est pas parce que je n'aimais pas ce pauvre type que mes petits-enfants ne méritaient pas d'avoir de bons souvenirs.

— Bien sûr, acquiesça Doreen.

Elle se tourna vers Johnson, qui marmonnait toujours à propos de problèmes.

— Avez-vous utilisé du matériel pour creuser ? interrogea-t-elle.

Danny rit.

— Quand on a du matériel, on l'utilise. Et quand on a du matériel, en général, on ne fait plus jamais rien sans matériel.

Elle le regarda fixement pendant un moment. Il clarifia :

— Ce que je veux dire, c'est que quand on peut faire quelque chose avec du matériel, on le fait. Pourquoi est-ce qu'on ferait sans ?

— Ah, désolée. Je n'essayais pas de jouer les idiotes.

Johnson pouffa.

— C'est un problème.

Elle avisa le vieillard.

— Ce serait gentil que vous arrêtiez de dire que je suis

un problème.

— *Problème*, répéta Johnson en secouant la tête. Vous êtes un problème.

La jeune femme se renfrogna.

— Ça vaut pour toutes les femmes, ou juste moi ? demanda-t-elle à Danny.

— En ce moment, ça vaut pour toutes les femmes, soupira Danny. Ne le prenez pas personnellement.

Doreen lui sourit.

— Entendu. Il se passe suffisamment de choses dans ma vie pour que ce ne soit pas un problème pour moi.

— Tant mieux. Quoi qu'il en soit, je ne sais pas ce que je peux vous dire d'autre. Le jardin se porte plutôt bien, fit remarquer Danny. Souvent, quand je vais là-bas, c'est la première chose que je vois, et je pense qu'on a fait ce qu'il fallait. On a pris quelque chose qui était mauvais et laid, et on en a fait quelque chose de beau.

— J'aime beaucoup cette idée.

— Tu vois ? Un problème, radota Johnson.

— Vous êtes juste grincheux ? questionna Doreen.

Johnson continua de darder sur elle un regard noir.

Danny suggéra alors :

— Je suis désolé. Est-ce que je peux vous demander de partir maintenant, s'il vous plaît ? Sinon, ça va empirer.

— Bien sûr. Désolée, je ne voulais pas l'énerver.

— Il ne faut pas grand-chose pour l'énerver maintenant, nota Danny.

Doreen sourit.

— Quel type de matériel avez-vous utilisé ? demanda-t-elle, alors qu'ils retournaient à son véhicule.

Danny fronça les sourcils.

— Je ne sais pas pourquoi vous vous intéressez au matériel, mais on a des tracteurs, des pelleteuses et des excavateurs. On a tout le nécessaire.

— Le jardin ne vous a donc pas demandé beaucoup d'efforts.

— Non, pas du tout, confirma-t-il, ce qui nous a rendu la tâche plus facile. Tout ce qu'on voulait, c'était faire ça bien pour les garçons.

— Je n'ai encore rencontré aucun des deux garçons.

— L'un est à l'université sur la côte et l'autre travaille à la ferme avec sa mère.

— Je suppose que ça a été assez traumatisant pour eux, n'est-ce pas ?

— Pensez-y de leur point de vue, commença Danny. Vous vous couchez un soir, votre père est là, vous vous réveillez et vous ne le revoyez plus jamais. Dans ce cas, les parents s'étaient disputés et les enfants les avaient entendus, ce qui a provoqué un traumatisme supplémentaire dans la famille.

— Oh, aïe. Je peux comprendre que ce soit difficile.

— C'était très difficile. Et on fait ce qu'on peut, mais on ne peut pas toujours tout résoudre pour tout le monde, tout le temps.

— C'est un beau principe de vie. Merci.

Ainsi, Doreen retourna à sa voiture et prit le chemin de son domicile.

Chapitre 24

DOREEN RENTRA CHEZ elle, l'esprit plein de pensées, d'idées, d'options, de toutes sortes de théories qui lui passaient par la tête, mais rien n'était encore vraiment viable. Elle avait maintenant d'autres profils à examiner, et elle souhaitait vraiment avoir l'occasion de parler aux enfants, mais, bien sûr, personne ne l'autoriserait à le faire. Elle s'arrêta devant l'épicerie de quartier, où elle avait déjà fait quelques achats. C'était un endroit unique et il y avait un petit coin café.

Un café frais à la main, elle le paya et sortit à nouveau pour marcher jusqu'à sa voiture, puis regarda autour d'elle. Un jeune homme se tenait à côté d'un pick-up et feuilletait un paquet de courrier. Même s'il était adossé au véhicule et ne se tenait pas complètement debout, il paraissait très grand pour son âge. Il avisa Doreen et lui sourit.

— Bonjour, le salua-t-elle. Belle journée, pas vrai ?

Il haussa les épaules.

— Quand vous vivez ici, toutes les journées sont belles.

Elle lui rendit son sourire.

— Ce genre de remarque me plaît. Trop souvent, les gens ont la mentalité opposée.

— Mais c'est une mentalité, nota le jeune homme en riant. Quand on a vécu des mauvais jours, on apprend à reconnaître les bons jours, et j'ai décidé que je ne vivrais que des bons jours à partir de maintenant.

— C'est une très bonne façon de vivre sa vie.

Il haussa de nouveau les épaules.

— Soit vous y arrivez, soit vous n'y arrivez pas. Vous êtes nouvelle par ici ?

— J'ai emménagé à Kelowna il y a un peu plus de six mois.

Elle se remémora le passé, les yeux écarquillés.

— Wouah, le temps passe trop vite, ajouta-t-elle.

Il rit.

— C'est toujours le cas, surtout quand on s'amuse.

Il avisa les animaux et hocha la tête.

— Avoir un chien est une bonne idée, dit-il.

— Et un chat et un perroquet, renchérit-elle en levant les yeux au ciel.

— Un perroquet ?

Au même moment, Thaddeus cria à travers la fenêtre partiellement ouverte de la voiture :

— Thaddeus est là. Thaddeus est là.

Le jeune homme s'approcha et jeta un coup d'œil à la voiture remplie d'animaux, avant d'éclater de rire.

— D'accord, vous avez peut-être poussé les choses un peu trop loin.

Doreen sourit malicieusement.

— Ou peut-être pas assez loin. C'est une sorte de test.

Il secoua la tête.

— Tant que vous les gardez sur le long terme, souligna-t-il. Il n'y a rien de pire qu'un propriétaire d'animaux qui les prend parce que c'est amusant et qui les abandonne avant d'avoir eu l'occasion de voir comment ça se passera sur la durée. Et les animaux se retrouvent à nouveau livrés à leur sort.

— Ce n'est pas mon genre, affirma-t-elle. Je tiens trop à mes animaux de compagnie.

— Bien, marmonna-t-il. Ça ne devrait pas être autrement.

Il secoua la tête en voyant Thaddeus.

— Il parle, alors ?

— Toujours au mauvais moment, maugréa Doreen.

— Grand gaillard. Grand gaillard, lança Thaddeus en essayant de gratter la vitre.

Doreen ouvrit la portière.

— Attendez, attendez, s'inquiéta le jeune homme. Il ne va pas s'envoler ?

Thaddeus sauta sur la main de Doreen et remonta son épaule.

— Non, il aime trop être porté, répondit-elle en souriant.

— Wouah, souffla-t-il en contemplant le perroquet. C'est incroyable.

— Il est incroyable, convint Doreen. C'est un personnage à part entière.

— C'est mieux que d'être une personne insignifiante. Lorsque vous traversez des périodes de votre vie, figé, en vous demandant quand aura lieu la prochaine explosion… en attendant quelque chose qui n'arrive jamais, vous apprenez à faire face, ou vous devenez juste une sorte de fantôme, qui erre dans la vie. Mon frère et moi, on a subi un choc il y a quelques années, et c'est ce qu'on a été obligés de faire pour s'en sortir parce qu'on persistait à vouloir faire revenir ce membre de la famille qui avait disparu.

Doreen le dévisagea.

— Je suis navrée. Vous parlez de Dennis Polanski ?

Il acquiesça, les sourcils froncés.

— Vous avez entendu parler de cette affaire ? La plupart des gens n'apprécient pas qu'on leur en parle.

— En effet.

Elle hésita, puis décida que la franchise était la meilleure solution.

— Je me penche sur l'affaire, précisa Doreen.

— Pourquoi ?

Il y avait de la méfiance dans sa voix à présent.

Doreen soupira.

— Certainement pas pour vous contrarier, vous et votre famille. Mes pensées allaient plutôt dans le sens de… n'est-il pas temps de tourner la page ?

— Oh, il est plus que temps, confirma-t-il en la fixant toujours.

Puis il fronça les sourcils, regarda le perroquet, se tourna à nouveau vers Doreen, et elle sut ce qui l'attendait.

— C'est vous qui résolvez ces affaires.

Elle grimaça et acquiesça.

— Jusqu'à présent, j'ai eu la chance de faire la différence dans de nombreuses familles, oui. Évidemment, cette chance peut s'arrêter à tout moment.

Il opina, mais une partie de la suspicion dans son regard se dissipa.

— Je ne serais pas contre le fait que vous résolviez le problème, à vrai dire, répondit-il. Ça fait longtemps qu'on n'a pas de réponses… On a été forcés d'aller de l'avant, mais je ne plaisante pas quand je dis qu'on ne cesse de regarder partout, de le chercher, qu'on s'attend à ce qu'il revienne du jour au lendemain. À ce stade, je sais que ça n'arrivera pas, mais ça n'empêche pas l'enfant en moi de chercher à voir si ça arrivera.

— Je comprends, approuva Doreen, avec une totale compréhension. Je ne pense pas que l'on puisse vivre une telle perte sans se demander et s'inquiéter de ce qui aurait pu se passer.

— Peut-être, mais… Comment peut-on abandonner sa famille ? Comment peut-on abandonner quelqu'un qu'on aime ? Quelqu'un qui était là pour nous tout le temps. Les rumeurs qui ont suivi ont également été assez horribles.

Renfrognée, Doreen acquiesça.

— Je dois reconnaître que j'en ai entendu quelques-unes. Il ricana.

— Tout le monde aime dénigrer quelqu'un qui n'est pas là pour se défendre. Mais ce n'est pas vrai. Rien de tout ça n'est vrai.

— Qu'est-ce qui n'est pas vrai ? demanda-t-elle en penchant la tête.

Elle se demandait ce qu'il savait.

— Il aimait ma mère, affirma-t-il. Je sais qu'il l'aimait.

Mais, bien sûr, il était un enfant à l'époque et voyait les choses du point de vue d'un enfant, et l'amour était une chose très compliquée.

— Vous entendrez toutes sortes de choses si vous suivez cette voie, continua-t-il en fronçant les sourcils. La plupart des gens n'avaient pas grand-chose de bon à dire sur lui.

— Ce n'est pas très gentil.

— Non, ce n'est pas gentil, mais les gens sont ce qu'ils sont.

— Je ne peux pas dire le contraire. Vous êtes un adulte maintenant, fit-elle remarquer. Êtes-vous certain que les rumeurs sont fausses ?

Le jeune homme la fustigea du regard, puis ses épaules s'affaissèrent.

— Je veux qu'elles soient fausses et, tant que je n'ai pas à les interroger, je n'ai plus à les écouter. Donc je peux croire ce que je veux.

— C'est votre père. Vous devriez garder de bons souvenirs de lui, conseilla Doreen. Alors je vous le dis une fois. Aucune des rumeurs ne doit changer ça, même si c'est la vérité.

— Pourtant, il n'est pas revenu, marmonna-t-il, l'amertume émanant de lui.

— Et on doit découvrir pourquoi.

Il hocha la tête.

— Je ne suis pas contre le fait que vous cherchiez des réponses, mais j'espère que vous n'allez pas remuer tout ce bazar.

— Je ferai de mon mieux, affirma Doreen, mais il y a quelques questions que je devrai peut-être poser, et quelques questions que vous n'aimerez peut-être pas si je les pose.

Il la fixa du regard un long moment, et elle vit l'enfant en lui s'opposer à l'homme.

— J'ai vécu plusieurs relations à ce stade de ma vie. Ma petite amie et moi envisageons de nous marier, déclara-t-il. J'aimerais savoir, et j'aimerais ne pas avoir à reporter tout ça au sein d'une relation qui ne devrait pas connaître ce genre d'histoire.

— Cela arrivera seulement si vous laissez faire, murmura Doreen.

Il lui adressa un sourire enfantin.

— Ça n'aide pas beaucoup quand on doit faire face à ce genre de perte. Alors, à partir de là, qu'est-ce que vous aimeriez savoir ?

— Je m'interrogeais sur la rocaille qui se trouve devant chez vous. C'est assez spécial.

Le jeune homme acquiesça fièrement.

— Mon arrière-grand-père Johnson y a travaillé – enfin, on y a tous contribué, corrigea-t-il. Mais c'est surtout mon grand-père Danny qui l'a mis en place pour nous. On avait besoin d'un endroit pour parler à mon père, d'un endroit pour nous souvenir de lui en bien et pour ne pas faire partie de cette mauvaise tempête qui se préparait autour de nous.

— Quelqu'un en particulier a-t-il répandu des rumeurs ?

— Un type a attaqué mon père, il est allé en prison et, à sa sortie, tout ce qu'il disait à propos de la disparition de mon père, c'était *bon débarras*.

— D'accord. J'ai entendu parler de lui.

— Oui, vous devriez vous pencher sur lui, si vous pensez que mon père a été tué. Croyez-moi… Je me suis moi-même sérieusement penché sur la question, mais je n'ai jamais pu prouver quoi que ce soit.

— Et les preuves sont indispensables, confirma Doreen. On ne peut pas condamner des personnes sur la base d'actions antérieures. Il doit y avoir quelque chose de concret.

Il haussa les épaules.

— Ça ne m'aurait pas gêné de frapper ce type et de ne pas avoir trop de preuves, répliqua-t-il, avant de lui adresser un nouveau rire. Mais sérieusement, si vous y arrivez, on vous en sera reconnaissants.

Doreen opina lentement.

— J'espère que ce sera le cas, parce qu'il se peut que vous n'appréciiez pas la conclusion.

L'expression du jeune homme devint sérieuse et il hocha la tête.

— Je sais. Croyez-moi. Je sais, mais mon frère et moi ? On en a parlé plusieurs fois, et on aimerait éclaircir la question. On veut la vérité, même s'il est mort. Et s'il a été tué par quelqu'un qu'on connaît ?

Il serra les poings.

— Alors, vous ferez face à la situation mentalement et émotionnellement et vous ferez votre deuil en tant que famille. Mais vous ne pouvez pas vous attirer d'autres ennuis. Cela ferait du mal à votre mère. Laissez la loi s'en occuper.

— Bien entendu.

Elle lui adressa un semblant de sourire.

— Vous avez presque réussi à rendre ça crédible.

Le jeune adulte éclata de rire.

— Si vous êtes au courant pour la rocaille, avez-vous parlé à ma mère ?

— Oui. Elle sait que j'enquête.

— Comment l'a-t-elle pris ? interrogea-t-il prudemment.

Doreen réfléchit à sa réponse.

— Je pense qu'elle aimerait que ce soit réglé, avoir des réponses et être déjà passée à autre chose. Je ne peux pas dire qu'elle soit ravie de mes recherches. Elle veut vous protéger, vous et votre frère, d'autres mauvais événements.

Il la regarda fixement, puis hocha brusquement la tête.

— Ça en dit beaucoup, et c'est tout à fait ce qu'elle dirait. Je sais que ça a été une épreuve pour elle. Elle ne s'est pas autorisée à avoir une autre relation, rien du tout, même être amie avec un autre homme, juste parce qu'elle n'arrivait pas à faire confiance à quelqu'un.

— Et pourtant vous continuez à me dire que Dennis était un bon gars.

Il rougit.

— Oui. La différence de point de vue entre un enfant et

l'épouse. J'ai entendu les rumeurs aussi. Je ne veux pas les croire, et une partie de moi ne veut même pas savoir si elles sont vraies ou non, mais je sais qu'il doit y avoir une raison pour laquelle maman ne veut pas se lancer dans une nouvelle relation.

— Peut-être que si nous parvenons à éclaircir cette question, devina Doreen, nous pourrons la libérer et lui permettre de retrouver le bonheur.

Il l'observa pendant un long moment, avisa de nouveau ses animaux et finit par dire :

— Eh bien, bonne chance… Je vais vous donner mon numéro de téléphone. Si vous avez des questions, contactez-moi plutôt que ma mère. Je voudrais minimiser sa souffrance. Je suis censé être le chef de la famille maintenant.

Il secoua la tête et reprit.

— Ce n'est pas facile de l'être quand on n'a pas de réponses. Il faut croire aveuglément que tout se passera comme prévu. Pourtant, ce serait bien d'avoir des réponses.

— Tout se passera bien, ne serait-ce que grâce à la nouvelle génération qui arrive.

Il lui lança un regard surpris.

— Comment savez-vous que ma petite amie est enceinte ?

Doreen s'esclaffa.

— Je l'ignorais, mais maintenant que c'est *officiel*, il est encore plus important de régler cette question. Ne reportons pas cette souffrance au sein d'une autre génération.

— Je suis d'accord.

Le numéro de téléphone du jeune homme bien rangé dans son portefeuille, Doreen retourna à sa voiture, l'ouvrit et monta. Il l'observa jusqu'à ce qu'elle recule et démarre. Elle ne reconnut pas le pick-up. Il était plutôt bleu-gris, pas noir comme le récent ou l'ancien qui était venu jusque chez elle. Cependant, elle n'était pas dupe et ne faisait encore confiance à personne. De plus, Doreen savait qu'une ferme de cette taille, avec tous ses employés, devait avoir plusieurs véhicules à sa disposition.

Ce fils semblait sincère, avoir bon cœur, et il était prêt à traiter avec Doreen pour soi-disant aider sa mère. Toutefois, Doreen ne voulait pas accorder trop tôt sa confiance.

Chapitre 25

SUR LE CHEMIN du retour, Doreen se surprit à regarder derrière elle, afin de vérifier si elle n'était pas suivie. Mais quand la voie fut libre, elle poussa un soupir de soulagement. Elle s'engouffra dans son allée et entra dans son garage, espérant que personne d'autre ne viendrait dans les parages. Elle referma la porte, observant l'extérieur jusqu'à ce qu'elle ne puisse plus.

Dès qu'elle entra dans la maison, elle alla dans la cuisine et ouvrit la porte donnant sur le jardin.

— Il est temps de s'asseoir dehors et de se détendre, annonça-t-elle joyeusement.

Mugs s'élança à l'extérieur, aboyant comme un fou. Elle grommela et sortit.

Il n'y avait personne, mais quelque chose était écrit sur la terrasse. Elle s'approcha pour lire : « Garde tes distances, fouineuse. »

La première chose qu'elle ressentit fut de la colère à cause de sa belle terrasse. Et sa deuxième pensée fut : *Wouah, j'ai vraiment contrarié quelqu'un.* Elle s'empressa de prendre une photo et l'envoya à Mack. Il l'appela aussitôt.

— C'est ta terrasse ? interrogea-t-il.

— Oui.

— J'arrive.

Il raccrocha.

Doreen sourit. Au moins, elle avait quelqu'un de son côté dans tout ça. Même si elle était persuadée que Mack serait quand même en colère que quelqu'un s'en soit pris à elle.

Elle tint les animaux loin de la terrasse, tout en examinant la peinture. S'en irait-elle avec de l'eau ou Doreen devrait-elle la gratter et revernir sa terrasse ?

Jurant pour elle-même, la jeune femme rentra et lança une cafetière. Toujours bouleversée, elle se posta devant la porte ouverte et scruta les lieux. Qui avait fait ça ? La seule chose à laquelle elle pensait était son affaire en cours. Mack ne tarderait pas à lui faire remarquer qu'il pourrait s'agir de n'importe quelle personne impliquée dans une de ses affaires les plus récentes, car elle avait tendance à agacer les gens avec ses questions. L'affaire de Roscoe avait été la dernière. Cependant, elle ne pensait pas qu'il avait quelque chose à voir avec le vandalisme de sa terrasse, et ils avaient attrapé le tueur.

Alors qu'elle y réfléchissait, en essayant de ne pas trop regarder les dommages causés à sa terrasse, elle attendit d'entendre le pick-up de Mack, puis se précipita vers la fenêtre à l'avant de sa maison. Elle tira prudemment le rideau et regarda dehors pour s'assurer que c'était bien lui. Après confirmation, elle ouvrit la porte d'entrée et laissa Mugs courir vers lui. Et peut-être parce qu'il ne l'avait pas vu depuis un petit moment, l'enthousiasme du chien à l'idée de voir Mack était vraiment exagéré. Elle parvint finalement à calmer Mugs, Mack gloussant encore de l'accueil du chien. Le caporal se redressa et tout humour disparut.

— Quand l'as-tu vu pour la première fois ? questionna-t-il vivement.

Le policier se dirigea vers la cuisine, puis la terrasse.

— Juste avant de t'envoyer un message.

Il ne dit rien et hocha simplement la tête.

— Ça pourrait être en lien avec n'importe quoi, mais de toute évidence, tu as encore agacé quelqu'un.

— Tu crois ? bougonna-t-elle.

Mack se tourna vers elle et demanda :

— Quelle affaire ?

Doreen haussa les épaules.

— La même.

— On dirait donc que c'était peut-être un meurtre, *hein* ?

— Je ne sais pas. Ça me paraît beaucoup trop facile de sauter à l'option meurtre à ce stade.

— Facile ? répéta-t-il en la dévisageant.

— Peut-être pas facile, rectifia-t-elle, mais simple.

Il lui jeta un regard et se dirigea vers le jardin, à la recherche d'un signe d'une présence extérieure. Lorsqu'il appela Richard, celui-ci passa la tête par-dessus la clôture et fustigea Mack du regard.

— La plupart des flics se présentent à la porte d'entrée.

Mack le regarda fixement, les mains sur les hanches.

— Avez-vous entendu quelqu'un dans le jardin tout à l'heure ?

Richard ouvrit la bouche pour lui donner une réponse maline, puis il vit la peinture sur la terrasse de Doreen. Sa répartie maline s'envola et il hoqueta.

— Oh non, pas la terrasse ! s'écria-t-il.

— Si, la terrasse, confirma Mack d'une voix sinistre. Alors, répondez à ma question.

Richard secoua la tête.

— Non, je n'ai rien entendu. Honnêtement, je n'ai entendu personne.

— Dommage, siffla Mack, parce que Doreen n'était pas là et que quelqu'un en a profité.

Le policier se tourna vers Doreen, un sourcil arqué.

Elle consulta sa montre et précisa :

— Je suis partie deux heures.

Après que Mack eut passé en revue tout son jardin, qu'il se fut de nouveau entretenu avec Richard, qui ne semblait pas apporter d'informations supplémentaires, Doreen rentra chez elle, remplit deux tasses de café et s'assit sur la marche de la cuisine.

Mack prit place à côté d'elle.

— Une idée de qui tu as énervé ?

Elle le fusilla du regard.

Il lui adressa un petit rire.

— Hé, je sais que tu ne l'as pas fait exprès.

— Non, je ne l'ai pas fait exprès, déclara-t-elle, mais il est évident que je perturbe certaines personnes.

Mack arqua un sourcil et esquissa un sourire en coin.

— Tu crois ?

Doreen soupira.

— Je veux dire, c'est normal, non ? J'arrive, je vole dans quelques plumes, et les gens n'aiment pas ça.

Mack ne renchérit pas et c'était tout à son honneur.

— J'avoue, ce n'était pas très bien formulé, se défendit-elle en levant les deux mains. Vas-y, rigole.

Il secoua la tête.

— Je ne me moquerai pas de toi. Tu fais de ton mieux pour exprimer ce que tu ressens. Compte tenu de ce que tu viens de vivre, je ne dirai rien.

Elle l'observa avec méfiance, mais il semblait sincère. Les épaules de la jeune femme s'affaissèrent.

— Et ce vandalisme n'est même pas très grave, n'est-ce pas ?

— Ce n'est pas une compétition, dit-il. Quelqu'un a une fois de plus violé ta propriété, et ça va provoquer une réaction en toi.

— Oui, j'aimerais le frapper, lança Doreen aussitôt.

Le sourire de Mack brilla puis disparut.

— Je sais. Je ne suis pas une personne violente, mais parfois… ajouta-t-elle.

— Je comprends, acquiesça Mack, mais ça ne nous aide pas à déterminer qui est le coupable.

— Non, et je n'ai vraiment aucune idée.

— À qui as-tu parlé aujourd'hui ?

Elle lista les personnes.

— Intéressant, marmonna le policier. J'ai aussi parlé à ces deux hommes à l'époque… Danny était particulièrement affable et amical. Mais je n'ai pas parlé aux enfants. Et l'arrière-grand-père des enfants, Johnson, était très protecteur à leur égard.

— Wouah, tu es un homme et je suis une femme. Tu représentes l'autorité, pas moi. L'arrière-grand-père des enfants, Johnson, n'arrêtait pas de dire que je n'étais rien d'autre qu'un problème.

Mack la regarda avec surprise.

— En face de toi ?

— Oh, oui, en face de moi, à de nombreuses reprises.

— Je me demande pourquoi.

— Le fils m'a parlé ouvertement du déclin mental de son père, et Danny m'a demandé de partir, mais gentiment, en disant que son père se mettrait à sombrer dans la folie si je ne partais pas. Donc, si j'espérais qu'il aille mieux et que je pourrais lui poser des questions, je peux oublier cette idée.

— J'imagine que ça doit être difficile. Certaines personnes, lorsqu'elles développent la maladie d'Alzheimer, deviennent agressives et méchantes, et la personne que tu as connue n'est plus là. Ça pourrait très bien être ce qu'il se passe ici.

— Je ne sais pas. Je ne peux pas dire que j'ai vraiment envie de savoir non plus, murmura Doreen, perdue dans ses pensées, parce que ça devrait venir d'une expérience personnelle, ce que je ne veux pas que Nan subisse, ni moi non plus. J'aime Nan et son esprit vif, même si parfois je pense qu'elle perd la boule.

— C'est normal, la rassura le caporal. Je suis persuadé qu'elle pense que tu perds la boule toi aussi.

Elle le dévisagea, puis éclata de rire.

— Pourquoi ne suis-je pas étonnée ? Eh oui, tu as réussi.

— Réussi quoi ? demanda-t-il avec douceur.

— À améliorer mon humeur, répondit-elle avec un soupir et un regard noir.

— Je ne savais pas trop ce que tu ressentais et je voulais m'assurer qu'il y ait au moins une certaine honnêteté.

— Je comprends.

— Je comprends aussi que tu es un peu trop intelligente pour le bien de tout le monde, ajouta Mack.

Elle haussa les épaules.

— Ce n'est qu'une opinion, cela dit.

Mack leva les yeux au ciel.

— Qu'une opinion ? Merci.

— De rien, dit-elle, magnanime. Mais j'aime vraiment ta personnalité.

Comme il ne dit rien, elle continua.

— Tu me traites bien et tu tolères beaucoup de choses.

Il acquiesça. Lorsqu'elle lui jeta un regard noir, il sourit et leva les mains en signe de reddition.

— La question est de savoir ce qu'on va faire à partir d'ici. C'est vraiment ce sur quoi on doit se concentrer.

— Tu penses que la situation va s'aggraver ? interrogea Doreen.

— Ça ressemble plus à une farce de gamin, mais ça ne veut pas dire que ça ne va pas dégénérer en quelque chose de beaucoup plus sérieux.

D'un air morose, elle fixa l'écriture.

— Quand je l'ai vu, tu sais quelle a été ma première pensée ?

— Non, quoi ? s'enquit-il.

— Qu'ils ont abîmé ma terrasse et que je ne sais pas comment la réparer. Qu'ils ont gâché quelque chose de si spécial et peut-être pour toujours.

Mack se tourna vers la terrasse et opina.

— Je peux comprendre. C'est une belle terrasse.

— C'était une belle terrasse, et je sais qu'elle a été très difficile à construire, et qu'il a fallu beaucoup de monde pour ce faire, souffla Doreen, les larmes aux yeux. L'idée de la perdre…

— Tu ne vas pas la perdre, s'empressa-t-il de la rassurer. C'est tout à fait réparable.

Mack se leva et ajouta :

— J'ai une équipe médico-légale en chemin. Ils vont y regarder de plus près, et on verra ce qu'ils disent. En attendant, je vais aller me préparer un sandwich.

Et il entra dans la cuisine.

Elle le suivit du regard. Elle se leva et demanda :

— J'ai dit quelque chose de mal ?

Il fit volte-face, perplexe.

— Non, tu n'as rien dit de mal, et je rentre faire quelque chose pour ne pas dire de mal.

Mack pivota vers le réfrigérateur et prit ce dont il avait besoin pour son sandwich.

Le regard fixé sur Mack, les sourcils froncés, Doreen ne comprenait pas.

— J'ai l'impression qu'il s'agit d'une de ces règles non écrites sur les relations, et je ne sais pas quelle est la règle, dit-elle.

Il se retourna à nouveau et arqua un sourcil. Elle haussa les épaules.

— J'ai l'impression d'avoir fait quelque chose de mal, précisa-t-elle.

La mâchoire du policier reprit ce tic qu'elle connaissait.

— Le fait est que tu ne sais pas ce que tu as fait de mal. Alors, parce que tu ne sais pas ce que tu as fait de mal, et parce que pour toi ce n'est pas nécessairement mal, je ne peux rien dire de plus.

— Oh, donc c'est une de *ces* discussions.

Mack soupira.

— C'est dur pour moi de te laisser semer la discorde, en sachant que les gens s'en prennent à toi en représailles. C'est dur de dormir la nuit, à me demander si quelqu'un va revenir t'attaquer dans la nuit. C'est dur de te laisser te lever demain et de recommencer. Pourtant, c'est ton droit. Mais ça ne veut pas dire que c'est facile pour moi.

— Parfois, je ressens la même chose, quand tu es concerné.

— C'est pour ça que je suis rentré, pour ne pas dire quelque chose parce que je sais que, même si je dis quelque chose, tu n'arrêteras pas.

— En effet, confirma-t-elle lentement.

— C'est pour ça que je ne dis rien.

Il sortit du pain et chercha de la viande.

— Il y a un bout de jambon dans le bac à légumes, déclara-t-elle, distraite.

Il acquiesça et le sortit.

— J'en rachèterai aujourd'hui ou demain, indiqua le
policier.

— Ne t'en fais pas pour ça. Tu fais assez de courses pour
la maison.

Elle s'assit à la table de la cuisine, consciente qu'elle devait dire quelque chose, toutefois elle ignorait comment le
formuler correctement.

— Une partie de moi me dit que je devrais m'excuser,
finit-elle par dire.

Il se figea et l'observa.

— Une partie de toi ? T'excuser pour quoi ?

— C'est là le problème, reconnut-elle. J'ai bien peur que
les excuses soient plus en rapport avec ce que mon mari
attendrait et, par conséquent, je ne m'excuserai pas.

La mâchoire du policier tiqua à nouveau à l'évocation de
Mathew.

— C'est bien, parce que tu sais ce que je ressens quand
on me compare à ton ex.

— Oh, je ne te comparerais certainement jamais à lui,
répliqua-t-elle prudemment. Il y a des similitudes entre lui et
tous les hommes, donc ce n'est pas *lui* l'enjeu. C'est une
affaire *d'hommes*. Et, bien sûr, tu ne veux pas me voir
m'attirer des ennuis que je ne peux pas gérer, et ton expérience dit qu'il y a beaucoup d'ennuis que je n'ai pas encore
rencontrés. Il y a donc de fortes chances que je sois confron-
tée à quelque chose dont je ne me sortirai pas facilement, et

tu ne veux pas que ça arrive.

Il s'immobilisa, la dévisagea, puis opina, tout en étalant de la mayonnaise sur le pain. Elle réagit devant la quantité de sauce qu'il avait versée.

— Tu es sûr que tu ne veux pas mettre autre chose que de la mayonnaise ?

Mack se contenta de lui adresser un regard noir, et continua dans sa lancée.

— Apparemment, j'ai semé la zizanie et quelqu'un m'en veut, reprit Doreen.

Il opina de nouveau du chef.

— Continue.

Doreen soupira.

— Ça te met encore plus en colère. Donc ce que je dis n'aide pas pour l'instant.

— Dis-m'en plus, insista-t-il.

Elle réfléchit puis haussa les épaules.

— Peut-être que tu essaies juste d'accepter que c'est une situation dangereuse et que tu ne peux pas me contrôler.

— Je n'essaie pas de te contrôler, corrigea-t-il en lui lançant un regard entendu.

— Non, convint la jeune femme, avant de lui adresser un sourire radieux. Tu vois ? Tu t'en sors beaucoup mieux que moi.

Il marqua une nouvelle pause et poussa un profond soupir.

— Je n'en ai pas l'impression. Tu sais que si j'avais un moyen de faire en sorte que ça arrive, je t'ordonnerais de ne plus te mêler de tout ça.

— Tu ne le feras pas parce que tu sais que tu n'as pas ce droit. En plus, tu ne veux pas voir comment je réagirais parce que, bien entendu, mon ex aurait pu faire ça. Tu as peur que je reprenne les mêmes habitudes et que je t'obéisse, ce qui te rendrait heureux et en même temps te contrarierait énormément.

Il la dévisagea, cligna plusieurs fois des yeux, puis un lent sourire se dessina sur son visage.

— Tu as une tournure de phrase très intéressante. Je t'en donne tout le crédit et je dis oui.

Elle opina du chef.

— Je comprends. Je n'essaie vraiment pas de faire quelque chose qui pourrait m'attirer des ennuis. Tu le sais, pas vrai ?

— Et pourtant, ça arrive si facilement, maugréa-t-il en la fixant du regard, un sourcil arqué.

Elle ne pouvait pas le contester. C'était la vérité. On aurait dit que les ennuis la trouvaient, alors qu'elle ne faisait rien.

— Je ne sais pas trop ce que je suis censée faire à ce sujet, admit-elle. Encore une fois, je n'essaie pas… je n'essaie pas d'aller à l'encontre des souhaits de *qui que ce soit*. Il n'était pas nécessaire que quelqu'un s'en prenne à moi dans cette affaire. Mais que quelqu'un soit passé à l'acte…

— C'est une autre raison pour laquelle je ne dis pas ce qui bouillonne dans ma tête.

Elle lui adressa un sourire confus.

— Parce que tu sais aussi que ça signifie que quelqu'un est contrarié, que quelqu'un s'impatiente, et c'est bon pour nous. N'est-ce pas ?

— C'est bon pour moi, précisa-t-il, de nouveau figé et tourné vers Doreen. Je ne sais pas si c'est bon pour toi.

— Tu penses vraiment qu'il en a après moi ?

— Je ne sais pas, avoua le caporal. Peut-on prendre le risque de se tromper ?

Doreen se renfrogna.

— OK, je comprends aussi. Ce n'est pas la direction que je souhaitais pour cette discussion.

— Je n'en doute pas, concéda Mack.

Il ajouta du jambon sur la mayonnaise et commença à couper le fromage avec vigueur, traduisant sa contrariété toujours présente.

— Mais c'est aussi intéressant, parce qu'on n'avait rien à se mettre sous la dent. Alors, qui contraries-tu et pourquoi cette personne est contrariée ? interrogea-t-il.

— Je dirais que cette personne est contrariée parce qu'elle a quelque chose à voir avec la disparition de Dennis. Si on arrivait à découvrir qui me suit ou qui fait ça, suggéra-t-elle, ça nous aiderait beaucoup.

— Vraiment ? s'enquit Mack. Les gens font ce genre de choses pour toutes sortes de raisons, et la plupart du temps, ce ne sont pas des raisons logiques pour nous.

— Certes, il pourrait même s'agir du mari de la femme que j'ai rencontrée en ville, le mari d'Adélaïde.

Il pencha la tête et la regarda fixement.

— Je suppose que c'est possible, surtout si tu ne lui as pas répondu comme il le souhaitait.

— Comment ça ?

— S'il t'a mise en garde et a essayé de te faire cesser ce que tu faisais. Et que tu n'as pas réagi de la bonne manière.

— Je vois, se renfrogna-t-elle. Oui, il avait l'air de m'en vouloir.

Mack s'esclaffa en levant les yeux au ciel.

Doreen sourit malicieusement.

— Tu as un visage très expressif.

— Avec toi, oui, confirma-t-il.

Il prit un de ses sandwichs, sans le couper, et mordit dedans. Mâchant furieusement, Mack jeta un regard noir à Doreen.

Elle attendit qu'il déglutisse, puis elle s'approcha, l'entoura de ses bras et posa sa tête contre son torse.

— C'est vraiment dur pour toi, n'est-ce pas ?

Elle pencha la tête en arrière, et il acquiesça, la fixant d'un regard qu'elle ne reconnaissait pas. Pourtant, sa main libre était drapée autour d'elle et la tenait fermement. Mais c'était un regard qu'elle voulait vraiment reconnaître. Parce qu'il en disait long sur lui.

— Je ferai attention, tu sais ? reprit-elle.

Il enfourna une autre énorme bouchée de sandwich dans sa bouche et la fusilla du regard, tout en continuant à la serrer contre lui.

Elle sourit.

— Je suis vraiment fière de toi.

Mack secoua la tête.

— Si. Tu ne m'as pas fait de reproches. Tu ne m'as pas dit de rester chez moi, *comme une petite femme devrait le faire.* Tu n'as commis aucun de ces faux pas, ajouta-t-elle avec emphase.

Il leva les yeux au ciel.

— En fait, je pense que tu t'en sors très bien, conclut-elle.

Il déglutit à nouveau et soupira.

— Je suis calme. Tu n'as pas besoin de continuer à me passer de la pommade.

— Oh, parfait. Alors tu ne seras pas fâché si je tente encore le diable ?

Quand il la foudroya du regard, elle haussa les épaules.

— Tu sais que c'est la meilleure façon de faire bouger les choses, se défendit Doreen.

— C'est aussi le moyen le plus dangereux.

— Certes, mais ne serait-ce pas bien si ces gens se révélaient être de bonnes personnes au lieu des abrutis qu'ils sont ?

— Qui ? interrogea-t-il avec une pointe d'humour. Les gens condamnés à perpétuité pour meurtre ? Oui, ils feront tout ce qu'ils peuvent pour te combattre.

— Jusqu'à présent, on gagne la bataille, nota-t-elle joyeusement. Moi et ma fidèle petite équipe.

Le regard du policier redevint noir.

— On se débrouille bien, et, oui, je sais, il n'en sera pas toujours ainsi, continua Doreen.

Il soupira.

— Non, en effet. J'espère juste que je serai là pour ramasser les morceaux quand tu tomberas.

— J'espère que tu seras là *avant* que je ne tombe, et qu'il sera facile de ramasser les morceaux.

— Moi aussi, râla-t-il, mais je ne me fais pas trop d'illusions.

Chapitre 26

MACK TERMINA SON sandwich alors que son équipe arrivait. Après avoir vérifié les dégâts et cherché des indices, l'équipe médico-légale quitta les lieux, et Mack partit avec elle. Doreen était épuisée. Puis, presque comme si elle avait un espion près d'elle, Nan l'appela.

— Qu'est-ce qu'il s'est passé ? s'écria-t-elle. La police est encore venue chez toi ?

Doreen grommela.

— Quelqu'un a décidé de peindre un avertissement sur ma belle terrasse.

— Oh non ! Pas la terrasse.

— Si, la terrasse, marmonna la jeune femme. Je me sens très mal.

— Pourquoi te sens-tu mal ? s'étonna sa grand-mère, indignée. Ce n'est pas toi qui l'as peint... si ?

— Bien sûr que non ! se récria Doreen. Pourquoi est-ce que tu poses cette question ?

— C'est juste pour vérifier, souffla la vieille dame. Je ne pensais pas que c'était toi. Après tout, ça n'aurait aucun sens que tu fasses ça.

— Non, ça n'a aucun sens que je fasse ça, confirma Doreen en fustigeant le téléphone du regard.

Elle soupira et se pinça l'arête du nez.

— Mack pense que c'est quelqu'un à qui j'ai parlé de cette affaire et qui est énervé. Encore une fois.

— Eh bien, ça devient une habitude, ma chérie.

Doreen foudroya de nouveau le téléphone du regard.

— Je suis vraiment fatiguée, Nan.

— Évidemment. Ne t'occupe pas de moi. Je t'aurais bien invitée à prendre le thé, mais, si tu es vraiment fatiguée, ça attendra demain, après que tu te seras reposée.

Doreen opina du chef.

— Ce serait mieux, merci.

— Entendu, on se voit pour le petit déjeuner alors.

Sans laisser à Doreen la possibilité de dire quoi que ce soit, Nan raccrocha.

La jeune femme fronça les sourcils.

— *Le petit déjeuner* ? Qui a parlé de petit déjeuner ?

Nan suggérait vraiment le petit déjeuner ? Cela ne semblait pas très correct, mais c'était Nan. Doreen n'aimait pas le dire, mais elle s'inquiétait aussi de la santé mentale de sa grand-mère. Et cela lui briserait le cœur si quelque chose de grave se passait. Elle s'empressa d'envoyer un message à Nan. **Qu'est-ce que c'était que cette histoire de petit déjeuner ?**

Nan la rappela.

— Tu as accepté de venir prendre le petit déjeuner, ma chérie. Tu as déjà oublié ?

— Tu n'as pas parlé de petit déjeuner, jusqu'à ce que tu raccroches. Donc, j'ignore ce que tu as prévu.

— Je ne prévois rien, mais si des gens s'en prennent à toi parce que tu poses des questions, il faut peut-être qu'on nous aide à résoudre ce problème. On se voit vers 7 heures ?

— Non, pas 7 heures, s'écria Doreen, horrifiée. Surtout

si je passe une mauvaise nuit.

— Eh bien. On ne veut pas s'y prendre trop tard non plus. L'avenir et ceux qui se lèvent tôt, tu vois.

Doreen ne savait pas exactement ce que cela signifiait dans l'esprit de sa grand-mère, alors elle chercha un juste milieu :

— 8 heures, ça te va ?

— D'accord, mais ne sois pas en retard.

Sur ce, avec cette même voix chantante et enjouée, Nan raccrocha.

Doreen se demanda dans quel scénario d'*Alice au pays des merveilles* elle se trouvait. Elle adorait sa grand-mère, mais il y avait des moments où elle l'inquiétait et la contrariait aussi.

Mais elle était aussi certaine que sa grand-mère dirait la même chose d'elle. Néanmoins, elle était trop fatiguée pour s'occuper de trop de choses en ce moment. De plus, son esprit était submergé d'émotions à propos de tout ce dont Mack et elle avaient parlé, et de ce dont elle avait parlé avec tous les suspects. Et pourtant, c'était la première fois qu'elle reconnaissait vraiment que tous ces gens à qui elle avait parlé étaient, en théorie, des suspects. Ils avaient tous des mobiles, ils avaient tous eu l'opportunité. Doreen ne savait pas qui était la dernière personne à avoir vu Dennis. D'après les enquêteurs, c'était sa femme, alors qu'il partait plus tard dans l'après-midi chercher du matériel en ville.

Il ne s'était pas montré en ville, ce qui signifiait que quelqu'un d'autre l'avait vu en dernier, ou que la femme mentait. Doreen repensa à tout ce que l'épouse de Dennis lui avait dit, mais rien ne lui permit de conclure à la duplicité de Meredith. Mais alors, que savait-elle ? De toute évidence, les gens savaient s'exhiber et jouer un rôle différent de ceux qu'ils étaient vraiment. D'une certaine manière, c'était un peu angoissant.

Éreintée et à bout de nerfs, Doreen rangea la maison, ferma tout à clé et activa l'alarme. Puis elle monta à l'étage, prit un bain chaud et se coucha.

Chapitre 27

Jeudi matin...

AU RÉVEIL, DOREEN roula et s'étira, ravie d'avoir passé une bonne nuit. Elle réfléchit à sa journée. Nettoyer la peinture sur la terrasse était évidemment en tête de sa liste de choses à faire. Cependant, en consultant sa montre, elle remarqua qu'il était déjà 7 h 45. En gémissant, elle sortit du lit, s'habilla rapidement et, avec les animaux, remonta le ruisseau pour se rendre chez Nan. À peine arrivée, elle s'assit à la table de la terrasse et annonça :

— Je n'ai pas bu de café.

Nan l'avisa.

— Prenons le thé, alors. Ce n'est pas la même dose de caféine, mais ça devrait t'aider.

La vieille dame retourna dans la cuisine.

Goliath, d'une humeur inhabituelle, se blottit sur les genoux de Doreen. Elle se pencha et le serra doucement dans ses bras, respirant la merveilleuse odeur du chat, tandis qu'il ronronnait dans ses oreilles. Thaddeus s'approcha de Goliath et lui donna un coup de bec sur le dessus de la tête, mais le chat ne bougea pas, n'ouvrit même pas un œil. Doreen gronda Thaddeus.

— Il va bien. Tu n'as pas à être jaloux. Goliath s'assied rarement sur mes genoux, et toi tu es sur mon épaule. Vous pouvez donc vous entendre pendant quelques minutes.

Thaddeus donna un nouveau coup de bec à Goliath. Elle donna une légère tape sur la tête du perroquet.

— Arrête.

Le volatile recommença encore et encore. Finalement, à bout de patience, elle lui donna une légère tape sur le bec et marmonna :

— Ça suffit.

Il lui jeta un regard noir et répliqua :

— Thaddeus aime Nan.

Nan choisit ce moment pour sortir, et elle sourit.

— Et Nan t'aime aussi, Thaddeus.

Il cria en essayant de s'approcher d'elle.

— Il est seulement en colère contre moi, expliqua Doreen, parce que je ne l'ai pas laissé s'en prendre à Goliath.

Nan regarda sa petite-fille comme si elle avait perdu la tête.

— Il ne fait jamais de mal à Goliath.

— *Faire mal* est une chose, souligna Doreen. Être un petit frère irritant, c'est une tout autre histoire.

Nan éclata d'un rire ravi.

— Oh là là, c'est une joie de les voir s'entendre si bien.

— Je ne crois pas qu'ils s'entendent si bien, précisa Doreen en avisant sa grand-mère. Souvent, ils se disputent.

— Et souvent ils ne se disputent pas, répliqua Nan.

— Je te l'accorde, marmonna la jeune femme. Mais je ne sais pas quand ils vont se disputer ou pas.

— Tout comme les enfants, on ne sait jamais vraiment, jusqu'à ce que leur prochain problème survienne, releva Nan en souriant.

Doreen ne répondit rien. Elle n'avait pas d'enfants et s'occuper des animaux lui suffisait amplement.

— Goliath est exceptionnellement câlin.

Elle se pencha pour caresser doucement le gros chat.

— Il l'est en ce moment, et c'est aussi pour ça que Thaddeus l'a piqué, j'en suis sûre.

Doreen se demanda si Thaddeus pouvait être jaloux.

— Ils sont très jaloux, confirma sa grand-mère. On ne peut pas leur en vouloir. Thaddeus obtient généralement tout ce qu'il veut.

— Je sais, presque trop, soupira Doreen.

Thaddeus lui cria au visage et se blottit contre Nan.

— Il est aussi du genre à faire jouer la concurrence, ajouta-t-elle en lançant un regard entendu au perroquet.

Nan secoua la tête.

— On ne peut pas leur donner des qualités humaines. Tu le sais bien, ma chérie.

— Bien sûr, marmonna-t-elle, avant de céder. Je les aime tous de la même façon. Ne t'inquiète pas, Nan.

— Je ne suis pas inquiète, dit-elle en tapotant la main de sa petite-fille. Je veux seulement m'assurer que tout le monde est heureux.

Et, bien entendu, c'était l'essentiel. Nan veillait sur tout le monde. Lorsque Goliath se retourna et manqua de tomber des genoux de Doreen, il ouvrit les yeux et lui jeta un regard noir.

Elle le rattrapa avant que cela n'arrive.

— Désolée, Goliath. J'imagine que j'étais distraite, pas vrai ?

Il ferma les yeux, s'attendant à ce qu'elle continue à le serrer dans ses bras. Et il était encore en train de jouer à ses jeux lorsque le thé fut prêt et que Nan se chargea de le servir.

Doreen se déplaça pour se rapprocher du thé et Goliath ouvrit les yeux pour lui adresser un nouveau regard noir.

— Tu pourrais descendre, tu sais, murmura-t-elle. Tu n'es pas obligé de faire de moi ta servante toute la journée.

Goliath glissa sur le sol, se dirigea vers le grand parterre de fleurs, sauta dedans et se pelotonna au milieu de celui-ci, comme s'il n'avait pas fait une bonne sieste depuis des jours. Et comme Doreen n'avait pas beaucoup dormi ces dernières nuits, c'était peut-être aussi son problème. Mugs, quant à lui, était allongé sur le côté sous sa chaise et ronflait doucement.

— Tout le monde a l'air fatigué aujourd'hui, fit remarquer Nan.

— Oui, le vandalisme à la maison hier a bouleversé tout le monde.

Nan perdit son air curieux et une inquiétude évidente s'installa.

— Je me fais du souci pour toi là-bas.

— Il ne faut pas, répondit Doreen. Tout va bien. On active l'alarme tous les soirs. Je pense simplement que les animaux sont aussi inquiets que moi pour leur terrasse.

— Alors, c'est la terrasse qui t'inquiète, interrogea Nan en souriant, ou l'intrus ?

— Honnêtement, c'est surtout la terrasse. Je ne sais même pas comment la réparer.

— La personne a vraiment tout peint à la bombe ?

Doreen sortit son téléphone et montra à sa grand-mère quelques-unes des photos qu'elle avait prises.

— Oh mon Dieu, c'est affreux.

Elle était tout aussi outrée que Doreen, ce qui rassurait cette dernière.

— En effet, et je n'aime pas le fait que quelqu'un ait pensé que c'était la façon de traiter ma maison. Je ne sais pas comment y remédier.

— Je pense que tu peux poncer et revernir, suggéra Nan. Mais tu auras besoin d'outils plus grands que ceux que tu as.

— J'ai beaucoup d'outils dans le garage que je n'ai pas encore utilisés, alors peut-être que c'est ce que je ferai ce week-end.

— Ce serait une bonne idée, oui, surtout si la vue de la peinture te dérange trop.

— Bien sûr que ça me dérange. Comment le contraire serait-il possible ?

Nan haussa les épaules.

— Ça me contrarierait, mais je ne voulais pas en faire trop au cas où ça ne te dérangerait pas.

— Évidemment que ça me dérange, s'exclama Doreen, avant de fermer les yeux. Je te demande pardon, je ne devrais pas être aussi colérique. Je suis un peu sur les nerfs.

— Je vois ça, affirma Nan. Tu devrais peut-être te retirer de cette affaire.

— Non, il n'en est pas question. Je ne peux pas me permettre de faire ça.

— Pourquoi pas ? Personne n'y verrait d'inconvénient. Je veux dire, après tout, si tu te fais harceler…

— Peut-être que les gens n'y verraient pas d'inconvénient, mais *moi*, si. Je n'aime pas l'idée que quelqu'un s'en prenne à moi comme ça, au point que je m'éloigne de tout ça. Toi et moi savons combien il est important que nous fassions toute la lumière sur cette affaire et sur toutes les autres affaires non résolues.

— Certes, mais on ne veut pas non plus que tu sois blessée en cours de route, nota Nan.

— Mack va en parler au capitaine aujourd'hui.

— Oh, parfait. Je suis ravie que tu aies Mack.

— Moi aussi, convint Doreen avec émotion. Il a été merveilleux dans tout ça.

Nan acquiesça sagement.

— Je suis heureuse de l'entendre, ma chérie.

Doreen la regarda avec méfiance, toutefois l'expression de sa grand-mère ne trahissait rien d'autre qu'une satisfaction tranquille.

— Et ton ex-mari ?

— On travaille toujours sur le divorce, il faut qu'il signe tout, marmonna la jeune femme. Même si j'espère que cette procédure se terminera bientôt avec succès.

— Avec un peu de chance, ce sera le cas, mais ça pourrait prendre plus de temps que prévu. C'est généralement le cas.

— J'appellerai Nick en rentrant pour voir s'il a déjà les derniers documents.

— Bonne idée, approuva Nan avec un sourire. Profite du thé, je vais chercher le petit déjeuner.

Elle regarda sa grand-mère retourner à l'intérieur. Doreen ne savait pas ce qu'elle avait prévu, mais au même moment, la porte-fenêtre s'ouvrit, et Richie et Maisie sortirent, des assiettes dans les mains. Richie arborait un large sourire.

— Tu vois ? On adore quand tu viens nous rendre visite, la salua-t-il d'une voix conspiratrice.

— On prend toutes sortes de douceurs, ajouta Maisie en levant les yeux au ciel.

Doreen les dévisagea, remarquant qu'ils tenaient tous deux des assiettes remplies de mini-quiches, de roulés à la saucisse et de Dieu seul sait quoi d'autre. Elle fixa le tout.

— Wouah. Pourquoi ?

— Je leur ai dit que tu travaillais sur une nouvelle affaire et que tu venais en discuter, répondit Richie.

— Oh.

Il lui tapota la main et lui expliqua :

— Ne t'inquiète pas. Ils savent que c'est pour toi et que tu es là. Je n'essaierai pas de les flouer.

Doreen grimaça.

— Ce serait bien que je n'en sois pas la raison. Je ne suis pas une résidente ici. Je me sens mal de manger votre nourriture.

— C'est parce que tu es quelqu'un de bien, la rassura Richie en souriant. En plus, j'avais besoin de quelque chose de nouveau pour les embêter de toute façon.

La jeune femme leva les yeux au ciel.

— Tu pourrais te contenter de ne pas les embêter.

— Je pourrais, convint-il, avec un sourire radieux et joyeux, mais qu'est-ce que je ferais alors ? Ils penseront que je suis malade et appelleront le médecin.

Doreen éclata de rire.

— C'est possible. J'avoue que c'est sûrement ce que je ferais aussi.

— Tu vois ? Tout le monde s'attend à ce que je sois en action. Alors, si je ne le suis pas, ils sont tous déçus.

— Je ne sais pas s'ils sont déçus, bougonna Doreen, mais ce serait bien si on pouvait garder ça pour que ce ne soit pas seulement parce que je viens.

Richie tourna son regard vers Nan, qui leva les yeux au ciel.

— Tu vois ? Je te l'avais dit. Quand on fait bien les choses, c'est une rabat-joie.

— Ce n'est pas une mauvaise chose, dit Maisie, se joignant à la conversation. On a besoin de gens comme elle.

— Oh, je sais, rétorqua Nan avec dégoût, mais elle peut

être un peu trouble-fête.

Doreen regardait Nan avec horreur.

— Tu ne viens pas de dire ça.

— Si, maugréa Nan en s'asseyant à la table en face de sa petite-fille. Mais on a les douceurs, alors mangeons.

Sur ce, la vieille dame chaparda deux mini-quiches. Les autres se servirent aussi.

Doreen se rendit compte qu'elle risquait de ne rien avoir. Elle s'empressa de prendre deux douceurs différentes.

— Ça a l'air délicieux.

— Tu sais qu'ils l'ont cuisiné spécialement pour toi, n'est-ce pas ? demanda Richie.

Oh mon Dieu…

Pendant le brunch ou le petit déjeuner, elle ne savait même pas comment on appelait un tel repas, la conversation porta sur tout *sauf* sur son affaire.

Richie finit par enfourner la dernière bouchée, attendit de déglutir, puis demanda :

— Alors, c'est quoi cette histoire de ta belle terrasse qui a été peinte à la bombe ?

Elle s'empressa d'expliquer. La tâche fut compliquée, car Maisie n'arrêtait pas de s'exclamer à propos de tout ce que disait Doreen.

Finalement, Nan donna à Maisie une petite tape sur la jambe.

— Arrête, ma chère. La pauvre Doreen a déjà suffisamment de mal à parler sans que tu ne viennes tout compliquer.

Maisie regarda Nan, le regard blessé, puis Doreen.

Cette dernière lui sourit.

— C'est rien. Je n'ai rien d'autre à ajouter.

Nan ricana.

— Pourquoi tu ne l'as pas dit tout de suite ? Et nous qui

croyions que tu avais une histoire importante à nous raconter.

Doreen secoua la tête.

— Non, Nan, pas d'histoire importante.

— Eh bien, ce n'était pas une grande nouvelle. Je ne suis
pas très impressionnée par cette terrasse, maugréa Nan.

— Non, moi non plus. C'était une belle terrasse, et je
suis vraiment désolée que quelqu'un lui ait fait ça.

— C'est sûrement réparable.

— Mack m'a dit que ça l'était. Mais je ne sais pas vraiment comment m'y prendre.

— Je comprends, renchérit Richie, parce que ça prend
du temps de réparer les dégâts.

— En effet, mais je passe mon temps sur cette terrasse.
C'est donc une véritable horreur pour l'instant et, bien sûr,
un mauvais souvenir.

Richie hocha la tête en signe de compassion.

— Tout à fait. Tu dois la réparer pour cette seule raison.
Il ne faut pas que tu la regardes et que tu t'énerves à chaque
fois que tu la vois.

— Non, j'espère que non, souffla Doreen en se tournant
vers lui. Je te remercie de penser à moi quand il s'agit de
nourriture.

— On ne peut pas te laisser mourir de faim, ma chère,
répondit Richie, bombant le torse d'importance. Tu es trop
précieuse pour cette communauté.

Doreen rit aux éclats.

— Je n'en dirais pas tant. Je pense que quelqu'un dans la
communauté voudrait que j'arrête ce que je fais.

— Il y a toujours quelqu'un qui veut que tu t'arrêtes,
affirma Richie avec aisance. Continue à faire ce que tu fais.
Fais-le en toute sécurité, bien sûr, mais continue.

— Eh bien, c'est ce qui est prévu. Je vais devoir enquiquiner quelques personnes de plus aujourd'hui.

— Qui ça ? s'enquit Maisie, se penchant en avant avec excitation. On peut faire quelque chose pour t'aider ?

Doreen réfléchit, puis secoua lentement la tête.

— Je ne pense pas. Ça implique que je parle à nouveau à tout le monde. Ce serait bien aussi si je savais à qui appartient ce gros pick-up noir qui me suit.

Richie abaissa lentement sa tasse de thé.

— Quelqu'un te suit ?

— Je pense qu'il s'agit de deux véhicules différents, un pick-up noir récent et un vieux déglingué. Pourtant, je soupçonne que c'est la même personne, devina Doreen. Sinon, ce serait trop de penser que *deux* personnes me suivent.

— Ça dépend du nombre de personnes que tu as contrariées, suggéra Nan. Combien y en a-t-il ?

Doreen avisa sa grand-mère.

— Je l'ignore… Je ne pensais pas que quelqu'un serait assez agacé pour me suivre. Mais tu sais que les gens peuvent toujours prendre les choses différemment.

— En tout cas, tu les enquiquines, gloussa Maisie.

Doreen sourit.

— Absolument, et je ne vais pas non plus y renoncer tout de suite.

— Oh, tu ne peux pas. Absolument pas, affirma Maisie, horrifiée. Ils gagneraient à ce moment-là.

— Je ne sais pas si c'est une question de gagner, mais plutôt de retrouver Dennis.

— Dennis est probablement mort, dit Maisie. Je veux dire, il n'y a aucune raison pour qu'il soit encore en vie. Je pense qu'il y a consensus sur le fait qu'il est mort, mais personne n'a de preuve dans un sens ou dans l'autre. Il est sûrement mort tout de suite après sa disparition.

Intérieurement, Doreen était d'accord avec Maisie, mais elle n'en avait pas la preuve.

— Même s'il était mort tout de suite, concéda Doreen, j'aurais besoin de preuves.

— C'est un vrai problème, n'est-ce pas ? devina Nan.

— De quoi ? demanda Doreen en observant les assiettes.

— Le fardeau de la preuve.

Doreen hocha la tête.

— Oui, mais c'est ça la justice, confirmer qu'on ne condamne pas la mauvaise personne.

— Et le coupable s'en sort souvent, se plaignit Maisie, dégoûtée. Il suffit de regarder toutes ces séries télévisées pour voir combien de fois les méchants s'en tirent avec un meurtre.

— Parfois, dit Doreen, qui ne savait pas trop où menait cette conversation. Mais la plupart du temps, la police fait du très bon travail.

Maisie fixa Doreen du regard.

— C'est parce que tu es partiale, glissa Nan.

Doreen grimaça.

— Peut-être, mais je travaille aussi du côté de la loi, ajouta-t-elle, alors j'aimerais penser qu'on gagne.

Maisie s'esclaffa.

— La police gagne parce que tu t'en occupes, riposta-t-elle avec une pointe de satisfaction. Si tu ne résolvais pas toutes ces affaires, elles resteraient en suspens, encore plus classées.

— Peut-être, murmura Doreen. Mais il faut beaucoup de temps pour enquiquiner les gens.

La jeune femme leva les yeux au ciel à cause de son

propre choix de mots.

— Exactement, et parce que tu les enquiquines, ça te met aussi en danger. C'est donc la police qui devrait te protéger, proclama Maisie.

— J'ai Mack, fit remarquer Doreen avec une note d'humour.

— Mais il ne vit pas avec toi, ma chérie, intervint Nan. Je me sentirais tellement mieux si c'était le cas.

— Il a sa propre maison, et il aime avoir son espace.

— Tu veux dire que tu aimes avoir ton propre espace.

Elle lança un regard noir à sa grand-mère et acquiesça.

— Oui, c'est vrai. C'est vrai. Je n'en ai pas eu beaucoup, et j'ai l'intention d'en profiter.

Richie lui tapota la main.

— Je comprends. Tu fais ce que tu as à faire. On sera avec toi.

— Avec moi ? répéta Doreen avec méfiance.

Elle passa son regard de Nan à Richie, puis à Maisie.

Richie acquiesça et ajouta :

— On sera là à t'attendre, à noter toutes les informations et à veiller à ce que tout se passe bien.

Elle ne savait pas exactement de quoi il parlait, mais ils opinaient tous du chef, comme s'il s'agissait d'un plan qu'ils avaient déjà établi dans leurs têtes.

Sur ce, elle décida de filer pendant qu'elle le pouvait encore, afin qu'ils ne lui tapent pas sur les nerfs. Elle rassembla les animaux, remercia encore Richie pour le petit déjeuner, et prit le chemin de sa maison.

— Sois prudente, mon enfant ! lança Nan.

— Promis, Nan ! répondit Doreen, la main levée.

Puis elle disparut à l'angle de la rue.

Chapitre 28

Sur le chemin du retour, les animaux avaient décidé de reprendre leur routine et tout le monde était impatient de profiter de la rivière. Mugs dansait dans l'eau, en sortait, se mouillant plus que Doreen ne l'aurait voulu.

Thaddeus était monté sur son épaule, peu préoccupé par l'eau, mais surveillant toujours attentivement Goliath. Ce dernier s'éloignait résolument du ruisseau, essayant de rester hors du chemin de Mugs, surtout lorsque celui-ci sortait et aspergeait tout autour de lui. Doreen n'était pas sur le chemin depuis plus de dix minutes qu'elle entendit des pas derrière eux. Elle se retourna et vit un homme grand et mince qu'elle ne connaissait pas. Il lui adressa un petit coup de chapeau et continua à marcher. Elle se rendit compte combien elle devenait nerveuse.

Appelant Mugs auprès d'elle, elle poursuivit son chemin vers sa propriété. Il n'était que 10 heures du matin et il était temps pour elle de faire le point sur sa journée et de réfléchir à ce qu'elle allait faire. Elle ne savait pas et n'avait pas vu qui était le conducteur de l'un ou l'autre des pick-ups noirs, et elle n'avait pas relevé de plaque d'immatriculation ni de marque ou de modèle. C'était donc une impasse totale. Et elle ne pouvait s'en prendre qu'à elle-même. Elle aurait dû être plus rusée et s'en approcher pour relever la plaque d'immatriculation.

Quant à la personne qui avait endommagé sa terrasse, le karma s'en prendrait à elle. Doreen s'arrêta et prit conscience qu'il aurait pu s'agir d'une femme. Elle ignorait qui avait pénétré sur sa propriété, et ne savait pas si quelqu'un avait vu l'intrus. Le peintre aurait pu passer par le chemin de derrière, entrer dans son jardin, vandaliser sa terrasse et s'en aller, sans que personne ne s'en aperçoive.

Richard n'avait vu personne, ce qui incita Doreen à aviser la propriété de ses voisins de l'autre côté, Cindy et Josh. Elle continua le long du ruisseau, passa devant sa maison et longea la clôture en bois de Cindy et Josh, qui entourait toute leur propriété. La clôture arrière de Doreen ayant été retirée plusieurs mois auparavant, il était plus facile d'accéder à son jardin depuis le ruisseau que d'entrer dans le jardin de Richard ou dans celui de Cindy et Josh.

Doreen appela par-dessus la clôture :

— Bonjour, bonjour !

Mais elle ne reçut pas de réponse. Elle traversa donc son jardin pour se rendre dans la cour avant avec ses animaux, puis elle se dirigea vers les voisins à sa droite.

Lorsqu'elle frappa à la porte, Cindy et Josh ouvrirent et, comme d'habitude, ils étaient vêtus de tenues assorties – pantalons kaki et T-shirts roses. Ils avaient l'air pressés, un enfant dans les bras de Cindy et un autre dans ceux de Josh.

— Bonjour, la salua Cindy, soulagée de voir Doreen. On fait du baby-sitting. Tout va bien ?

— Oui, je me demandais juste si vous aviez vu quelqu'un chez moi hier. Quelqu'un est entré et a peint ma belle terrasse.

Cindy la regarda avec étonnement.

— Oh là là, je ne connais personne qui ferait ça.

— Non, moi non plus, marmonna Doreen. Je me demandais si vous aviez entendu quelque chose.

Cindy et Josh secouèrent la tête en même temps, puis l'un des enfants commença à crier et à se débattre pour descendre. Cindy gémit.

— Je suis désolée. C'est difficile pour moi d'entendre quoi que ce soit à cause de ces petits gars parfois.

Doreen hocha la tête.

— Vous n'avez donc vu personne rôder dans l'impasse ni près du ruisseau, ou quelque chose de ce genre ?

Cindy secoua la tête.

— Non, certainement pas. Richard a peut-être vu quelque chose.

— Je lui ai déjà parlé, indiqua Doreen, et il n'a vu ni entendu personne non plus.

— Je suis désolée. On ne peut pas faire grand-chose pour vous alors.

Sur ce, le couple recula avec les petits-enfants et ils fermèrent la porte.

Doreen les laissa partir. Après tout, s'ils n'avaient rien à offrir, ils ne pouvaient pas aider Doreen. Alors qu'elle retournait lentement chez elle, Richard l'appela. Elle se tourna vers lui, debout sur le porche d'entrée.

— Qu'est-ce qu'il se passe ? demanda-t-elle.

— Vous avez trouvé le coupable ?

— Non. Je demandais seulement à Cindy si elle avait vu quelque chose.

Il ricana.

— Vous l'avez déjà vue avec Josh à l'extérieur ?

Doreen réfléchit, puis secoua la tête.

— Non.

— Ils sont toujours chez eux. Ce n'est vraiment pas une bonne façon d'élever des enfants – ou des petits-enfants, dans leur cas.

— Peut-être pas, mais j'imagine qu'on n'a pas vraiment le droit de juger qui que ce soit, répliqua la jeune femme.

Richard secoua la tête.

— Pourquoi pas ? Tout le monde nous juge.

Elle ne pouvait pas vraiment argumenter là-dessus parce que, d'une part, il avait raison et, d'autre part, c'était un débat difficile à avoir alors qu'ils n'étaient pas vraiment d'accord sur beaucoup de sujets.

— Mais si personne n'a rien vu, ça ne fait aucune différence de toute façon, termina-t-elle d'un ton morose.

— Peut-être, mais vous avez parlé du pick-up qui est venu ici l'autre jour, dans l'impasse. Et du type qui est passé par là l'autre nuit.

— J'ai vu le pick-up arriver dans l'impasse, mais je n'ai pas vu la plaque d'immatriculation complète, juste quelques lettres, et c'est seulement parce qu'il est passé devant et que la lumière du garage du voisin s'est allumée.

Son voisin dicta les lettres.

— Vous avez vu ça ? s'étonna Doreen.

— Depuis l'affaire avec Roscoe, je surveille de plus près.

— Vous avez peur que quelqu'un s'en prenne à vous à cause de Roscoe ?

— Pas nécessairement. Je pense simplement qu'une fois que l'on a été touché par certaines de ces choses, on se méfie un peu plus.

— En effet, maugréa-t-elle. Vous souvenez-vous d'autre chose à propos du chauffeur ?

— Un type costaud. C'est tout ce dont je me souviens.

— D'accord, je donnerai les lettres à Mack.

Il acquiesça et disparut à l'intérieur, avant même qu'elle n'ait eu le temps de le remercier. Doreen rentra chez elle et s'empressa d'envoyer un SMS à Mack à propos de ce que Richard avait partagé.

Mack lui téléphona.

— C'est ce qu'il t'a dit ?

— Oui, mais seulement après être allée voir les voisins de l'autre côté de chez moi – Cindy et Josh – et leur avoir demandé s'ils avaient vu quelque chose dans mon jardin. Après la dernière affaire non résolue avec Roscoe, son frère, c'est à ce moment-là que Richard m'a dit qu'il faisait davantage attention à ce qu'il se passait autour de lui. Il n'a pas reconnu le véhicule ni le conducteur, mais il roulait si lentement dans notre impasse que j'ai imaginé qu'il avait relevé les numéros de plaque d'immatriculation, juste au cas où.

— C'est une bonne chose, affirma Mack, car c'est le genre d'aide dont on a besoin. Trop souvent, les gens sont aveugles à ce qu'il se passe autour d'eux, et des choses comme les plaques d'immatriculation ne sont pas sur leur radar.

— Je ne sais pas si ça mènera à quelque chose, marmonna Doreen, mais c'est déjà ça.

— Hé, c'est toujours ça de pris. Je te rappelle dans quelques minutes.

Le caporal raccrocha.

En entrant chez elle, elle était encore un peu énervée et désorientée. Elle décida donc de faire un peu de ménage, quelque chose de nécessaire, mais qu'elle ne passait pas assez de temps à faire. C'est ainsi qu'elle se consacra au balayage et à l'entretien du sol, puis monta dans sa chambre, défit les draps et mit du linge à laver. Avec les animaux qui dormaient en permanence sur le lit, l'accumulation de poils était un véritable fléau.

Lorsqu'elle était mariée, Mugs n'avait pas le droit de monter sur le lit et la femme de ménage s'occupait de tout cela. Aujourd'hui, c'était un flot ininterrompu de poils de chien et de chat. Elle ne pouvait pas blâmer le pauvre Mugs, d'autant plus que Goliath semblait en perdre tout autant.

Une fois terminé, elle était en nage et décida d'ouvrir toutes les fenêtres pour aérer la pièce, puis refit son lit. Ensuite, elle redescendit et prépara le café qu'elle n'avait pas bu le matin même. Ce faisant, elle entendit un véhicule approcher. Elle se précipita vers la fenêtre à l'avant et, bien sûr, c'était encore ce pick-up noir.

Elle l'observa avancer lentement dans l'impasse. Elle ne savait pas s'il cherchait à la voir, elle, en particulier, à voir quelqu'un d'autre qui pourrait être seul à la maison, ou à savoir ce qu'il se passait en général dans ce quartier.

Elle le vit arriver sur la crête près de chez elle, puis il ralentit encore plus. Elle sortit sur le perron et lui fit signe. Il appuya sur le frein, puis accéléra, comme choqué et horrifié, et partit en trombe de l'impasse. Doreen rit.

— Oui, imbécile. Je t'ai vu.

Bien entendu, elle n'avait pas vu grand-chose, juste un homme dont la tête était en grande partie cachée par la visière, et qui semblait rasé de près. Elle n'avait pas pu voir autre chose.

Alors qu'elle se retournait pour passer la porte d'entrée, elle aperçut Richard qui se tenait devant son porche.

— C'était lui, n'est-ce pas ? demanda-t-il.

— Je ne sais pas encore. Je n'ai pas relevé la plaque d'immatriculation.

— J'ai relevé trois lettres, assez pour envisager qu'il s'agit du même véhicule.

— Bien. Je les ai donnés à Mack tout à l'heure. Je lui dirai que notre visiteur est revenu.

Richard bougonna et rentra chez lui, mais cette fois, il semblait être davantage du côté de la jeune femme que contre elle.

Alors qu'elle mettait Mack au courant, il lui répondit :

— Le pick-up appartient à quelqu'un à qui je dois parler.

— Il vient de partir d'ici, alors je ne sais pas où il va.

— Il y a de fortes chances qu'il rentre chez lui après ce scénario. Je vais aller chez lui, discuter avec lui, puis je passerai chez toi.

— Je viens de lancer la cafetière, donc je devrais avoir tout bu avant que tu arrives.

Et, sur ce, Doreen raccrocha. Elle éclata de rire, se sentant bien pour la première fois de la journée.

Puis elle s'attela au nettoyage de la cuisine, chose qu'elle ne prenait pas vraiment le temps de faire non plus. Elle n'était pas désordonnée ni sale, mais le ménage n'était pas automatique chez elle. C'était étrange de penser que ce n'était pas un trait de caractère naturel et qu'il fallait s'entraîner à le faire. Peut-être que si elle avait été élevée dans l'obligation de faire des choses, comme ranger sa propre chambre, elle s'y serait habituée, mais non. Apparemment, pour Doreen, il fallait rompre avec les mauvaises habitudes de son mariage, afin qu'elle devienne quelqu'un qui puisse s'occuper d'elle-même.

Lorsqu'elle entendit un autre véhicule remonter l'impasse une vingtaine de minutes plus tard, elle se précipita à nouveau vers la fenêtre. C'était un pick-up noir, mais différent. Enfin, non, elle n'en était pas sûre. Elle ne voyait pas la plaque d'immatriculation pour le confirmer.

Richard se tenait également à l'extérieur, sur le porche. Il secoua la tête.

— C'est un autre.

— Alors, il n'en a pas après moi, dit-elle.

Richard pouffa.

— Vous pourriez avoir la moitié de la ville à vos trousses, maugréa son voisin. Tout le monde a quelque chose contre vous.

— Je suis quelqu'un de gentil, protesta-t-elle.

— Certes, mais vous énervez les gens.

— C'est injuste, marmonna-t-elle. J'essaie seulement d'aider.

Richard rit.

— Dans ce cas, c'est le genre de réponse que vous obtenez.

Elle lui jeta un regard noir et rentra chez elle. Le pick-up avait disparu depuis longtemps, mais il ne faisait pas le même bruit que l'autre non plus. Elle était donc persuadée qu'il s'agissait d'un autre véhicule, comme l'avait confirmé Richard. Sûrement quelqu'un qui s'était perdu.

Quand Mack arriva, elle ne prit même pas la peine de courir jusqu'à la porte d'entrée. Mugs se comporta comme d'habitude en présence de Mack, elle savait donc qui c'était. Le policier entra dans le salon et elle l'avisa.

— Après que le premier pick-up noir est revenu aujourd'hui, un autre véhicule noir est venu par la suite. La plaque d'immatriculation était différente, le type de pick-up était différent, je n'ai donc aucune idée de qui il s'agissait.

Mack opina.

— Le premier véhicule, celui qui est en mauvais état, appartenait à Rodney, le type qui est allé en prison pour avoir agressé Dennis Polanski.

Doreen dévisagea le caporal.

— Vraiment ?

Mack acquiesça.

— Mais il nie avoir quoi que ce soit à voir avec ta terrasse, il dit qu'il voulait juste s'arrêter pour te demander si tu avais des informations sur l'affaire et qu'il ne savait pas comment t'aborder. Il craignait d'être mal reçu, alors il ne s'est pas présenté. C'est un grand gaillard, il semble donc menaçant à cet égard. A-t-il fait quelque chose de menaçant ?

Elle secoua la tête.

— Non, enfin… je me suis demandé si c'était lui qui m'avait suivie ce jour-là, mais je n'étais pas sûre que quelqu'un me suivait.

— Et, même si c'était lui, ce n'est pas vraiment un crime. Ça ne me plaît pas. Ce type a déjà un casier pour agression.

— Et on n'a pas besoin qu'il s'attire à nouveau des ennuis, ajouta Doreen en hochant la tête. La dernière chose qu'on souhaite, c'est le pousser à nouveau sur le chemin de la criminalité.

Mack la fixa du regard.

— Écoute. Je me fiche qu'il reprenne ce chemin ou non, tant que ce n'est pas avec toi.

Doreen lui sourit.

— Voilà encore ton cœur tendre.

— J'essaie seulement de te protéger, soupira-t-il.

— Oui, je sais. Qu'est-ce qu'il vous faut pour déterrer un corps ?

— Comment ça ? interrogea le policier. Ou tu veux dire *exhumer* un corps ? Tu sais qu'on vient de vivre tout ce bazar au cimetière.

— Oui, mais on savait qu'il n'y avait pas de corps dans ces tombes.

— Non, on l'ignorait, corrigea-t-il, exaspéré. *Tu* le pensais, mais on n'en avait pas la preuve avant de les ouvrir.

Doreen soupira.

— D'accord. Qu'est-ce qu'il faut pour déterrer un corps ?

Il secoua la tête.

— Si on était certain qu'il y *a* un corps et qu'on doit en extraire de l'ADN ou autre chose, c'est une autre histoire.

— Parce que cette affaire, au fond, est très simple. Je ne sais pas qui y a mis fin.

Mack s'assit en face d'elle.

— De quoi est-ce que tu parles ?

— Dennis, la personne disparue sur laquelle je travaille.

— Oui, et alors ?

— Il est évident qu'il a été assassiné, tout comme l'endroit où il se trouve, affirma Doreen, mais il y a trop de suspects pour que l'on puisse déterminer qui l'a tué. Si on ne fait pas la lumière sur cette histoire, personne ne paiera pour ce crime.

— Tu es sérieuse ? Tu crois que tu sais déjà où est Dennis ?

Il la regarda avec stupeur.

— Je suis presque sûre de savoir où il est, mais je ne sais pas qui est le coupable.

— Tu penses à ce jardin, pas vrai ?

— Tout à fait, acquiesça-t-elle.

— Si on faisait venir un chien renifleur, ça nous aiderait. Qu'est-ce qui te fait penser que son corps est là ?

— Premièrement, Mugs, répondit Doreen. Deuxièmement, le timing. Même s'ils avaient une belle raison de terminer le jardin, je suis presque sûre que la raison elle-même n'était qu'une excuse.

— Qui est coupable, selon toi ?

— Je ne sais pas. C'est le problème. Beaucoup trop de gens sont impliqués.

— Je me suis toujours posé des questions sur l'épouse, observa Mack.

— Je ne pense pas que ce soit elle, réfuta Doreen. Je pense, en fait, que c'est peut-être *à cause* d'elle, mais je ne pense pas que ce soit elle qui ait tué Dennis.

— Pourquoi pas ?

— Parce qu'elle est trop concentrée sur la ferme, trop concentrée sur l'éducation de ses enfants, sur ce qu'elle a à faire.

— Tu penses que les enfants sont impliqués ?

— Non, pas du tout, heureusement, rétorqua Doreen, l'air radieux. Mais beaucoup d'autres personnes le sont.

— Bien sûr, avec toutes ces liaisons, trop d'autres personnes, nota Mack, et on n'a jamais eu de raison pour que l'une d'entre elles tue Dennis – enfin, aucune preuve ne l'étayait.

— Je sais. La question est de savoir si le coupable était seul ou en collaboration avec quelqu'un d'autre.

Mack la dévisagea.

— Tu dis qu'il y a deux tueurs ?

— Non, je ne dis rien pour l'instant. Tout ce que je peux dire, c'est que certaines personnes sont clairement impliquées, et je suis persuadée de connaître la localisation du corps.

— Rien que trouver le corps serait énorme, mais j'ai besoin de plus que : *Hé, Mack. Je pense que le corps est là.*

— Je sais, râla-t-elle. C'est là que le bât blesse.

— Et tu ne peux pas te promener sur une propriété privée, l'avertit-il.

Doreen se renfrogna.

— Bien sûr que non. Ce n'est pas autorisé non plus, n'est-ce pas ?

— Non.

— Très bien, je vais devoir être furtive.

Mack la regarda fixement, alarmé. Elle haussa les épaules.

— C'est bon. Je sais comment être furtive.

Le policier la fustigea du regard.

— Être furtive se traduit souvent par être blessée.

— Je n'ai rien fait qui mérite d'être blessée par qui que ce soit, protesta-t-elle.

— Non, mais on dirait bien que c'est sur le point d'arriver.

Doreen sourit.

— Je pourrais dire que tu peux venir avec moi, mais ça ressemblerait à un coup monté.

— S'il te plaît, ne fais rien de stupide, l'enjoignit Mack. On a déjà ce type qui te suit.

— Tu penses qu'il est dangereux ?

— Je ne sais pas quoi penser de lui, reconnut Mack. Il avait une raison plausible de te chercher, mais est-ce une bonne raison ? Je n'en suis pas certain. Et je sais qu'à cause de son passé, ça me rend méfiant. Ses antécédents expliquent aussi pourquoi il n'a pas voulu t'approcher face à face, vu sa taille.

— Parce que j'aurais peur de lui ?

— Ou parce que tu te méfierais naturellement à cause de son profil. Une fois que tu as un casier judiciaire pour agression, souligna Mack, ça te colle à la peau pour la vie.

— J'imagine, marmonna Doreen. Et je n'aurais rien su de son dossier si je ne faisais pas ce travail.

— Exactement. Et même si un corps se trouve dans cette rocaille, comme tu l'affirmes, ça ne nous donne pas le droit d'y aller et de creuser pour le trouver, pas sans preuve d'abord.

— Il aurait fallu l'enterrer profondément, pour qu'il n'y ait pas d'odeur, pour qu'il n'y ait rien d'évident pour nous, les humains. Mais des chiens entraînés pourraient nous le dire, n'est-ce pas ?

— Mais même dans ce cas, ça ne démontrera pas ce qu'on doit prouver, à savoir qui a mis le corps là, *si* un corps s'y trouve. Toutefois, l'affaire serait rouverte.

— Tout à fait. Et parfois, je me demande si on ne ferait pas mieux de laisser le chat qui dort.

— Comment ça ? interrogea Mack.

— Je me demandais juste… Non, ne t'inquiète pas. Il faut que j'y réfléchisse.

— Tu peux y réfléchir, mais réfléchir à quelque chose comme ça est une tout autre histoire que d'essayer de démêler le vrai du faux d'un meurtre.

— Je sais, je sais.

Alors qu'elle se dirigeait vers la cafetière, il lui demanda :

— Tu n'as pas déjà assez bu de café ?

— Non. Et chaque fois que je vois ma terrasse, j'ai l'impression que ce ne sera jamais assez.

— On peut s'en occuper ce week-end.

Elle se tourna vers lui.

— Ah bon ? lança-t-elle avec espoir.

— Absolument. Il faudra poncer un peu, mais on peut l'enlever. Il y a aussi une petite chance que ce soit de la peinture à l'eau. Si c'est le cas, tu pourras l'enlever au tuyau d'arrosage. Tu devrais essayer ça d'abord.

— Oh, je peux, s'écria Doreen avec joie. Ça ne m'était pas venu à l'esprit que ça pourrait être une option.

— Certaines peintures sont à base d'huile, d'autres à base d'eau. Ça dépend donc du type de peinture utilisé sur ta terrasse. Honnêtement, elle devait être à base d'huile, mais vérifie.

— D'accord, je ferai ça bientôt.

— Je ne peux pas rester. Je dois y aller. Alors s'il te plaît, reste chez toi autant que tu le peux, et fais attention à toi.

Et, cela dit, Mack partit.

Doreen sourit, sortit sur sa terrasse, ouvrit le tuyau d'arrosage et le dirigea vers la peinture. À sa grande joie, la peinture fut dissoute sous l'eau.

— Merci, merci, merci.

Et c'est ainsi qu'elle passa l'heure suivante à frotter et à laver la terrasse, jusqu'à ce qu'elle soit à nouveau comme neuve. La jeune femme rayonnait en observant sa belle terrasse.

— Et voilà, souffla-t-elle, le sourire aux lèvres. Maintenant, ma vie semble à nouveau normale.

Chapitre 29

APRÈS AVOIR FAIT ses courses, Doreen rentra chez elle, ses achats à la main, tout en appelant les animaux. Ils n'étaient pas à la porte d'entrée, et c'est alors qu'elle trouva la porte de derrière grande ouverte. En gémissant, elle se précipita à l'extérieur et trouva tous ses animaux étendus dans son jardin à l'attendre. Tout semblait intact. Elle jeta un regard noir alentour.

— Je suis vraiment partie sans fermer cette porte ? s'écria-t-elle.

C'est alors que Richard passa la tête par-dessus la clôture et faillit lui provoquer une crise cardiaque. Elle eut du mal à réprimer un cri perçant à son apparition soudaine.

— Oui, répondit-il. J'ai passé la tête pour voir ce que vous faisiez, tous les animaux étaient là et la porte de la cuisine était grande ouverte. Puis je vous ai entendue partir en voiture dans l'allée.

— Oh, juste ciel. Je suis carrément furieuse.

— Quand on est trop secouée, trop dispersée, trop concentrée sur certaines choses et pas sur d'autres, il est facile de commettre ce genre d'erreurs.

— Bien sûr, mais après que quelqu'un a déjà vandalisé

ma terrasse, ce n'est pas quelque chose que j'ai envie d'oublier.

Son voisin avisa la terrasse et souligna :

— Vous l'avez nettoyée.

La voix de Richard était tellement étonnée que Doreen sourit.

— En effet. J'ai passé quelques heures à frotter.

— Bien. Je ne pensais pas que vous arriveriez un jour à nettoyer ça.

— De temps en temps, les choses s'arrangent.

Il bougonna et disparut à nouveau de son côté de la clôture.

Elle se contenta de sourire et se tourna vers ses animaux.

— On devrait sûrement s'occuper de cette autre chose, avant que quelqu'un ne revienne me mettre en garde contre cette affaire.

La jeune femme commença par ranger les denrées périssables. Cela fait, elle chargea les animaux, remonta dans son véhicule – fatiguée, un peu angoissée – et conduisit vers la ferme au sud-est de Kelowna. Garée dans l'allée, elle sortit, prit la bombe de peinture qu'elle avait achetée à l'épicerie et commença à la pulvériser sur toute la rocaille.

Plusieurs personnes accoururent et crièrent :

— Mais enfin, qu'est-ce que vous faites ?

Elle leva les yeux vers Meredith, plantée là, qui la foudroyait du regard. Il y avait aussi Danny, Johnson, et le fils qui travaillait à la ferme, Joe. Doreen hocha la tête.

— Hé, je vous rends juste la pareille.

— Qu'est-ce que vous racontez ? s'écria Meredith. Pourquoi faites-vous ça ?

— Parce que votre fils a fait ça à ma propriété, déclara Doreen. J'ai donc pensé qu'il devait y avoir une raison pour laquelle il l'avait fait. Je me suis alors dit que si je venais faire la même chose chez vous, on pourrait le découvrir ensemble.

Meredith la dévisagea, comme si Doreen avait perdu la tête.

— Qu'est-ce que vous racontez ?

Doreen désigna le fils de Meredith.

— Salut, Joe. Vous voulez m'expliquer pourquoi vous avez fait ça à ma terrasse ?

Mugs tira sur sa laisse en grognant du fond de la gorge. Thaddeus se cacha sous ses cheveux, contre son cou. Goliath resta assis, à l'exception de sa queue qui s'agitait avec des mouvements brusques.

Joe lui jeta un regard noir.

— Vous êtes folle ?

— Beaucoup de gens me traitent de folle. Je les ignore parce que ce n'est pas la chose la plus gentille que l'on puisse dire à quelqu'un.

Il la dévisagea et secoua la tête, avant de regarder sa mère et d'affirmer :

— Elle est cinglée. Je n'ai rien fait.

— Et pourtant, corrigea Doreen. Vous êtes venu chez moi. Vous êtes entré dans mon jardin et vous avez peint ma terrasse toute neuve. J'essaie de comprendre pourquoi. Alors, me voici.

— Et vous êtes venue vandaliser ma propriété pour obtenir des réponses ? interrogea Meredith, qui la regardait avec stupeur.

— C'est ce que votre fils a fait à la mienne.

Meredith fronça les sourcils.

— Personne ne fait ça. Qui fait ça ?

Doreen haussa les épaules.

— Ça m'a semblé être une bonne idée sur le coup.

— Vous êtes tarée, cingla Joe.

Doreen lui lança un regard noir.

— C'est vous qui êtes venu vandaliser ma maison.

Il continua à la fixer du regard, mais elle remarqua qu'il commençait à détourner son regard d'elle.

— Pourquoi ? continua-t-elle. Je ne partirai pas tant que vous ne m'aurez pas dit pourquoi.

— Ou je pourrais appeler les flics, suggéra Meredith avec un grognement. Ils s'occuperont de vous assez vite.

— Bien sûr, et ensuite nous irons creuser dans le jardin, riposta Doreen. Qu'en pensez-vous ?

Meredith lui jeta un regard noir choqué.

— De quoi parlez-vous ?

Doreen avisa le fils, l'arrière-grand-père de Joe, Johnson, puis le grand-père de Joe, Danny.

— Il y a beaucoup de générations ici, toutes impliquées dans la disparition de Dennis d'une manière ou d'une autre, marmonna Doreen. Alors peut-être que l'un d'entre vous devrait parler.

— Non, dit Johnson, l'arrière-grand-père. Tu me crois maintenant, Danny ? Comme je l'ai dit, elle n'est rien d'autre qu'un problème.

Danny, le père de Meredith, fronça les sourcils, perplexe.

— Je ne comprends pas ce qu'il se passe.

— Moi non plus, renchérit Meredith. Vous savez que vous êtes folle, n'est-ce pas ?

— J'apprécierais que vous arrêtiez de dire ça, répliqua Doreen. Votre mari ne s'est pas enfui. Il est mort. Et non seulement Dennis est mort, mais il est mort ici même. Et vous l'avez enterré dans ce jardin.

— Vous êtes folle ! s'écria Meredith. On a aménagé ce jardin pour que tout le monde lui rende hommage, pas pour l'enterrer.

— *Vous* ne le saviez peut-être pas, mais votre grand-père Johnson le savait. Et votre fils Joe aussi.

Doreen se tourna vers Joe et ajouta :

— N'est-ce pas, Joe ?

Ce dernier la dévisagea, puis sa mâchoire se contracta légèrement.

— Vas-y, Mugs. Montre-moi où il est.

Doreen détacha la laisse.

Mugs se précipita au milieu de la rocaille, au centre du *X* qu'elle avait peint, et leva une patte pour uriner dessus.

— C'est un bon marqueur, maugréa Doreen avec hilarité.

Cependant, personne ne se joignit à son humour. Il n'y avait que de la stupeur, tout le monde fixant son chien, tandis que Mugs revenait en courant vers Doreen.

— Alors, on fait venir un chien renifleur, ou vous nous épargnez les frais et vous passez aux aveux ?

— Il n'y aura pas d'aveux, s'indigna Danny, le père de Meredith. Comment osez-vous nous accuser de ça ?

Et juste à côté de lui, son père Johnson bougonna :

— Je t'avais dit qu'elle attirerait les ennuis.

Doreen fit face à Johnson et sourit.

— Vous vous attendiez à ce genre d'ennuis depuis que vous avez tué Dennis, pas vrai, Johnson ?

Il se contenta de la regarder fixement.

— C'est vrai, vous ne l'avez pas tué. C'est votre arrière-petit-fils le coupable. Il a entendu la dispute entre son père et sa mère, s'est rendu compte de la gravité de la situation et, dans un accès de colère, a attaqué Dennis et l'a tué.

Elle se tourna vers Joe.

— Même quand vous étiez plus jeune, vous avez toujours été grand pour votre âge. Vous êtes arrivé derrière lui et l'avez frappé avec force, avec quoi ? Une pelle ?

Joe la fixa du regard en secouant la tête, mais ses épaules s'affaissèrent et son ton devint brutal lorsqu'il marmonna :

— Avec une planche, à vrai dire. Je l'ai frappé avec une planche.

Meredith fit volte-face vers son fils et le regarda avec horreur.

— Quoi ?

— Oui, c'est bien de ça qu'il s'agit, affirma Doreen. Des mensonges, des mensonges et encore des mensonges. Des dissimulations, puis d'autres tromperies. Et votre arrière-grand-père vous a aidé, n'est-ce pas, Joe ?

Joe acquiesça lentement et regarda son arrière-grand-père, mais Doreen vit le soulagement se mêler au chagrin et même à la culpabilité, tandis qu'il fixait le vieil homme.

— Johnson et moi, on l'a enterré avec les machines, puis on l'a laissé sur place parce qu'on ne savait pas vraiment quoi faire. Puis, lorsque grand-père Danny a suggéré qu'on construise un mémorial pour Dennis, l'idée nous a semblé trop bonne, et c'était une excellente réponse pour s'assurer qu'il ne serait jamais déterré à nouveau, avoua Joe.

— Et donc Dennis est là, n'est-ce pas ? demanda Doreen.

Joe soupira.

— Il est juste là où le chien a uriné, murmura-t-il. C'est pour ça que j'ai fait des cauchemars toute ma vie, mais vous vous trompez sur la raison.

— Vraiment ? s'enquit Doreen.

Le jeune homme hocha la tête.

— Oui, il est sorti de la maison, après que maman et lui ont eu cette... dispute, une dispute qui avait trait à ses liaisons, des liaisons que je ne comprenais même pas vraiment, sauf qu'il voulait divorcer. Il voulait la moitié de la ferme, et il voulait mon frère, pas moi, mais mon frère. Je l'ai confronté à l'extérieur et il s'est jeté sur moi. Il a commencé à me frapper violemment. Je n'avais pas le choix. Je me suis défendu, j'ai pris une planche et je me suis acharné sur lui.

Ses yeux s'embuèrent de larmes et il regarda sa mère d'un air suppliant, comme s'il cherchait à ce qu'elle le comprenne, qu'elle l'accepte.

— Quelque chose s'est brisé en moi, et je n'ai pas pu supporter ce qu'il disait, l'idée de déchirer la famille, de prendre mon frère et de nous abandonner tous.

Il secoua la tête et reprit.

— Je n'ai même pas réfléchi. J'ai pris une planche et je l'ai frappé.

Doreen opina.

— Et malheureusement, c'est trop souvent comme ça que ça se passe. La bonne nouvelle, c'est que c'était de la légitime défense.

— Qu'est-ce qu'il y a de bien ? s'étonna Joe en regardant les autres avec angoisse. *J'ai tué mon père.*

Chapitre 30

B^{ANG}*!*

Doreen se jeta à terre et les animaux se précipitèrent sur elle. Entendant les cris autour d'elle, elle se retourna, toujours accroupie, et vit l'arrière-grand-père Johnson, un fusil de chasse à la main, qui la foudroyait du regard.

— Comme j'ai dit, un *problème*, rugit Johnson.

Un autre coup de feu retentit, qui arriva bien trop près de Doreen.

— Partez d'ici, espèce de petite sorcière curieuse ! s'écria Johnson. Mon arrière-petit-fils n'a fait que ce qu'il avait à faire.

Meredith s'avança.

— Grand-père, pose ça.

— Non, rétorqua-t-il. Certainement pas. Cette fauteuse de troubles va envoyer Joe en prison. Ça n'aurait jamais dû arriver. C'est autant ta faute que celle de Joe.

Meredith fixa son grand-père du regard, en état de choc. Désemparée, elle se tourna vers son père, qui essayait de retirer le fusil des mains de Johnson. Toutefois, c'était un bras de fer qui ne se terminerait pas joyeusement.

Doreen se rapprocha.

— Écoutez. Quelle que soit la façon dont c'est arrivé, vous ne pouvez pas laisser Dennis ici, l'affaire non résolue. Regardez tous les traumatismes que ça a causés à tout le monde.

— Pourquoi pas ? railla Johnson. C'est tout ce qu'il était. Il n'était rien d'autre qu'une affaire classée. Et il fallait qu'il aille réchauffer le lit de tout le monde.

Johnson s'emportait, tel un volcan en éruption.

— Ce type était un loser. Elle n'aurait jamais dû l'épouser.

— Et alors ? Doit-on la blâmer pour avoir fait un mauvais choix ? s'enquit Doreen.

— Oui ! beugla Johnson. Et vous ? Vous n'êtes rien d'autre qu'un problème.

— Vous pouvez parler, riposta Doreen, qui tenait bon.

— Mes arrière-petits-fils sont bons et honnêtes, déclara Johnson. Joe n'a pas besoin de souffrir à cause de vous.

— Alors peut-être que ça aurait dû être géré d'une manière différente. Pour qu'il ne fasse pas de cauchemars toute sa vie.

— Oui, vous n'auriez pas dû réveiller le chat qui dort, cracha Johnson.

À ce moment-là, Joe s'avança.

— Grand-père, il fallait que ça sorte, intervint-il, la voix tremblante. Je ne dors plus depuis des années.

Sa mère lui tendit une main. Il la regarda, puis l'entoura de ses bras, et Doreen vit les épaules de Joe prises de secousses, alors qu'il pleurait.

— Tout va bien, Maman. Tout va bien, Maman. Il fallait le faire, ajouta-t-il.

Meredith lança un regard noir à Doreen.

— Vous savez vraiment comment faire des ravages, n'est-ce pas ?

Doreen haussa les épaules.

— Parfois, la vérité est comme ça. Personnellement, je pense qu'il vaut mieux découvrir la vérité, afin qu'on puisse tous faire la paix avec et aller de l'avant. Pour l'instant, on a un problème avec Johnson.

Joe pivota vers son arrière-grand-père.

— S'il te plaît, pose ça. Il n'y a pas eu assez de blessés ?

— Non, pas assez, argumenta Johnson. Il y a de la place pour un autre.

Il pointa le fusil sur Doreen.

— *Elle*. J'ai dit qu'elle était un problème.

Johnson se tourna vers Danny, déplaçant le fusil dans sa direction. Danny leva les mains.

— Papa, allons. Calme-toi. Calme-toi. On ne veut pas que quelqu'un d'autre soit blessé. Surtout qu'il y a au moins une personne qui a souffert et qui n'aurait pas dû.

Doreen jeta un regard entendu au vieil homme.

— Pas vrai, Johnson ? Pensez à Joe.

Mais elle avait beau chercher, elle ne voyait toujours pas le vieil homme céder. Soudain, les épaules de Johnson s'affaissèrent et il secoua la tête.

— En effet. Peut-être qu'il est temps après tout.

Il avisa son fils Danny, sa petite-fille Meredith et son arrière-petit-fils Joe, puis il lâcha tout.

— Le fait est que ce garçon n'a pas tué Dennis. C'est moi qui l'ai tué.

À l'intérieur, Doreen se réjouit. Ils arrivaient enfin à la vérité.

Joe, les yeux pleins de larmes, secoua la tête.

— Bien essayé, grand-papy, mais toi et moi savons que c'est moi qui suis coupable.

L'arrière-grand-père soupira.

— Non, tu n'es pas coupable, fiston, affirma Johnson. Quand je t'ai envoyé distraire ta mère, j'ai pris une pelle pour finir le travail avec Dennis. Tu l'as bien frappé, mais tu ne l'as pas tué.

Joe le dévisagea avec stupeur.

— Quoi ?

— Pendant toutes ces années, je t'ai laissé croire que tu l'avais tué, alors que c'était moi.

Joe était en état de choc.

— Je ne l'ai pas tué ?

Sa voix monta jusqu'à se briser, tandis qu'il regardait son arrière-grand-père avec un choc mêlé de soulagement et d'espoir.

Doreen fut ravie de constater que ses soupçons étaient fondés.

— Vous voyez ? Et c'est pour ça qu'il faut que ces choses-là remontent à la surface, s'exclama-t-elle avec joie. Joe était rongé par la culpabilité, Meredith n'arrivait pas à avancer dans sa vie et, pendant ce temps, le vrai coupable braque un fusil de chasse sur nous.

Doreen lança un regard noir au vieil homme.

— Vous pouvez à peine vous tenir debout, Johnson, fit-elle remarquer, et pourtant, vous menacez tout le monde.

Le vieil homme marmonna :

— Vous en avez assez dit. Je me fais peut-être vieux, mais je ne suis pas faible au point de ne pas voir venir les problèmes.

Elle secoua la tête et vit Mugs s'approcher derrière le vieil homme.

— Vous protégez ce secret depuis très longtemps et vous avez fait souffrir votre arrière-petit-fils pour ça. N'est-ce pas *assez ?*

Johnson leva le fusil et répondit :

— Pas tout à fait.

Au moment où il allait tirer, Mugs sauta sur le vieil homme et le frappa à l'arrière du genou. Johnson trébucha et le coup de feu partit, la balle s'enfonçant dans le sol sans faire de dégâts. Johnson tomba à son tour. Son fils Danny s'élança et lui arracha le fusil des mains.

— Je n'arrive pas à croire que tu aies fait ça, s'écria-t-il en fixant du regard son père avec horreur. Et je n'arrive pas à croire que tu aies tué Dennis. Ou que tu aies fait croire à ce pauvre Joe qu'il était coupable pendant toutes ces années.

— Pourquoi pas ? s'enquit Johnson. Dennis était un bon à rien, il ne connaissait pas la valeur d'une bonne journée de travail, et il n'était certainement pas d'une grande aide ici. Tu sais aussi bien que moi qu'il allait partir et saccager cet endroit.

— Je voulais qu'il parte aussi, vociféra Danny, mais on ne tue pas les gens juste pour qu'ils disparaissent.

— Bien sûr, tu allais lui donner de l'argent pour qu'il disparaisse, rétorqua Johnson, fusillant son fils du regard. C'est dire combien tu es faible. J'ai travaillé dur pour cette ferme. Je n'allais pas laisser Dennis s'en emparer.

— Il n'allait pas s'en emparer, rugit son fils. Je ne lui aurais pas donné grand-chose, juste assez d'argent pour qu'il disparaisse et nous laisse tranquilles.

Danny se retourna et posa son regard sur son petit-fils, Joe.

— Et toi, tu aurais dû venir me voir.

Son petit-fils acquiesça.

— J'aurais dû. J'aurais dû le dire à maman aussi, mais grand-papy m'a dit de ne le dire à personne.

Joe pivota vers Johnson.

— Je n'arrive pas à croire que tu aies tué papa et que tu m'aies laissé croire que c'était moi.

Johnson haussa les épaules.

— Tu étais jeune. Tu avais toute la vie devant toi. Je me suis dit que tu oublierais ou que tu trouverais un moyen d'y faire face et que tu passerais à autre chose. C'est ce que tu as fait. Et puis, c'était plus facile pour te garder dans le droit chemin.

Joe le fixa du regard, effaré.

Doreen hocha la tête.

— Voilà le genre d'homme que vous êtes. Quelle honte d'avoir laissé votre arrière-petit-fils croire qu'il avait tué son propre père, et maintenant regardez-vous, Johnson. Vous êtes toujours en vie, grincheux et vous faites vivre un calvaire à tout le monde.

Doreen savait qu'elle devrait se taire, mais Johnson l'énervait vraiment à cause de ce qu'il avait fait à Joe et Meredith.

— Et vous, vous n'êtes rien d'autre qu'un problème, rugit Johnson.

— Oui, et vous, vous êtes un disque rayé, marmonna la jeune femme, avant de se tourner vers Meredith. Maintenant, vous comprenez pourquoi la vérité doit éclater ?

Meredith, choquée, regarda fixement Doreen, puis tourna son regard vers son fils Joe, encore traumatisé, secoué et pâle. Meredith l'entoura de ses bras.

— Seigneur, je pensais que tu avais du mal à gérer la disparition de ton père.

Il la serra contre lui.

— Je ne pouvais pas te le dire. Grand-papy m'a dit que je ne devais le dire à personne. Et maintenant, je découvre que c'est parce qu'il a tué papa, dit Joe, puis il se tourna vers Doreen. Je sais que vous ne me croirez peut-être pas maintenant, mais merci.

Elle opina du chef.

— Bien. Dans ce cas, vous êtes l'une des victimes. Et je suis vraiment contente de l'entendre. Je ne savais pas qui je verrais pourrir en prison au bout du compte dans cette affaire.

Meredith interrogea Doreen avec hésitation :

— Vous pensez que Joe sera inculpé ?

— Non, je ne pense pas, mais ce qui est sûr, c'est qu'on doit faire venir la police. Ainsi que faire appel aux services adéquats pour sortir votre mari de cette tombe.

Meredith grimaça.

— Le nombre de fois où je suis restée là, à le détester, à cause de ce qu'il avait fait, de nous avoir abandonnés, raconta-t-elle. Et savoir qu'il était là tout le temps ?

La femme secoua la tête et regarda son père, les larmes aux yeux.

— Mon Dieu, qu'est-ce que nous sommes devenus ?

Son père se rua vers eux et les serra dans ses bras.

— Nous sommes humains. Rien que des humains, répondit-il.

Par terre, derrière eux, Mugs à ses pieds et le fusil de chasse bien loin de lui, l'arrière-grand-père de Joe se mit à rire.

— Mon Dieu, vous ne pouvez rien me faire. Je suis si vieux que je n'arriverai même pas au procès.

Il se mit alors à tousser, et son fils s'approcha de lui pour l'aider à se redresser.

— Peut-être, convint Danny, mais tu devras emporter ce que tu as fait dans ta tombe et espérer y être pardonné.

Le vieil homme haussa les épaules.

— Je m'en fiche complètement. Dennis a eu ce qu'il méritait.

Doreen n'était ni d'accord, ni pas d'accord, mais, wouah, les choses en étaient vraiment arrivées à un point critique. Elle respira lentement et profondément. Thaddeus sortit la tête de derrière ses cheveux et s'écria :

— C'est sans danger ? C'est sans danger ?

Doreen rit.

— C'est sans danger. Tout va bien.

— Thaddeus va bien. Thaddeus va bien.

Et il déploya ses ailes en secouant tout son corps.

Meredith fronça les sourcils en regardant l'oiseau sur l'épaule de Doreen et secoua la tête.

— Vous êtes vraiment unique.

— Peut-être, devina Doreen en sortant son téléphone. Heureusement, cette fois-ci, personne n'a été blessé.

Meredith acquiesça, les larmes aux yeux.

— Je vous en suis reconnaissante.

Elle avisa son grand-père Johnson.

— Je n'arrive toujours pas à y croire, ajouta-t-elle.

Puis elle se tourna vers son fils, et de nouvelles larmes lui embuèrent les yeux.

— Ce que tu as vécu…

— Je sais. Même maintenant, je n'arrive pas à croire ce que j'entends, déclara Joe, son regard furieux tourné vers son arrière-grand-père.

Son téléphone dans une main pour appeler Mack, Doreen tendit l'autre à Joe et suggéra :

— N'oubliez pas. Beaucoup de gens ont souffert de cette situation. Ne rendez pas les choses plus difficiles qu'elles ne le sont.

Joe lui jeta un coup d'œil, lui serra la main, et soupira.

— Je comprends.

— Vous avez une toute nouvelle vie qui vous attend, lui rappela-t-elle, une vie sans culpabilité. Alors, faites les bons choix dès maintenant et laissez tomber cette vie. Je sais que c'est difficile. Je sais que vous avez souffert plus que vous n'auriez dû, mais vous êtes capable de passer outre. Et vous avez une raison particulière de le faire.

Meredith secoua la tête.

— De quoi parle-t-elle ?

Il prit sa mère dans ses bras.

— Lisa est enceinte. Tu vas être grand-mère.

Meredith sembla en état de choc. Passant son regard de son père, à son fils, puis à Doreen, Meredith poussa un cri de joie et serra son fils très fort dans ses bras.

— Oh, mon Dieu !

Meredith se tourna vers Doreen et lui demanda :

— Vous étiez au courant ?

— Quand j'ai parlé à votre fils à l'épicerie hier – elle secoua la tête – je n'arrive pas à croire que c'était hier, mais c'est là qu'il me l'a annoncé.

Joe acquiesça.

— Elle posait toutes sortes de questions, on parlait de l'avenir, et j'ai pris conscience combien tout ça m'affectait encore, marmonna-t-il. Je voulais te dire quelque chose, Maman, mais je ne savais pas comment.

— Bien sûr que tu ne savais pas comment faire, concéda Meredith avec tristesse. Je suis vraiment désolée que tu aies vécu ça.

Ils étaient toujours dehors, en train de discuter, lorsque Mack arriva dans une voiture de police. Chester et lui en sortirent. Mack avisa Doreen et fronça les sourcils.

— Quoi ? Pas de cadavres ? Pas de blessés ? s'étonna Chester.

— Qu'est-ce qu'il se passe, Doreen ? interrogea Mack. Tu perds la main ?

La jeune femme sourit malicieusement à Mack.

— Oh, je ne crois pas. On a résolu le mystère de la disparition du mari et père, et on a découvert qu'il n'était pas parti du jour au lendemain. Dennis a été assassiné. Avec les compliments de l'arrière-grand-père Johnson, là-bas.

Doreen pointa le vieil homme, qui les fustigeait tous du regard.

La mâchoire de Chester se décrocha.

— Quoi ? Sérieux ?

Il avança vers le vieil homme et demanda :

— Johnson, vous avez vraiment fait ça ?

Johnson ricana.

— Il fallait bien que quelqu'un ait les couilles de le faire, répondit-il. Cet homme était une menace.

Cela dit, il se tut.

Mack se gratta le front.

— Je vais avoir besoin d'une déclaration bien plus détaillée que ça, marmonna-t-il.

Doreen se tourna vers Joe.

— Je pense que Joe doit vous raconter cette histoire, suggéra-t-elle, mais ça risque de prendre un certain temps.

En fait, cela ne prit que peu de temps. Quand Joe eut terminé, son arrière-grand-père confirma tout.

Mack était choqué et observait la rocaille.

— Dennis est vraiment là-dessous, *hein* ?

— Il est vraiment là-dessous, confirma Doreen. Je te l'avais bien dit.

— Je ne sais pas ce qu'il en est pour vous, reprit Mack,

mais Doreen a un don pour trouver ce genre de choses. Elle est tombée sur cette vidéo de votre propriété, filmée depuis un drone, et elle s'est accrochée à cet endroit. Je lui ai parlé de la disparition, et c'est tout. Elle s'est mise à travailler d'arrache-pied.

Joe la dévisagea.

— Vous avez vraiment vu ce jardin à partir d'un drone et vous y avez vu mon père ? questionna-t-il, confus.

— Je ne l'ai pas vu, mais j'ai remarqué que le jardin avait été construit en X – le même X que j'ai plus ou moins tracé avec la bombe de peinture rouge, expliqua-t-elle. La division du jardin en quadrants, vu du ciel, donnait vraiment l'impression que le X marquait l'endroit. Et, bien sûr, c'était une idée fantaisiste, mais je ne pouvais pas m'en défaire. Et, il s'est avéré que j'avais raison.

— On n'a jamais envisagé les choses de cette façon, vous savez ? répondit Joe.

— Tant mieux. Et souvenez-vous. Vous n'y penserez plus du tout de cette façon. Votre père sera enterré à nouveau, comme il se doit, et vous pourrez tourner la page.

Joe lui lança un sourire enfantin.

— Merci. Merci beaucoup.

Meredith s'approcha de Doreen et la serra dans ses bras.

— Je l'ignorais, souffla-t-elle. Croyez-moi. Il m'est arrivé de détester ce jardin. Il me semblait aussi sec et sans vie que l'avait été mon mariage. J'étais tellement troublée par tout ça. Que Dennis puisse s'en aller et nous quitter comme ça était le pire scénario que je pouvais imaginer.

Meredith soupira et continua.

— Pourtant, le pire, c'était de ne pas avoir de réponses, de ne jamais avoir de réponses.

Elle se tourna vers son grand-père et le foudroya du regard.

— Et pendant tout ce temps, les réponses étaient juste là.

Son grand-père se contenta de la regarder, toujours patriarche de la famille, depuis des générations.

Mack avança vers eux, passa un bras autour des épaules de Doreen et la félicita :

— Beau boulot.

— D'une certaine manière, oui. Ça devrait aider certains d'entre eux de pouvoir tourner la page. Les autres ? Je ne sais pas. Quoi qu'il en soit, c'est un choc.

— Les secrets que nous essayons de garder enfouis, concéda Mack.

— Ils ne restent enfouis qu'un certain temps, nota Doreen. C'est le problème avec les secrets. Trop vite, quelqu'un fait la lumière dessus, et tous les secrets s'envolent.

Elle laisse échapper un grand bâillement, puis gémit.

— Je suis contente d'en avoir fini avec cette histoire.

Puis la jeune femme se tourna vers Meredith.

— Est-ce que ça va ? lui demanda-t-elle.

Meredith sourit.

— Je vais mieux que je ne le pensais. Il y a quelque chose de très libérateur dans le fait d'avoir des réponses. Même les plus laides.

Doreen lui rendit son sourire.

— Tant mieux. Ne jouez pas les inconnues la prochaine fois que vous viendrez en ville. Passez prendre un café.

Meredith l'avisa avec plaisir et opina.

— Merci.

Doreen bâilla de nouveau et Mack s'esclaffa.

— Il est temps pour toi de rentrer à la maison. On va rester ici encore un moment.

Elle opina du chef.

— Je n'ai pas spécialement envie de rester pour assister à l'exhumation de Dennis. Personnellement, j'ai l'impression d'avoir fait mon travail.

Elle bâilla encore une fois et secoua la tête.

— Je vais rentrer chez moi, murmura-t-elle, et j'espère que je pourrai oublier tout ça.

Mack remarqua la peinture et lui demanda :

— C'est toi qui as peint ?

— Oh, oui, avoua-t-elle, et tu peux remercier Joe pour ma terrasse.

Mack se tourna vers le jeune homme et le fustigea du regard.

Joe rougit.

— Je sais. C'était une impulsion puérile. En même temps, je voulais qu'elle arrête de creuser. J'ai un enfant en chemin, j'étais enfin capable de passer à autre chose, et voilà qu'elle enquête sur tout ça.

Il soupira de bonheur avant de conclure :

— Heureusement.

Doreen se tourna vers lui.

— Eh bien, vous êtes un adulte maintenant, alors peut-être que vous pourrez essayer de faire usage de mots et non de peinture à l'avenir.

Elle lui montra les rochers.

— Vous allez vous amuser à nettoyer toute la peinture.

— Si vous avez utilisé de la peinture à l'eau, comme je l'ai fait, souligna Joe, ça devrait partir au tuyau d'arrosage. De plus, le temps que le tracteur et tout le monde aient fini de creuser, et après quelques jours de pluie, tout sera parti ou enterré.

— J'y comptais bien, dit Doreen.

Et, sur ce, elle se dirigea vers sa voiture, appelant les animaux auprès d'elle.

Thaddeus se retourna et s'écria :

— X.

La jeune femme se figea, perplexe.

— Qu'est-ce que tu as dit ?

— X, répéta-t-il.

— X, oui. X, pour marquer la zone.

Puis elle éclata de rire.

Thaddeus se joignit à elle.

— *Hé, hé, hé, hé. X* pour marquer la zone.

Et il se mit à chanter, un drôle de cri d'oiseau.

Elle secoua la tête.

— Bon, il faut vraiment que je le ramène à la maison. Il en a manifestement marre.

Doreen salua tout le monde et monta dans son véhicule.

Mack attendit qu'elle recule et, alors qu'elle s'apprêtait à avancer, il s'approcha et lui demanda :

— Tu es en état de conduire ?

— Je suis fatiguée, mais ça va, répondit-elle avec un sourire.

— Bien. Tu t'es bien débrouillée aujourd'hui, et tu n'as même pas été blessée.

— En effet. Je m'améliore.

— Celle-ci n'était pas si facile que ça, constata Mack. J'ai vu comment tu as travaillé, mais si tu t'étais trompé ?

Il se tourna pour la regarder.

— Un de ces jours, tu te tromperas, tu sais ? ajouta-t-il.

— Peut-être, mais heureusement ce jour n'est pas aujourd'hui. J'ignore ce qui va suivre.

— Oublie la suite. Je passerai demain, quand j'en aurai l'occasion. Rentre chez toi et repose-toi.

Ce qu'elle fit.

Épilogue

Vendredi matin…

APRÈS UNE BONNE nuit de sommeil et une matinée de farniente à l'intérieur, Doreen décida de s'offrir un repas chinois. Mack devait passer pour le déjeuner, et elle pensait qu'elle pourrait peut-être acheter de quoi les nourrir tous les deux. Elle avait un peu plus d'argent en ce moment et, en plus, après la dernière affaire classée, elle le méritait bien.

Elle était persuadée que la thérapie alimentaire n'était pas une bonne chose à laquelle il fallait s'habituer, mais il était terriblement tentant de se tourner vers la nourriture chaque fois qu'il se passait quelque chose de bien. Elle marcha en direction du restaurant chinois qu'elle aimait tant, les animaux dans son sillage, puis entra et regarda le menu, juste au moment où M. Woo sortit de l'arrière-boutique et demanda :

— Un plat ?

Elle lui sourit.

— Bonjour, je pensais en prendre deux.

— Vous n'en prenez toujours qu'un seul.

— J'aurai de la compagnie cette fois-ci, précisa-t-elle.

— Ah, deux plats.

Elle grimaça.

— Peut-être trois.

— Large dépense, devina le propriétaire, avant de lui adresser un large sourire.

— Pas vraiment.

S'étant finalement décidée pour trois plats qui les rassasieraient, Mack et elle, Doreen passa sa commande et la paya, comptant soigneusement l'argent. Elle se demandait si elle s'habituerait un jour à dépenser l'argent qu'elle recevait.

— Patientez un quart d'heure.

Puis il la guida vers la porte.

Elle sortit et s'assit sur un banc. Toutes sortes de bruits se faisaient entendre. Une journée normale en ville. Elle huma l'air et sourit.

Elle savait que Mack avait beaucoup de travail chez Meredith, mais ils avaient déterré Dennis la veille, au grand soulagement de tout le monde. Alors, bien sûr, Kelowna était en ébullition avec toutes ces nouvelles. Doreen ne voulait pas trop s'en mêler, mais elle ne pouvait pas l'éviter non plus.

Elle avait parlé pendant des heures avec Nan au téléphone, mais avait résisté à l'idée de venir à Rosemoor, invoquant la fatigue. Même maintenant, alors qu'elle était assise avec les animaux autour d'elle, elle se sentait plutôt fatiguée. Mais c'était une bonne fatigue.

Goliath se dirigea vers un arbuste et disparut derrière. Elle se leva et s'approcha.

— Goliath, reviens, ordonna-t-elle.

Il passa la tête à travers le buisson, la regarda, puis disparut dans un énorme bouquet d'achillées millefeuilles. Elle sourit devant les fleurs multicolores.

— Regardez la taille de ces fleurs. J'ai entendu dire qu'on

pouvait en faire du thé.

Elle se demanda s'il s'agissait d'une légende ou si elle pouvait s'y fier. Elle avait parcouru un long chemin, mais il lui en restait encore pour savoir ce qu'elle pouvait faire ou ne pas faire avec les plantes. Google l'aidait… mais l'embrouillait très souvent.

Lorsque Goliath se mit à siffler et à grogner, Doreen se précipita dans les arbustes, à sa recherche.

— Sors de là, l'enjoignit-elle.

Elle trouva d'autres fleurs, des pissenlits et un buisson d'azalées, mais cette touffe de millefeuilles semblait remonter encore et encore jusqu'à un autre coin. Elle continua à la suivre.

— Goliath ? Goliath, viens ici.

Thaddeus sortit la tête de derrière ses cheveux.

— Goliath, appela-t-il. Goliath. Goliath, viens ici.

Elle lui lança un regard noir.

— Tu aurais pu me dire plus tôt que tu étais capable de l'appeler, bougonna la jeune femme.

— *Hé-hé-hé-hé-hé*, ricana-t-il dans son oreille.

Doreen soupira. Qu'était-elle censée faire quand Thaddeus était si sage et pourtant si chenapan parfois ?

— Goliath !

Un nouveau hurlement se fit entendre, suivi d'un autre son animalier, et tout à coup l'air se remplit de cris de chats. Doreen se précipita dans cette direction. Alors sortit un chat à l'allure chétive, qui la foudroya du regard, avant de s'éloigner nonchalamment. Goliath sortit enfin et se dirigea vers elle, la queue relevée et toute gonflée, comme s'il avait passé un sacré moment. Pourtant, il se pavanait, comme s'il avait gagné le butin de la guerre. Il avait quelque chose dans la gueule.

Doreen gémit.

— Qu'est-ce que tu as trouvé ? le gronda-t-elle. À qui as-tu volé ça ?

Bien sûr, l'autre chat avait disparu, et il n'y avait plus aucune trace de lui.

Goliath n'avait pas besoin de voler de la nourriture à qui que ce soit, car il en avait suffisamment à la maison. Mais, en s'approchant d'elle, il se dressa sur ses pattes arrière et posa ses pattes avant sur ses cuisses. Doreen vit quelque chose en plastique dans sa gueule, qu'elle retira. Il ne voulut pas le lâcher tout de suite, mais il finit par capituler.

Elle observa le morceau de plastique et hoqueta.

— Où as-tu trouvé ça ? s'écria-t-elle, horrifiée.

Elle courut jusqu'au bout du jardin et s'arrêta, puis sortit son téléphone et parla d'une voix tremblante.

— Qu'est-ce qu'il y a, Doreen ? la taquina Mack. Je t'ai dit que je serais là dans un petit moment.

— Non, non, se récria-t-elle. Tu dois venir tout de suite.

— Doreen, il y a un problème ? cingla-t-il. Est-ce que ça va ?

Elle prit une profonde inspiration.

— Ça va, du moins pour le moment, mais ça ne va pas aller très longtemps.

— Arrête de me donner des réponses sibyllines et dis-moi ce qu'il se passe.

— Il faut que tu viennes au restaurant chinois de M. Woo. Je nous ai acheté de quoi déjeuner, et j'attendais que ce soit prêt pour rentrer à la maison parce que tu étais censé venir.

— Oui, je suis en route. Qu'est-ce qui ne va pas ?

— Retrouve-moi ici tout de suite, s'il te plaît.

Elle raccrocha.

Cela sembla durer une heure, mais il ne s'était probablement pas écoulé plus de cinq minutes avant que Mack n'entre en trombe dans le parking.

Il la vit, sortit et courut vers elle.

— Qu'est-ce qu'il y a ? s'écria-t-il.

Elle eut un bref mouvement de recul et pointa quelque chose du doigt, avant de tendre un objet en plastique dans sa main.

— Goliath m'a rapporté ça, alors je suis allée jeter un coup d'œil.

Il regarda ce qu'elle tenait dans sa main, fronça les sourcils et avança à l'angle. Il revint, le visage sombre.

— C'est tout ce que Goliath t'a apporté ?

Elle hocha lentement la tête.

— Ça ne suffit pas ? demanda-t-elle. C'est le permis de conduire de Mathew ! Et c'est Mathew dans ce parterre de fleurs, pas vrai ?

Mack acquiesça très lentement, le regard intense et scrutateur.

— Je suis désolé, Doreen.

— Les excuses ne suffisent pas pour l'instant, déclara-t-elle en le regardant fixement. Quelqu'un a tué Mathew.

— Oui. Tu sais ce que ça veut dire ?

Elle opina du chef.

— Oh, je sais ce que ça veut dire. Je suis la suspecte numéro un.

C'est la fin du tome 24 de *Jolis Jardins Maudits,*
Peur dans la rocaille.

Découvrez *Drôles de bruits dans la millefeuille :*
Jolis Jardins Maudits, tome 25

Jolis Jardins Maudits : Drôles de bruits dans la millefeuille, tome 25

Une nouvelle saga cosy mystery de l'auteure best-seller de *USA Today*, Dale Mayer. Suivez la jardinière et détective amatrice Doreen Montgomery et ses amusants (et vraiment adorables) chat, chien et perroquet, tandis qu'ils attrapent les meurtriers et résolvent des crimes dans la merveilleuse ville de Kelowna, en Colombie-Britannique.

De la richesse aux haillons… Le mariage est merveilleux… Le divorce peut être laid… Le chaos entoure les deux…

Doreen en a assez des frasques de son ex-mari, mais lorsqu'il est retrouvé mort dans le jardin de son restaurant chinois préféré, elle est horrifiée et angoissée. Et, bien sûr, aux yeux du reste du monde… coupable.

Cette fois, elle n'a pas de Doreen à appeler à l'aide… mais elle sait que Mack la soutient, bien qu'il soit lui aussi interrogé. Les forces de police se rallient à elle, tandis que leur histoire déchire son ancienne vie et découvre que tous ses soupçons au sujet de Mathew étaient fondés, et qu'il avait eu de gros ennuis.

Maintenant, elle doit s'assurer que ces problèmes ont disparu avec lui et qu'ils ne se propageront pas à Doreen. Et ce n'est pas gagné. Entre ses animaux, la police et tous les habitants bien intentionnés qui essaient de l'aider, Doreen sait qu'elle pourrait avoir plus d'ennuis que jamais…

Le tome 25 est disponible !

Pour en savoir plus, visitez le site web de Dale Mayer.

https://geni.us/DMSFRYowls

Note de l'auteure

Merci d'avoir lu *Peur dans la rocaille : Jolis Jardins Maudits, tome 24* ! Si vous avez apprécié le livre, merci de prendre un moment pour laisser votre avis.

Chers lecteurs,

J'aime avoir de vos nouvelles, alors n'hésitez pas à me contacter sur mon site web : www.dalemayer.com ou sur ma page d'auteure Facebook. Pour être informés des nouvelles parutions et des offres spéciales, inscrivez-vous à ma newsletter ou suivez-moi sur BookBub. Si vous souhaitez rejoindre mon groupe de lecteurs, voici la page d'inscription sur Facebook.
http://geni.us/DaleMayerFBGroup

À bientôt,
Dale Mayer

À propos de l'auteure

Dale Mayer est une auteure de best-sellers au classement de *USA Today*, connue pour ses romances militaires sur les forces spéciales, sa série *Psychic Visions* et sa série *Jolis Jardins Maudits*, dans le genre cozy mystery. Ses romances contemporaines sont vibrantes d'émotion et de passion (série *Broken But… Mending*, *Hathaway House*). Ses thrillers vous laisseront à bout de souffle (séries *By Death* et *Kate Morgan*) et ses comédies romantiques vous feront rire aux éclats (*It's a Dog's Life*, une novella hors-série, et la série *Broken Protocols* avec Charming Marvin, le chat).

Elle laisse libre cours aux séries qui lui viennent… dont certaines sont carrément folles, enfreignant toutes les règles et croisant différents genres !

En plus de ses romans de fiction, elle écrit également des textes documentaires dans de nombreux domaines, dont la rédaction de CV, le jardinage de loisir et le système de crédit immobilier américain. Elle a récemment publié la série professionnelle *Career Essentials*. Tous ses livres sont disponibles aux formats papier et ebook.

Contactez Dale Mayer en ligne

Site web de Dale – www.dalemayer.com

Twitter – @DaleMayer

Facebook Page – geni.us/DaleMayerFBFanPage

Facebook Group – geni.us/DaleMayerFBGroup

BookBub – geni.us/DaleMayerBookbub

Instagram – geni.us/DaleMayerInstagram

Goodreads – geni.us/DaleMayerGoodreads

Newsletter – geni.us/DaleNews